U0329958

果戈理短篇小说选

〔俄〕果戈理 著

侯丹 译

生活·讀書·新知三联书店

图书在版编目（CIP）数据

果戈理短篇小说选／（俄罗斯）果戈理著；侯丹译. —北京：
生活·读书·新知三联书店，2021.1
（三联精选）
ISBN 978－7－108－06945－0

Ⅰ.①果…　Ⅱ.①果…②侯…　Ⅲ.①短篇小说－小说集－俄罗斯－
近代　Ⅳ.①I512.44

中国版本图书馆 CIP 数据核字（2020）第 154206 号

责任编辑　崔　萌
装帧设计　鲁明静
责任校对　龚黔兰
责任印制　张雅丽
出版发行　**生活·讀書·新知**三联书店
　　　　　（北京市东城区美术馆东街 22 号 100010）
网　　址　www.sdxjpc.com
经　　销　新华书店
印　　刷　北京隆昌伟业印刷有限公司
版　　次　2021 年 1 月北京第 1 版
　　　　　2021 年 1 月北京第 1 次印刷
开　　本　850 毫米 × 1168 毫米　1/32　印张 10.75
字　　数　179 千字　图 4 幅
印　　数　0,001－5,000 册
定　　价　39.00 元
（印装查询：01064002715；邮购查询：01084010542）

《涅瓦大街》插图

　　涅瓦大街又一次复苏了，开始骚动起来。……在这里您会碰见2点钟时神情傲慢、派头十足地在涅瓦大街上散步的那些令人尊敬的长者。您会看见，他们像年轻的十四等文官一路奔跑，只为了从帽檐底下瞟一眼他们远远看见的一位淑女，她那丰满的嘴唇和涂满脂粉的脸颊已经让很多散步的人春心萌动……

《肖像》插图，克拉夫琴科绘

事实上……他看见了，看得很清楚：床单不见了……肖像完全显露出来，对周围的一切全都不屑一顾，就只望着他，目光穿透了他的内心世界……他的心抽搐了一下。他看见：老头儿动了动，忽然用两手扶住了画框。终于，他用手撑住身体，伸出两只脚，从画框里跳了出来……

《外套》插图，库克里尼克斯绘

　　大人物一看见阿卡基·阿卡基耶奇那副恭顺的模样和身上的旧制服，突然面向他说道："您有什么事？"语气生硬而严厉，这种语气是他在获得现在的职位和将军头衔的前一个星期待在自己的房间里、独自面对镜子专门提前练会的。阿卡基·阿卡基耶奇早已心生畏惧、惊恐不安了，他尽量让舌头灵活起来，但是说明事情原委的时候却比平时说了更多的语气词"那个"……

《可怕的复仇》插图

　　瞎子已经唱完了，再次拨起了琴弦……但是老人们和年轻人都还没有清醒过来，他们久久地站在那里，低垂着头，思索着那件可怕的、很久以前发生的事情。

常读常新的文学经典

"经典新读"总序

　　意大利作家卡尔维诺认为文学经典可资反复阅读，并且常读常新。这也是巴尔加斯·略萨等许多作家的共识，而且事实如此。丰富性使然，文学经典犹可温故而知新。

　　《易》云："观乎天文以察时变，观乎人文以化成天下。"首先，文学作为人文精神的重要组成部分，既是世道人心的最深刻、最具体的表现，也是人类文明最坚韧、最稳定的基石。盖因文学是加法，一方面不应时代变迁而轻易浸没，另一方面又不断自我翻新。尤其是文学经典，它们无不为我们接近和了解古今世界提供鲜活的画面与情境，同时也率先成为不同时代、不同民族，乃至个人心性的褒奖对象。换言之，它们既是不同时代、不同民族情感和审美的艺术集成，也是大到国家民族、小至家庭个人的价值体认。因此，走进经典永远是了解此时此地、彼时彼地人心民心的最佳途径。这就是说，文学创作及其研究指向各民族变化着的活的灵魂，而其中的经典（及其经典化或非经典化过程）恰恰是这些变中有常的心灵镜像。亲近她，也即沾溉了从远古走来、向未来奔去的人类心流。

其次，文学经典有如"好雨知时节""润物细无声"，又毋庸置疑是民族集体无意识和读者个人无意识的重要来源。她悠悠幽幽地潜入人们的心灵和脑海，进而左右人们下意识的价值判断和审美取向。举个例子，如果一见钟情主要基于外貌的吸引，那么不出五服，我们的先人应该不会喜欢金发碧眼。而现如今则不同。这显然是"西学东渐"以来我们的审美观，乃至价值判断的一次重大改观。

再次，文学经典是人类精神的本能需要和自然抒发。从歌之蹈之，到讲故事、听故事，文学经典无不浸润着人类精神生活之流。所谓"诗书传家"，背诵歌谣、聆听故事是儿童的天性，而品诗鉴文是成人的义务。祖祖辈辈，我们也便有了《诗经》、楚辞、汉赋、唐诗、宋词、元曲、明清小说等。如是，从"昔我往矣，杨柳依依；今我来思，雨雪霏霏"到"落叶归根"，文学经典成就和传承了乡情，并借此维系民族情感、民族认同、国家意识和社会伦理价值、审美取向。同样，文学是艺术化的生命哲学，其核心内容不仅有自觉，而且还有他觉。没有他觉，人就无法客观地了解自己。这也是我们拥抱外国文学，尤其是外国文学经典的理由。正所谓"美哉，犹有憾"；精神与物质的矛盾又强化了文学的伟大与渺小、有用与无用或"无用之用"。但无论如何，文学可以自立逻辑，文学经典永远是民族气质的核心元素，而我们给社会、给来者什么样的文艺作品，也就等于给社会、给子孙输送什么样的价值观和审美情趣。

文学既然是各民族的认知、价值、情感、审美和语言等诸多因素的综合体现，那么其经典就应该是民族文化及民族向心力、凝聚力的重要纽带，并且是民族立于世界之林而不轻易被同化的鲜活基因。古今中外，文学终究是一时一地人心的艺术呈现，建立在无数个人基础之上，并潜移默化地表达与传递、塑造与擢升着各民族活的灵魂。这正是文学不可或缺、无可取代的永久价值、恒久魅力之所在。正因为如此，人工智能最难取代的也许就是文学经典。而文学没有一成不变的度量衡。大到国家意识形态，小到个人性情，都可能改变或者确定文学的经典性或非经典性。由是，文学经典的新读和重估不可避免。

一、时代有所偏侧。就近而言，随着启蒙思想家和浪漫派的理想被资本主义的现实所粉碎，19世纪的现实主义作家将矛头指向了资本。巴尔扎克堪称其中的佼佼者。恩格斯在评价巴尔扎克时，将现实主义定格在了典型环境中的典型性格。这个典型环境已经不是启蒙时代的封建法国，而是资产阶级登上历史舞台以后的"自由竞争"。这时，资本起到了决定性的作用。

二、随着现代主义的兴起，典型论乃至传统现实主义逐渐被西方形形色色的各种主义所淹没。在这些主义当中，自然主义首当其冲。我们暂且不必否定自然主义的历史功绩，也不必就自然主义与现实主义的某些亲缘关系多费周章，但有一点需要说明并相对确定，那便是现代艺术的多元化趋势，及至后现代无主流、无中心、无标准（我称之为"三无主义"）的来临。于是，绝对的相对性取代了相对的绝对性。恰似巴尔扎克、托尔斯泰在我国的命运同样堪忧。

与之关联的，是其中的意识形态和艺术精神。第一点无须赘述，因为全球化本身就意味着国家意识的"淡化"，尽管这个"淡化"是要加引号的。第二点，西方知识界讨论"消费文化"或"大众文化"久矣，而当今美国式消费主义正是基于"大众文化"或"文化工业"的一种创造，其所蕴涵的资本逻辑和技术理性不言自明。好莱坞无疑是美国文化的最佳例证，而其中的国家意识显而易见。第三点指向两个完全不同的向度，一个是歌德在看到《玉娇梨》等东方文学作品之后所率先呼唤的"世界文学"。尽管曾经应者寥寥，但近来却大有泛滥之势。这多少体现了资本主义制度在西方确立之后，文学何以率先伸出全球化或世界主义触角的原因。遗憾的是资本的性质不会改变。而西方后现代主义指向二元论的解构以及虚拟文化的兴盛，最终为去中心的广场式狂欢提供了理论或学理基础。

由上可见，经典新读和重估势在必行，它是时代的需要，是国民教育的需要，是民族复兴、国家发展的需要。为此，我们携手生活·读书·新知三联书店，以当代学术研究为基础，精心选取中外文学经典，邀请重要学者和译者，进行重新注疏和翻译，既求富有时代感，也坚持以我为本、博采众长的经典定位。学者、译者们参考大量文献和前人的版本、译本，力图与21世纪的中文读者一起，对世界文学经典进行重估与新读，以期构建中心突出、兼容并包的同心圆式经典谱系。我称之为"三来主义"，即"不忘本来，吸收外来，面向未来"。

除此之外，我们还特邀了相关领域的专家学者，为每部作品撰写了导读，希望广大读者可以在经典阅读的基础上，进一步了解作品产生的土壤，知其然，并且所以然。愿意深入学习的读者，还可以依照"作者生平及创作年表"以及"进一步阅读书目"按图索骥。希望这种新编、新读方式，可以培植读者，尤其是青少年读者亲近文学经典，使之成为其永远的精神伴侣和心灵慰藉。

需要特别说明的是，"经典新读"主要由程巍、高兴、苏玲等同事策划、推进，并得到了诸多译者和注疏者，以及三联书店新老朋友的鼎力支持。在此谨表谢忱！

（陈众议，中国社会科学院外文所所长）

目录

Contents

导　读　半入人间半入魔——谈谈果戈理和他
　　　　的短篇小说　　侯　丹　1

进一步阅读书目　23

作者生平及创作年表　24

可怕的复仇　1

旧式地主　65

涅瓦大街　99

鼻子　149

肖像　187

外套　265

译后记　侯　丹　309

导　读

半入人间半入魔

谈谈果戈理和他的短篇小说

侯　丹

尼古拉·瓦西里耶维奇·果戈理（1809—1852）是一位在俄国文学史上占据重要地位的作家，也是我国最早译介的俄国作家之一。早在1907年，鲁迅就在《摩罗诗力说》一文中称赞果戈理的作品"以不可见之泪痕悲色，振其邦人"，从20世纪20年代开始，果戈理的作品被陆续翻译成中文，他的创作不仅影响了包括鲁迅在内的一代又一代中国作家，同时也让他本人在中国读者间获得了广泛的声誉，果戈理的名字在我国早已人尽皆知。

果戈理出生在乌克兰一个地主家庭，他在父亲的田庄瓦西里耶夫卡度过自己的童年。1820年，涅仁高级科学中学成立，果戈理的父亲得到消息后决定把果戈理送到这所学校读书。1821年，果戈理进入涅仁中学，被编入二年级。涅仁中学为九年学制，分为三个学习阶段，最后三年学习大学课程，毕业后被看成大学生。果戈理的家境并不富裕，在上学之初他难看的穿着常常受到同学们的嘲笑，处境就

1

像《外套》中的巴施马奇金一样可怜，这让他流下了数不清的眼泪。最终，他的喜剧才华挽救了他，当同学们发现他十分善于嘲讽的特点之后，便不敢再随便地去招惹他。但是，他心中所尝到的苦涩并没有被遗忘，并且在他后来所写的那些小人物身上得到——再现。巴施马奇金那句悲愤的指责，"你们为什么要欺负我啊？"，或许也是年少的、忧郁的果戈理从心里发出的呐喊。少年时代的卑微处境让果戈理始终保持着对下层人民的人道主义同情。

1828年果戈理从涅仁中学毕业，获得十四等文官资格。同年年底，他告别了自己的家乡瓦西里耶夫卡，和好友达尼列夫斯基一起动身前往彼得堡。彼得大帝建立起来的京城对外省青年具有致命的吸引力，少年时代的果戈理一心向往首都的生活，幻想能在那里干一番惊天动地的事业。然而彼得堡的生活和他想象的完全不同，昂贵的物价让家境贫寒的果戈理感到难以承受，十四等文官的微薄薪俸让他看不到生活的希望，"为了挣到仅够支付一年房租和饭费的这点钱，我就必须出卖自己的健康和宝贵的时间吗？真不像话，这像什么？"[1]对供职感到失望的果戈理立

---

[1] [俄]果戈理著，李毓榛译：《果戈理全集》第八卷，安徽文艺出版社，1999年，第47页。

志从事文学创作。1829年他匿名出版了长诗《汉斯·古谢加顿》，这部作品不仅没有得到评论界的认可，反而遭到了可怕的批评，于是他跑遍所有书店，把这本书全都买回来之后付之一炬。但是他并没有就此灰心丧气，1831年，他的成名作《狄康卡近乡夜话》第一部出版了，翌年，又出版了第二部。引人入胜的鬼怪传说、浓郁的民间生活气息，以及欢乐幽默的调性，使作品一经问世就受到了评论界的欢迎。纳杰日金写道："摆在我们面前的这本小书属于我国文学最令人愉快的现象。"[1]普希金在读过《狄康卡近乡夜话》之后写道："它使我感到惊喜。这才是真正的快活呢，真挚、自然，没有矫饰，没有拘束。"[2]评论界的肯定坚定了果戈理从事文学写作的决心，在此后的几年里，他笔耕不辍、佳作频出。

《狄康卡近乡夜话》之后，果戈理的《小品集》和《密尔格拉得》相继问世，新的小说集虽然仍然有许多滑稽可笑的描写，但已经不再是单纯地引人发笑，在可笑的文字背后隐藏着作者对庸俗现实的批判和内心的感伤，他矛盾

---

[1] 袁晚禾、陈殿兴编：《果戈理评论集》，复旦大学出版社，1993年，第6页。

[2] 同上书，第14页。

而复杂的个性逐渐开始显露出来。果戈理在《作者自白》中曾这样谈论自己，他说自己是个天生"性格忧郁"的人，但是忧郁的性格却同喜剧性的幽默结合在了一起："虽说我天生性格忧郁，可我经常爱开玩笑……"[1]天赋的喜剧才能和忧伤敏感的性格形成了果戈理独特的艺术个性。表面的欢乐与深层的感伤相结合成为果戈理创作的一个显著特点，即使是在他展现喜剧才华的巅峰之作《钦差大臣》中流露出的感情也不是纯粹的、无忧无虑的欢乐，"那些以为这部喜剧仅仅是引人发笑的人错了。是的，它表面上是滑稽可笑的；可它的骨子里却隐藏着痛苦"[2]。在《死魂灵》中这种双重性特点表现得更加鲜明，果戈理已经不满足于将感伤的心绪隐藏在可笑的文字背后，而是以大段的抒情语言独立出现在作品当中，形成与日常生活描写相平行的另一种调性的内容。在中篇小说《外套》中感伤主义倾向达到了顶峰，虽然仍然有欢乐幽默的画面交相出现，但是作品的整体风格已经发生了改变。因此，果戈理虽然顶着喜剧作家的头衔步入文坛，但他却从来都"不是一位简单的好

---

〔1〕〔俄〕果戈理著，任光宣译：《作者自白》，见《果戈理全集》第六卷，安徽文艺出版社，1999年，第300页。

〔2〕袁晚禾、陈殿兴编：《果戈理评论集》，复旦大学出版社，1993年，第40页。

逗乐子的人，而是一位忧郁、高尚的幽默家，嘴角挂着微笑，眼中含着热泪，心中充满叹息"[1]。正像舍维廖夫所评论的那样，"在他的小说中我们似乎看到了两个人：一个是艺术家，他以洞察秋毫的奇特的想象吸引着我们，以接连不断的笑使人开心，透过笑他俯视着世间的一切卑下的现象；另一个是人，他在悲痛地哭泣，当艺术家大笑的时候，他心中却是另一番感受"[2]。他的艺术创作是欢乐与忧伤的奇妙结合，这种双重性正是果戈理才华的本质特点。

　　长久以来，果戈理充满矛盾的艺术世界都是文学批评界长盛不衰的话题，以别林斯基为代表的同时代批评家，以梅列日科夫斯基为代表的白银时代批评家，以及以赫拉普钦科为代表的苏联时代的文艺学家纷纷对其进行阐释，而得出的结论却各不相同，对果戈理的多重阐释也再次验证了其艺术世界的复杂性。进入 21 世纪后，俄罗斯学术界对果戈理的研究形成了一个新的高潮，不仅出版了大量关于果戈理的学术论文和专著，而且成立了专门的果戈理研究中心。果戈理研究作为一门新的学科，即果戈理

---

[1]　袁晚禾、陈殿兴编：《果戈理评论集》，复旦大学出版社，1993 年，第 89 页。

[2]　同上书，第 106 页。

学（гоголеведение）已经悄然形成。近些年来出现了大量关于果戈理的研究成果，总的来看主要采用了两种研究方法：第一，站在东正教的立场来研究果戈理。从东正教的角度来解读果戈理本人和他的创作形成了一股强大的研究趋势。莫斯科大学教授弗拉基米尔·瓦罗巴耶夫和高尔基世界文学研究所的研究员伊戈尔·维诺格拉多夫是这种研究方法的主要代表人物。一些研究者已经将果戈理称为"宗教作家"，对以《与友人书简选》为代表的散文和书信进行了与苏联时代全然不同的评价。第二，继续以传统的文艺学理论对果戈理作品进行诗学研究，以尤里·曼恩为主要代表人物。与过去相比，诗学研究也出现了新的倾向，越来越多的研究者把果戈理称为浪漫主义作家，曼恩、伊秀科－法杰耶娃、科博连科娃等学者都赞成这种观点。这两方面的学者都为果戈理学的发展做出了重要贡献。同时，果戈理的生平研究再次成为热点。一直以来，果戈理身上那些未解之谜都吸引着研究者的目光，他的飘忽不定的行踪、与周围人复杂奇妙的关系以及最后神秘的死亡，都是令研究者十分感兴趣的问题。对果戈理本人的研究不只局限于探寻伟大作家的精神轨迹，他与同时代人之间的关系也成为学界关注的话题，例如，玛列娃的著作《果戈理在莫斯科》（2008）记录了果戈理在客居莫斯科期间的私人往来。关于果戈理的传记类作品不断出现，不仅再版了佐洛图斯基所著的《果戈理传》（2007），由沃伦斯基所著的《果戈理》（2009）在尘封了半个多世纪之后也终于出现在读者面前。《阅读果戈理（第八辑）》中收录了多篇关于果戈理与同时代人关系的论文，这些研究成果从不同侧面记录了果戈理与同时代人、与当局的关系，为读者了解果戈理的处境和选择提供了佐证。

本书收录的六篇作品分别选自三本不同的小说集——《狄康卡近乡夜话》第二部、《密尔格拉得》和《彼得堡故事》。这些作品皆为果戈理的经典之作，体现了果戈理在不同时期的艺术风格和他与众不同的对世界的感受。阅读这些作品，我们可以深刻地领悟到果戈理独特的爱情观、艺术观以及宗教观。俄国批评家罗赞诺夫曾经说过，"在我们的文学中再也没有比果戈理更难以理解的人物了，无论您向那口井里看得多么深，您也永远看不到底"[1]。果戈理的创作也和他本人一样，具有复杂而多义的深刻内涵。

小说《可怕的复仇》选自《狄康卡近乡夜话》第二部，也是其中格调最为阴暗沉郁的作品。小说讲述了哥萨克英

---

[1] Розанов В.В.О Гоголе.Несовместимые контрасты жития. М.: Советский писатель, 1991.C.228.

雄达尼洛一家人的可怕命运。达尼洛老爷在与异教徒的残酷战斗中被杀死，杀死他的不是别人，而是他的岳父，他的妻子卡捷琳娜的父亲。卡捷琳娜的父亲是个巫师，他不仅背叛了东正教，而且还对自己的女儿产生了不伦的爱情，正是为了得到自己的女儿，他才对女婿达尼洛痛下杀手。卡捷琳娜在丈夫死后感到非常后悔，因为在巫师被抓以后，是她欺骗了自己的丈夫，放跑了他。卡捷琳娜在儿子也被巫师杀死之后彻底陷入疯狂，她手持利刃终日在森林里游荡，想找到自己的父亲，为丈夫和儿子报仇。然而，最终她没能杀死自己的父亲，而是父亲杀死了发疯的女儿。巫师本人也没能逃脱可怕的命运，他被喀尔巴阡山上的高大骑士掐死之后扔进了深谷当中。巫师为何犯下如此可怕的罪行？达尼洛一家人为何如此不幸？这一切都在小说的结尾处得到了说明。盲人班杜拉歌手的讲述说明了一切，巫师的身上承载的是他祖先的罪孽。他的祖先彼得嫉妒自己的结拜兄弟伊万，并且杀死了他。伊万为了惩罚彼得就向上帝请求，"让他的所有后代在世上都得不到幸福！让他家族中的最后一个人成为这世上最作恶多端的人"！巫师就是彼得的后人，他的每一桩罪行都让地下的祖先们不得安宁，这些祖先的尸体从四面八方涌入深谷之中，啃咬着不断长大的彼得的尸体，而伊万就骑马站在高高的喀尔巴阡山上，目睹着仇人永无止境的痛苦。上帝说，"就按你说的办吧，但是你将永远骑马站在那里，而你骑马站在那里，就无法进入天堂"！这种惩罚的可怕之处在于，这并不是上帝的主意，而是人自己想出来的惩罚方式，在惩罚仇人的同时自己也永远不能进入天堂。上帝告诉人们要宽恕一切，放下一切罪过，这个训诫并没有被人类所遵守。小说结尾的故事既是对前文的注解和说明，也表达了果戈理对复仇的独特看法，罪大恶极的人固然会受到严厉的惩罚，但是对罪行的永不宽恕同样会受到上帝的惩罚，同样无法进入天堂。

《旧式地主》选自果戈理1835年出版的小说集《密尔格拉得》。这篇小说从问世之日起就引起了不同的解读，迄今仍在继续。一些人认为这部作品歌颂的是田园生活的美好、相濡以沫的爱情，旧式地主们的生活就是和平宁静的生活理想的象征。而另一些人认为，果戈理对他们美满幸福的生活的描写完全出于讽刺的目的，正是这些地主寄生在广大农奴的血肉之上，享受着他们的劳动成果，这些寄生虫对整个社会没有任何价值。《旧式地主》的故事情节并不复杂：生活在乡下的地主阿法纳西·伊万诺维奇和他的妻子普尔赫里娅·伊万诺夫娜过着殷实富足、与世无争的日子，他们心地善良、性情平和，享受着农庄里出产的各种美食，幸福快乐地迎接每一个日出日落，直到有一天妻子生病去世，丈夫无法承受失去妻子的悲伤，终日沉湎在对妻子的思念当中，最后当死神来敲门的时候，他抱着即将与妻子团聚的喜悦心情平静地离开了人世。这样一个简单的故事经过果戈理的描写，变成了一个具有复杂的道德内涵的经典作品。小说中果戈理从一个出人意料的视角描写了这对地主夫妇之间的爱情，最为平常的饮食形象成为联系地主夫妻感情的纽带，普尔赫里娅把自己对丈夫的情意都倾注在准备美味的食物上面，在她去世之后，丈夫对妻子的深刻思念也同样通过食物表现出来，他所吃的每一道菜都能令他想起已经身故的妻子，崇高与庸俗、精神与肉体巧妙地结合在了一起。果戈理通过地主夫妇之间朴素的爱情为世人呈现了一种超越激情之上的、具有永久生命力的强大感情，这样的爱情不仅仅是至死不渝，而且是死后仍然在继续。这种平静、和谐的感情正是果戈理所向往的爱情模式，1832 年 12 月 20 日，果戈理在给达尼列夫斯基的信中写道："我觉得拜伦才是假装。他过于炽热，爱情说得太多，而几乎总是带着狂暴的情绪。这有点让人怀疑。强烈而持久的爱情是普普通通的……"[1] 但是这理想的爱情却散发着无比庸俗的气息，吃吃喝喝成了表

---

[1]〔俄〕果戈理著，李毓榛译：《果戈理全集》第八卷，安徽文艺出版社，1999 年，第 80 页。

达爱情的唯一手段，在果戈理的文字中可以感受到他对这种田园牧歌式的幸福生活抱有一种温和的嘲讽，他既向往它的甜美与安宁，又为它的庸俗感到忧伤，正是果戈理本人对人物态度的复杂性导致了学者们对其作品的多样化解读。至于读者如何看待果戈理笔下的这两个人物，可以说反映了读者本人的生活信仰和生活理想。

　　《涅瓦大街》是小说集《彼得堡故事》的第一篇作品，果戈理在这篇小说中表达了自己对这个城市的总体印象和感受。果戈理笔下的彼得堡是个虚假而荒诞的世界，而涅瓦大街尤其如此。小说的主人公皮斯卡廖夫和皮罗果夫是一对性格迥异的朋友，皮斯卡廖夫是个充满幻想的画家，皮罗果夫则是个精明的实用主义者，两个人都在涅瓦大街上遇见了让自己一见倾心的美女，然而他们对令自己心动的女子抱有的态度却截然不同。皮斯卡廖夫在与黑发女郎邂逅之后心中涌动着高尚而纯洁的感情，头脑中满是浪漫主义的美好幻想，他希望能够让落入风尘的美人儿重新回到正确的道路上，甚至幻想能够娶她为妻，一起去过勤劳朴素的生活。然而残酷的现实让主人公彻底失去了希望，漂亮的黑发女郎在淫逸堕落的生活中早已丧失了劳动的愿望和心灵的淳朴，她不仅冷酷地拒绝了他，而且无情地嘲笑着他的痴心妄想。最终他只能在绝望中悲惨地死去。果戈理直言不讳地指出，在这里"一切都是欺骗，一切都是幻象，一切都不是它的本来面目！"。马尔科维奇认为，"果戈理的彼得堡似乎是对世界灾难的预言"[1]。在这个到处是谎言的世界里注定没有幸福的结局，"你第一而唯一的爱人是个娼妓样的妇女，她的贞洁是个神话，而这神话就是你的生活"[2]。这场神话般虚假的恋爱要了皮斯卡廖夫的命，而他的死亡没有得到任何人的同情，连他的朋友皮罗果夫都没有出席他的葬礼，那些因为职责所在不得不出席的警察和医生也都表情漠然，但是这并不是全部，按照果戈理一贯的风格，无论是悲剧还是喜剧一定会有完全相反的因素参与进来，所以在皮斯卡廖夫的葬礼上闯进了一个喝醉了酒而痛哭的士兵，他的哭声在葬礼上显得十分滑稽可笑，然而这种滑稽性不仅没有减少葬礼的悲凉感，反而让葬礼显得更加悲凉。与皮斯卡廖夫的悲剧性结局相反，皮罗果夫的经历完全是一场喜剧。他在碰到金发女郎之后心中没有产生任何高尚的感情，他追逐金发女郎完全为了猎艳和享乐。在遭到金发女郎的拒绝之后，他仍不肯罢休，在反

---

〔1〕 Маркович В.М.Петербургские повести Н.В.Гоголя.М.Л.,1989.с.68.

〔2〕 ［美］纳博科夫著，刘佳林译：《尼古拉·果戈理》，广西师范大学出版社，2010年，第14—15页。

复纠缠的过程中发生了很多可笑的事情，直到最后被金发女郎的丈夫扔到大街上。但是作为一个讲究实际的人，他很快就平息了心中的怒火，继续若无其事地过着自己的日子。高尚正直的皮斯卡廖夫离开了人世，而厚颜无耻的皮罗果夫却安然无恙地活在这个世上，在传统文学中人物的命运不应该是恰恰相反吗？浪漫主义的艺术原则被彻底颠覆，人物反传统的结局更加凸显了彼得堡的荒诞色彩。作者通过这种生与死的对比实现了带有忧伤意味的讽刺，年轻的别林斯基对这一点看得十分清楚：“皮斯卡廖夫和皮罗果夫——什么样的对照啊！他们俩在同一天，同一小时，开始追逐各自的美女，可是他们追逐的结果是多么不同呢！皮斯卡廖夫和皮罗果夫，一个黄土长埋，另外一个却愉快而幸福，甚至在追逐失败和挨了一顿毒打之后！……是的，诸位，活在这世上真是沉闷啊！……”[1]

　　小说《鼻子》最初发表在1836年的《现代人》杂志第三期上，后来被收录到《彼得堡故事》当中。普希金在《现代人》上发表的关于《鼻子》的附注中写道：“果戈理君很长时间都不同意刊登这个笑话，但是我们在里面

---

〔1〕〔俄〕别林斯基著，满涛译：《别林斯基选集》第一卷，上海文艺出版社，1963年，第201页。

找到了很多出人意料的、幻想的和独特的东西，我们说服他允许我们和公众分享这部手稿带给我们的欢乐。"[1]正像普希金所指出的那样，《鼻子》是一篇十分独特的作品，它既严肃，又滑稽；既现实，又魔幻。小说讲述了一件离奇的、难以解释的怪事。科瓦廖夫少校一觉醒来之后发现他的鼻子不见了。这一事件的怪诞之处就在于事情的发生没有任何原因，没有罪魁祸首，谁也不会为此受到惩罚，而鼻子本身就是被追踪的对象。鼻子离开了科瓦廖夫少校的身体，摇身一变成了一个五等文官。它不仅脱离了身体的控制，而且官衔还比科瓦廖夫少校高出好几级，所以当科瓦廖夫少校在教堂意外碰见鼻子时不仅感到惊讶，而且有些胆怯，从而错失了抓住鼻子的好时机。就在他彻底绝望之时，鼻子却被警察巡长完好无损地送了回来，可是他却没有办法把鼻子重新安回自己的脸上去，就连医生都束手无策，但是最后连这个难题也自行解决了，又是在一觉醒来之后，一切都恢复了原样，鼻子又回到了科瓦廖夫的两颊之间，就像从未离开过一样。整个事件从头到尾都笼罩在迷雾当中，让读者无法参透其中的奥妙，叙述人也没有对这一切做出合乎常理的解释，最后甚至闪到一旁和读者

---

[1] [俄]普希金：《现代人》，1836年第3期，第54页。

一起对这一事件表示惊讶。在最初的草稿中果戈理是以梦境作为对一切怪事的解释，以科瓦廖夫一觉醒来作为结束。但是在最后发表的作品中果戈理放弃了这一老套的艺术方法，他抛弃了梦境，也否定了酒精的作用，保留了幻想的内容，却拒绝给出清晰的解答。这是因为果戈理要表现的就是一个混乱而无序的世界，一切荒诞离奇的事情都有可能发生，所以那个坐在马车里、穿着文官制服的人居然是个鼻子……纳博科夫指出，彼得堡并不真实，而果戈理也不太真实，所以"当俄罗斯最奇怪的人走在彼得堡的街上时，它呈现出古怪来，就不奇怪了"[1]。

　　小说《肖像》共有两个版本，第一版发表在1835年的《小品集》中，第二版发表在1842年的《彼得堡故事》中，本书中收录的为小说的第二个版本。在两版相隔的七年当中，果戈理游历欧洲，旅居罗马，沉迷于意大利的绘画艺术，这些经历不仅影响了他的世界观，也让他的艺术观发生了转变，因此他对自己的这篇旧作进行了大手笔的改写，导致两个版本之间存在着较大的差异，叙事内容和艺术思想都发生了很大的改变。第二版《肖像》可以说是果戈理在

---

〔1〕〔美〕纳博科夫著，刘佳林译：《尼古拉·果戈理》，广西师范大学出版社，2010年，第14页。

新时期的美学宣言。小说主要讲述了一个有才华的青年画家恰尔特科夫在名利和金钱的诱惑下走向毁灭的故事，并且以僧侣画家和隐居意大利的画家的人生经历作为主人公命运的参照体系，提出了艺术家应该走什么样的道路，以及如何自我救赎的问题。年轻的画家恰尔特科夫经历了这样一个发展过程：起初他是个贫穷而有才华的艺术家，但是他的作品不被大众认可，他开始怀疑自己创作的价值，向往时髦画家的舒适生活，在意外得到一笔财富之后，为了安逸的生活放弃了艺术，最后艺术意识觉醒而导致精神彻底崩溃。有趣的是，恰尔特科夫最后的毁灭不是由于他在庸俗美学的道路上越走越远，而恰恰是由于他艺术意识的复活。面对昔日同窗的天才之作，他心中早已熄灭的火花又重新燃烧起来，他想让一切重新开始，但是他没有走上正确的自我救赎之路，最终疯狂的嫉妒让他彻底变成了魔鬼。恰尔特科夫的故事表现了崇高的艺术与人们的需求之间的裂痕，才华在社会需求的压迫下逐渐枯萎，正是无知的公众把贫穷而有才华的艺术家逼上了自我毁灭的道路。小说的第二部讲述了一个僧侣画家的经历，他在进入修道院之前曾经给一个高利贷者画过一幅肖像，从那以后所有得到这幅肖像的人都会遭遇不幸，当他意识到自己的画笔被魔鬼利用了之后，决定用禁欲和苦行为自己赎罪，他远离人群，进入修道院，在宗教的怀抱中日夜忏悔，终于洗净了自己的罪过，再次拿起了画笔。僧侣画家对来修道院探望自己的儿子说出了自己对艺术的领悟，他强调了艺术与上帝、艺术与心灵的联系："才华是上帝最珍贵的赏赐"，"一个有创造力的画家，无论是画渺小的东西还是画重要的东西，都一样伟大；鄙俗的东西在他的笔下不再鄙俗，因为其中无形地渗入了创造者美好的心灵，鄙俗的东西被高尚地表现出来，因为它经过了作者心灵的净化"。"艺术中存在着关于美好天堂的暗示，只凭借这一点，艺术就已经高于一切。"僧侣画家的精神遗嘱是整篇小说的中心思想，也包含了果戈理本人的艺术思想。小说中还有一个未出场的画家，来自意大利的"天才之作"的作者，这位画家的光辉形象通过那幅感动并震撼了所有人的作品显现出来，他的创作代表了真正的艺术美，恰尔特科夫的灵魂在看见这幅作品的那一刻苏醒。这个远离故土的画家在追寻艺术的道路上没有走过任何弯路，他在遥远的意大利像个隐士一样全身心地投入到工作当中，放弃一切享乐和社交生活，把一切都献给了艺术，始终保持着心灵的纯洁，终于创作出了真正的杰作。"为艺术献身"是果戈理在第二版中重点强调的艺术家的品质。"为艺术牺牲一切，用全部的激情热爱它吧！"僧侣画家在经过多年的赎罪之后有了这样的感悟，而远在意大利的画家始终沿着这条道路前进，从未偏离。三个画家的命运在作品中相互对照，表达了果戈理对艺术、艺术家使命、艺术与宗教相互关系的看法。按照果戈理的观点，艺术家要创作出美好的形象就要保持心灵的纯洁，不受任何诱惑；而有罪的灵魂只有在宗教的怀抱中才能得到救赎；最后，果戈理以那个未出场的画家为榜样为艺术家指明了正确的道路，那条道路不论是恰尔特科夫，还是僧侣画家都不曾选择，那是属于未来的艺术家的道路，那条理想之路正等待着后辈之人——僧侣画家的儿子。

　　小说《外套》选自《彼得堡故事》，是一篇小官吏题材的作品，和大多数源自于西方的小说题材不同，小官吏题材是俄国文学自身的产物，是土生土长的俄国式题材。在果戈理之前，小官吏题材的作品通常只把这一阶层作为讽刺嘲笑的对象来加以描写，描写他们卑微的外表、贫乏的内心以及滑稽可笑的举止，丝毫不关心他们的内心世界，不关心他们做一个人所具有的情感和愿望。果戈理的《外套》突破了这种传统模式，第一次在读者的心中激起了对这一阶层的怜悯与同情，第一次让人们认识到他们和别人一样也是人，他们也有自己的幸福和不幸，同样值得人们为他们开心或哭泣。《外套》的主人公巴施马奇金是彼得堡的一个小官吏，他处在彼得堡官吏等级的底部，没有任何晋升的希望，他在同一个办公室里、同一个位置上坐了三十年，每天抄抄写写，但是却并不明白写的是什么，这也意味着他才智平庸，不可能有上升的空间。他一个人孤独地生活，没有妻子子女，没有任何人爱护他、珍惜他，办公室的同事全都欺负他，但是他并不是一个没有感情、没有欲望的人，他有自己要操心的事情，即使是最卑微的个体，他仍然还是一个人，他仍然希望吃饱穿暖，能有自己的体面，他对外套的渴求就是对建立自己个体尊严的外在表现。在巴施马奇金的毁灭当中，外套起了决定性的作用，为了做一件新外套他节衣缩食，但是却体验到了前所未有的快乐，"他的生活变得比过去充实了，好像娶了老婆，有人陪着他似的，他不再孤身一人，而是有了一个亲密的伴侣，愿意和他一起走过人生的道路，这个伴侣不是别人，正是那件絮着厚厚的棉花、衬里结实耐穿的外套"。他陷入了一场和外套之间的虚假恋爱当中，只有在诡异的彼得堡才会出现这样的事情，外套成为一个人钟情的对象，这样一件普普通通的物品在主人公的生活中变成了一个崇高的目的，让他的内心充满了激情与诗意，这种崇高与庸俗的结合营造出一种感人至深的效果。他为了外套倾其所有，最终却又被它遗弃，失去外套的他就好像失去了亲密的伴侣一样，丧失了生活的乐趣与意义。外套被抢之后，他听从同事的建议去向一位将军求助，但是不仅没有得到任何帮

19

助,反而被将军申斥了一顿,失望和恐惧让他一病不起。死后他变成了一个幽灵,专门抢夺别人的外套,借助地狱的力量完成自己对人类的报复。在尾声中巴施马奇金生前的命运与死后的经历形成了鲜明的对比,生前忍气吞声的小人物变成了让所有人都害怕的鬼魂,他从所有人身上扒掉外套,也包括那个不可一世的大人物,大人物在鬼魂面前则吓得魂不附体。在虚幻的世界里小人物变成了复仇者,这是对他生前所承受的所有苦难的虚假奖赏。作者通过这个幻想式的情节让读者受到伤害的道德感情获得一点补偿,尽管在潜意识中都知道这是不可能的。在《外套》中仍然有一些喜剧性的细节描写,但是这些滑稽可笑的细节并没有削减作品本身的悲剧性,反而使作品的整体基调显得更加沉重。

从皮斯卡廖夫幻想得到的爱情,到巴施马奇金对外套的奢望,所有人对幸福的追求最后都化成了泡影,这是虚幻的、吊诡的彼得堡对人物的无情讽刺,也是果戈理对现实的非逻辑性的残忍再现。

1842 年以后,果戈理的创作进入了停滞期。此后十年,果戈理几乎都在写《死魂灵》第二卷,但是进展却十分缓慢。1845 年以后,除了《与友人书简选》他没有任何作品问世,就连《与友人书简选》中的文字也不全是他的新作,而是收入了很多他从前写的书信。在《与友人书简选》中果戈理摘掉了滑稽可笑的面具，成了一位悲天悯人的布道者，他拒绝作家的称号，开始了自己拯救心灵的事业。虽然果戈理本人做好了从作家到说教者的角色转变的准备，但是公众和评论界并没有做好这样的准备，别林斯基指出："一个人如果不满意自己的道路，而往别的道路上挤的话，是可悲的！在这新的道路上等待他的必然是摔跟头，摔了跟头之后并非总能回到原先的道路上……"[1]恰如别林斯基所言，《与友人书简选》没能得到果戈理期待中的好评，反而受到了公众的冷嘲热讽。然而，果戈理并没有再次回到他原来的道路上，他究竟是不愿意回归作家身份，还是已经没有能力担负作家的使命，我们不得而知。1852年2月21日（公历3月4日），早晨8点左右，果戈理去世。在去世之前他意识清醒地说出了最后一句话："死亡多么美好！"[2]据他的仆人回忆，果戈理在2月12日的凌晨3点钟，烧毁了自己的手稿。那是否就是已经完成的《死魂灵》第二卷，这已经成为俄国文学史上永远的谜题。在果戈理身上也有很多未解之谜，他悲剧性的自我挣扎、狂

---

〔1〕 袁晚禾、陈殿兴编：《果戈理评论集》，复旦大学出版社，1993年，第169页。

〔2〕 Письмо С.П. Шевырева М.Н. Синельниковой о последних днях и смерти Гоголя.С.445.

热的宗教理想成为俄国文学史上最令人费解的现象。不过，这些笼罩在果戈理身上的迷雾无损于他在俄国文学史的地位，他和普希金一起被视为俄国现实主义文学的奠基人，车尔尼雪夫斯基称他为"俄国散文之父"，自然派作家奉他为鼻祖，布尔加科夫尊他为老师，其作品本身的复杂性让很多不同流派的作家都能从他那里找到自己的源头。虽然果戈理的文学遗产并不算多，但是我们可以肯定的是，他用自己并不丰厚的著作开创了俄国文学史上的一个时代，他独特的对世界的感受和对黑暗的敏锐洞见开启了俄国文学新的一幕，俄国文学的"整个'黑夜意识'——托尔斯泰的虚无主义、陀思妥耶夫斯基的深渊、罗扎诺夫的反抗——都来自果戈理……在果戈理之后是'完全的不安宁'，是世界规模和世界声誉"[1]。果戈理成为一批更有才华的俄罗斯作家的先驱，为后来的人们铺就了一条通往新的文学领域的道路。

（侯丹，任职于中国社会科学院外国文学研究所，研究方向为俄罗斯文学）

---

[1] ［苏联］赫拉普钦科著，刘逢祺、张捷译：《尼古拉·果戈理》，上海译文出版社，2001年，第695—696页。

进一步阅读书目

《果戈理全集》（全8卷），果戈理著，白春仁等译，安徽文艺出版社，1999。

《果戈理传》，佐洛图斯基著，刘伦振等译，天津人民出版社，1982。

《尼古拉·果戈理》，纳博科夫著，刘佳林译，广西师范大学出版社，2010。

《回忆果戈理》，屠格涅夫等著，蓝英年译，东方出版社，2008。

Н.В.ГОГОЛЬ.Полное собрание сочинений. Т. I-XIV. М.-Л. 1937–1952.

Н.В.ГОГОЛЬ. в русской критике : М.:издат. Худож.лит. 1953.

作者生平及创作年表[1]

1809 年 3 月 19 日（公历 4 月 1 日）出生于乌克兰波尔塔瓦省密
      尔格拉得县大索罗庆采村。

1818—1820 年 在波尔塔瓦上小学。

1821 年 进入涅仁高级科学中学。

1825 年 父亲去世。

1828 年 中学毕业，并于年底到达彼得堡。

1829 年 出版田园诗《汉斯·古谢加顿》。

1830 年 进入封地局担任抄写员，并在《祖国纪事》上匿名发表作品。

1831 年 2 月被聘为爱国女中历史教师，5 月结识普希金，9 月出
      版《狄康卡近乡夜话》第一部。

1832 年 出版《狄康卡近乡夜话》第二部。

1834 年 被聘为圣彼得堡大学世界史研究室副教授。

1835 年 《小品集》和《密尔格拉得》出版。

1836 年 5 月《钦差大臣》上演，6 月出国，年底开始创作《死魂灵》。

1837 年 离开巴黎去罗马。

---

[1] 除括号内标注的生卒日期外，其余时间均采用俄国旧历。

1838 年 在罗马创作《死魂灵》。

1839 年 9 月返回莫斯科。

1840 年 5 月再次出国，8 月在维也纳患病，9 月抵达罗马。

1841 年 继续创作《死魂灵》，10 月回到俄国。

1842 年 5 月出版《死魂灵》第一部，6 月离开彼得堡，经柏林到
黑斯廷，最后抵达罗马。

1842—1848 年 住在国外，辗转于多个欧洲城市之间，在罗马居
住的时间最久。

1843 年 四卷本文集出版，与友人斯米尔诺娃一起在尼斯过冬。

1844 年 秋，客居法兰克茹科夫斯基家中。

1845 年 春季患病，到汉堡疗养。

1846 年 创作完成《钦差大臣的结局》。

1847 年 出版《与友人书简选》。

1848 年 5 月回到故乡与家人团聚，9 月移居莫斯科。

1849 年 去卡卢加探望斯米尔诺娃。

1850 年 7 月回到瓦西里耶夫卡，10 月赴敖德萨。

1851 年 6 月返回莫斯科，准备出版《果戈理文集》第二版。

1852 年 2 月身染重病，2 月 12 日的凌晨焚毁《死魂灵》第二部手稿。
2 月 21 日（公历 3 月 4 日），星期四，早晨 8 点左右，果
戈理去世。在去世之前他意识清醒地说出的最后一句话：
"死亡多么美好！"

可怕的复仇

一

　　基辅城的尽头热热闹闹、锣鼓喧天：大尉戈洛别茨正在给自己的儿子举办婚礼。大尉家里来了很多宾客。在过去的年代人们喜欢好好吃一顿，最好再喝点酒，要是能再消遣消遣那就更开心了。扎波罗什人米基卡骑着自己的枣红马直接从在彼列什良田野开怀痛饮的宴会上赶来做客，在那里他用红酒招待了国王的那些小贵族七天七夜。大尉的结义兄弟达尼洛·布鲁尔巴什也来了，他住在第聂伯河对岸，他的农庄位于两座大山之间，和他一起来的还有他年轻的妻子卡捷琳娜和刚满周岁的儿子。卡捷琳娜太太面容白皙，乌黑的眉毛好像德国产的天鹅绒一般，穿着华丽的连衣裙和天蓝色丝制衬裙，长筒靴上钉着银色的鞋掌，这让客人们大为惊艳；但是更让人诧异的是，她的老父亲没有和她一起来。他在第聂伯河河畔只住了一年，而他曾经有二十一年音信皆无，他回到女儿这里的时候，女儿已

1

经嫁人了，并且有了一个儿子。想必他会讲很多奇闻趣事。在异国的土地上待了那么久，怎么可能不会讲呢！那里一切都是另一种样子：不一样的人们，也没有基督教的教堂……但是他并没有来。

招待客人们的是加了葡萄干和李子的甜酒，还有摆在大餐盘上的圆面包。乐师们开始吃和钱币一起烤出来的面包，暂时停止了奏乐，把扬琴、小提琴和手鼓放在自己的旁边。这时一些年轻的媳妇和姑娘用绣花手帕擦了擦嘴，再次从自己的位置上走出来；小伙子们两手叉腰，傲慢地环顾左右，准备朝她们迎过去——这时老大尉捧出了两尊圣像给新人祝福。这圣像是他从正直的苦行修士瓦尔法洛姆长老那里得来的。圣像上没有太多装饰，既不闪银光，也不闪金光，但是有它们在家里，任何妖魔鬼怪都不敢进来。大尉举起圣像，正打算说一段简短的祈祷文……在地上玩耍的孩子突然吓得连连尖叫，人们跟着这些孩子一起向后退，所有人都惊恐地用手指着他们中间的一个哥萨克。他是谁——没人知道。不过，他已经相当出色地跳了一阵哥萨克舞，已经把周围的人群逗得哈哈大笑。当大尉举起圣像时，那个人的整张脸突然变了样：鼻子变长了，垂到了一侧，褐色的眼睛变成了绿色，嘴唇变成了蓝色，下巴哆嗦着，变得像梭镖一样尖，嘴里伸出了獠牙，脑后隆起了驼背，哥萨克变成了一个老头子。

"是他！是他！"人们叫喊着，紧紧地挤在了一起。

"巫师又出现了！"母亲们叫喊着，搂紧了自己的孩子。

大尉把圣像对着巫师，威风凛凛地上前一步，大声说：

"快消失，你这魔鬼！这里没你待的地方！"那个怪老头的牙齿像狼一样咯吱咯吱地响，接着就消失不见了。

人们七嘴八舌地议论起来，仿佛阴雨天里海上掀起了波澜。

"这个巫师到底是什么人？"年轻的、没见过世面的人问道。

"灾祸要来了！"老人们摇着头说。在大尉家宽敞的院落里，人们聚成一堆一堆的，听别人讲关于那个巫师的故事。但是几乎每个人讲的都不一样，大概没有人能说清关于他的事情。

一桶蜂蜜被送到了院子里，还摆上了很多桶核桃酒。大家又快活起来。乐师们开始演奏，姑娘们、小媳妇们、衣着鲜艳的彪悍的哥萨克们飞快地跳起舞来。九十岁和一百岁的老者已经微有醉意，也轻轻地踏起了舞步，回忆着没有虚掷的旧时光。饮宴一直持续到深夜，这样的宴席现在已经没有了。客人们纷纷离席，但是很少有人回家：许多人就在大尉家宽敞的院子里留宿；还有更多的哥萨克没经主人允许就自行睡下了，躺在了长椅下、地板上、马匹旁边、牲畜栏附近；哥萨克醉倒在哪儿就睡在哪儿，鼾声响彻整个基辅城。

二

整个世界安静而明亮：月亮从山背后升起来。月亮给山谷林立的第聂伯河岸边仿佛罩上了一层用昂贵的、洁白如雪的大马士革钢制成的薄纱，黑暗躲进了远处的松林中。

在第聂伯河中央有一艘木船。船头坐着两个小伙子；黑色的哥萨克帽子歪戴在一边，船桨下水花四溅，仿佛是火镰打出的火星。

两个哥萨克为什么不唱歌呢？既不谈论波兰天主教神甫在乌克兰走动，给哥萨克民众进行天主教洗礼，也不说鞑靼军队怎样在盐湖那里厮杀了两天。他们怎么能唱歌，怎么能讲说这些扫兴的事情呢：他们的老爷达尼洛正在沉思，薄呢红上衣的袖子垂到了船外面，已经吸到水了；他们的夫人卡捷琳娜静静地摇晃着婴孩，目不转睛地看着他，水化成灰色的小水珠落在她没有被亚麻布盖住的漂亮裙子上。

从第聂伯河的水中央远望高耸的群山、辽阔的草原、绿色的森林，真是令人愉悦啊！说山也不是山：没有山脚，山下和山顶一样，都是尖尖的山峰，山上和山下都是高高的天空。那长在山上的森林也不是森林，而是森林老人乱蓬蓬的脑袋上长出来的头发。脑袋下面是浸在水中的大胡子，而胡子下面和头发上面都是高高的天空。那草原也不是草原：那是圆形的天穹中间束上的一条绿腰带，月亮就在上半段和下半段之间来回游走。

达尼洛没有望向别处，他看着自己年轻的妻子。

"怎么了，我的小妻子，我的宝贝卡捷琳娜，你不开心吗？"

"我没有不开心，我的达尼洛老爷！我只是被那些关于巫师的奇怪故事吓坏了。据说，他生下来就这么可怕……从小就没有孩子愿意和他玩儿。听我说，达尼洛老爷，他们讲得多可怕：似乎所有人都觉得他很奇怪，所有人都取笑他。要是有人在黑漆漆的晚上遇见他，仿佛看见他张开嘴，露出了牙齿。第二天这个人就死了。我听到这些故事，既觉得离奇，又感到害怕。"卡捷琳娜说着掏出手帕，擦了擦睡在她怀里的孩子的小脸。手帕上的图案是她用红丝线绣的树叶和浆果。

达尼洛老爷没有说话，他望向黑暗的、远远的从森林后面露出黑黢黢的土墙的那个方向，墙那边耸立着一座古老的城堡。他的眉头立刻出现了三道皱纹，左手捋着自己漂亮的髭须。

"巫师还不算可怕,"他说,"可怕的是,他是个不怀好意的客人。他起了什么古怪念头到这儿来的?我听说,波兰人想要建一个要塞,切断我们去扎波罗什的路。就算当真是这样……一旦我听到他有栖身之处,我定会捣毁他的鬼窝。我会烧死那个老巫师,这样乌鸦就不会吃他了。但是,我想,他肯定有些金子和其他财产。关键是这魔鬼住在哪里!如果他有金子……我们要从一堆十字架旁边划过去——这是一片墓地!他的那些不洁净的祖先就在这里腐烂。据说,他们为了钱准备把自己连同灵魂和破衣烂衫都一起卖给魔鬼。如果他真有金子,现在就不能再耽搁了,战争中不是总能有战利品的……"

"我知道你想干什么。我觉得和他碰面不会有什么好处。但是你的气息那么沉重,目光那么严肃,你的眼睛那么忧郁,又那样皱着眉头!"

"闭嘴,你这娘儿们!"达尼洛生气地说,"谁和你们拴在一起,自己也就成了娘儿们。小伙子,给我把烟袋点上!"他转头对一个划船人说,那人从自己的烟袋里敲出一些热烟灰,装进了老爷的烟袋里。"巫师能吓唬得了我!"达尼洛老爷继续说道,"谢天谢地,哥萨克既不怕鬼,也不怕波兰神甫。我们要是听娘儿们的话,那还有什么用？是不是这样，小伙子？我们的妻子是烟袋和尖刀！"

卡捷琳娜不作声了，低垂着眼睛望着沉睡的河水；风把水面吹起了涟漪，整个第聂伯河银光粼粼，仿佛深夜里狼身上闪亮的毛皮。

船转了个弯，朝森林密布的岸边划去。已经看得见岸上的墓地：破旧的十字架密集地簇拥在一起。十字架中间没长任何花花草草，只有月亮从高高的天空散发出温暖的光亮。

"小伙子们，听见喊声了吗？有人在向我们求救！"达尼洛老爷转头对划船的人说。

"我们听见喊声了，好像是从那个方向传来的。"两个小伙子指着墓地那边异口同声地说。

但是又安静下来了。小船拐了个弯，绕过了一段凸出来的河岸。突然划船的人停止了摇桨，眼睛一动不动地盯着一个地方。达尼洛老爷也呆住了：恐惧和冰冷渗进了哥萨克的血管里。

墓地里一个十字架摇晃起来，从它后面钻出来一个干枯的死人。胡子垂到腰上；手指甲非常长，比手指头还长。他缓缓地向上举起双手。他的脸哆嗦着，歪斜着。显然，他在忍受巨大的痛苦。"我憋得慌！憋得慌！"他呻吟着，发出野兽一般不像人的声音。那声音像刀子一样刺心，死人突然又钻进了地下。另一个十字架晃动起来，又钻出来一个死人，比前一个更吓人、更高大；全身毛发丛生，胡子长达膝盖，瘦骨嶙峋的指甲比胡子还要长。他的叫喊声也更像野兽："我憋得慌！"——接着就钻到了地下。第三个十字架晃动起来，第三个死人站了起来，好像，只有一副骷髅高高地站在地上。胡子垂到脚面，指甲长长的手指扎进了土里。他恐怖地高举着双手，似乎想要够到月亮，他叫喊着，就像有人在锯着他枯黄的骨头一样……

在卡捷琳娜怀里熟睡的孩子，叫了一声，醒了。太太自己也叫了一声。划船人的帽子掉进了第聂伯河。老爷自己也哆嗦了一下。

突然一切都消失了，就好像从未发生过一样；但是两个小伙子好半天都没有拿起船桨。

达尼洛担心地看了看年轻的妻子，被吓坏的妻子摇晃着怀中哭闹的孩子，达尼洛把她搂在胸前，亲了亲她的额头。

"别害怕，卡捷琳娜！你看：什么都没有！"他用手指着两旁说。"这是巫师想吓唬人，不让任何人到他的鬼窝去。这套把戏只能吓得住娘儿们！把儿子给我抱着吧！"说着达尼洛老爷把儿子举起，送到自己的唇边。"那什么，伊万，你不怕巫师吧？你说：'不怕，爸爸，我是哥萨克。'好了，别再哭了！就快到家了！一到家妈妈就喂你吃粥，把你放到摇篮里睡觉，妈妈给你唱歌：

> 人们啊，多么善良！
> 都把我的儿子来夸奖！
> 快快长大去玩耍！
> 给哥萨克带来荣光！
> 让敌人全灭亡！"

"听我说，卡捷琳娜，我觉得，你的父亲不想和我们好好相处。他一来总是阴沉着脸，很冷淡，好像气哼哼的……唉，不满意为啥要来。也不肯为哥萨克的自由干一杯！也不抱抱孩子！一开始我还想跟他无话不谈呢，但是他不接话茬，我也就闭嘴了。不，他的心不是哥萨克的！哥萨克的心碰到一起，怎么能不掏心窝子呢！怎么样，小伙子们，快靠岸了吧？喂，我给你们两顶新帽子。你，思杰茨科，我给你一顶镶金边的丝绒帽子。我把它连同一个鞑靼人的脑袋一起砍下来了。他的所有东西也全都归我；只有他的灵魂被我放走了。行了，靠岸吧！瞧，伊万，我们到家了，你还在哭呢！你抱他吧，卡捷琳娜！"

所有人都下了船。山后面露出了一间草房的屋顶：那是达尼洛老爷祖传下来的家宅。草房的后面还有一座山，而山那边就是野地，在那里就算走出一百俄里[1]也寻不见一个哥萨克。

三

达尼洛老爷的农庄在两座大山之间，位于一个狭长的、通往第聂伯河的山谷里。他的宅院不高：房子看上去和普通哥萨克的房子一样，里面只有一间正房；但是那里住得下他和他的妻子、一个老女仆，还有十个精选出来的棒小伙子。绕着四面墙立着柞木架子。上面密密麻麻地摆满了吃饭用的锅碗瓢盆。其中还有银制的高脚杯和镶金的小酒杯，有赠送的，也有战争中的战利品。下面挂着贵重的火枪、马刀、火绳枪和长矛。它们都是从鞑靼人、土耳其人、波兰人手里得来的，不管他们愿不愿意，因此很多都有损伤。达尼洛老爷看着它们，仿佛根据那些记号回忆起了自己参加过的那些战斗。墙根处是刨得光溜溜的一排柞木铺板。在铺板旁边，火炕前面，用绳子吊着一个摇篮，绳子穿过固定在天花板上的铁环。整个正房的地板夯得很平整，并且抹了黏土。达尼洛老爷和妻子睡在铺板上。老女仆睡

---

[1] 1俄里等于1.0668公里。

在火炕上。小孩舒服地躺在令人昏昏欲睡的摇篮里。但是哥萨克更喜欢在开阔的天空下睡在平坦的地上。脑袋下面垫上新鲜的干草，舒展地躺在草地上。午夜醒来，看一眼高高的、繁星密布的夜空，因为夜寒打一个冷战，哥萨克的骨头也跟着恢复了活力，这一切让他感到愉快。睡梦中伸伸懒腰，说几句梦话，点上烟袋抽几口，把暖和的羊皮袄裹得更紧一些。

经过昨天的欢乐宴饮，达尼洛没有早早醒来，睡醒之后，他坐在床铺的一角开始磨他新换来的一把土耳其马刀；而卡捷琳娜太太用金线给丝巾绣起了花。卡捷琳娜的父亲突然走了进来，怒气冲冲地板着一张脸，嘴里叼着一个外国烟袋，他走到女儿跟前，严厉地责问她为什么那么晚回家。

"关于这些事儿，岳父，您不该问她，应该问我！不是妻子，而是丈夫做主。我们的风俗就是这样，别发脾气了！"达尼洛一边说一边继续做着自己的事，"也许，在别的不信教的地方没这风俗——那我就不知道了。"

岳父那张严肃的面孔一下子红了，双眼闪烁着愤怒的光芒。

"父亲不管自己的女儿，谁来管！"——他自言自语地嘟囔着，"行了，我问你：你们在哪儿晃悠到那么晚？"

"就该这样，亲爱的岳父！这事儿我告诉你，我早就不是被娘儿们裹在褓褓中的年纪了。我知道怎么骑马。我也拿得住锋利的马刀。我还会别的……我做的事情，我可以不回答任何人。"

"我看出来了，达尼洛，我知道，你想吵架！谁要是隐瞒，那他脑袋里一定没什么好事儿。"

"随你怎么想，"达尼洛说，"我有自己的想法。上帝保佑，我还没干过一件有损名誉的事；一直在保卫东正教信仰和祖国，不像那些流浪汉，当东正教徒殊死战斗的时候，天知道他们在哪儿闲逛，过后却突然出现，来收割不是他们播种的庄稼。他们甚至都不是东仪天主教徒，连教堂都不去。这样的人才应该好好盘问盘问，他们去哪儿闲逛了。"

"哎，哥萨克！你知不知道……我不太会使枪，只不过在百丈之内我的子弹能射穿心脏；我也不太会用刀，但是我能把人砍得比煮粥的米粒还小。"

"我准备好了。"达尼洛老爷说，用马刀利落地在空气中画了个十字，仿佛他知道磨刀就会用得上似的。

"达尼洛！"卡捷琳娜抓住他的手臂，压在上面大声叫喊，"你想想吧，疯子，看一看，你这是要跟谁动手！爸爸，你的头发已经像雪一样白了，还像个不理智的小伙子一样冲动！"

"老婆！"达尼洛老爷严厉地喊道，"你知道，我不喜欢这样。去管好自己娘儿们那些事儿吧！"

马刀发出令人恐怖的声响，铁碰铁，火星四溅，好似灰尘一般落在哥萨克身上。卡捷琳娜哭着跑去了另一间单独的堂屋里，扑倒在床上，捂住了耳朵，不想听见马刀相碰的声音。但是两个哥萨克厮杀得很激烈，不可能听不到马刀的碰撞声。她的心快碎了。那种叮当的声音敲击着她的全身。"不，我忍受不了啦，受不了啦……也许，鲜血已经从苍白的身体里像泉水一样喷出来。也许，我的爱人现在就快不行了；而我还躺在这里！"她面色苍白，勉强打起精神，走进屋子里。

哥萨克打得正酣，势均力敌。谁也没占上风。这时，卡捷琳娜的父亲进攻——达尼洛闪开。达尼洛进攻——阴沉的老父亲闪开，又是平手。两人打得热火朝天，大显威风……啊哈！马刀叮当作响……铛的一声，刀身分落两旁。

"感谢你，上帝！"卡捷琳娜说，紧接着又尖叫一声，她看见两个哥萨克操起了火枪。校准燧石枪机，扣动了扳机。

达尼洛老爷开了一枪——没打中。父亲在瞄准……他老了，视力不像年轻人那么好，但是他的手一点也不抖。

枪响了……达尼洛老爷身子晃了晃。鲜红的血染红了羊皮袄左边的袖子。

"不！"他喊了起来，"我不能这么便宜就把自己出卖了。左手不算，右手才算。我屋里的墙上挂着一支土耳其手枪，这辈子它还从没有背叛过我。从墙上拿下来，老伙计！给朋友帮个忙！"达尼洛伸出了手。

"达尼洛，"卡捷琳娜扑倒在他脚边，抓着他的手，绝望地喊道，"我求情不是为了我自己。我的命到头了：丈夫死后还活着的都不配当妻子；第聂伯河，冰冷的第聂伯河将是我的坟墓……但是你看一看儿子，达尼洛，看看儿子！谁来收留可怜的孩子？谁来疼爱他？谁教他在骏马上飞奔，谁教他为了自由和信仰而战斗，谁教他像哥萨克一样喝酒狂欢？去死吧，我的儿子，去死吧！你的父亲不想管你！你看，他把脸转过去了！哦，我现在算认清你了！你是野兽，不是人！你的心是狼心，灵魂是魔鬼的灵魂。我以为，你还有一点同情心，在石头一样的身体里还燃烧着人的感情。我真是糊涂得看错人了！这会让你高兴的。当你听见渎神的波兰野蛮人把你的儿子扔到火里，你的儿子在屠刀下、沸水旁号哭，你的骨头在棺材里将快活地跳起舞来。哦，我算认识你了！你乐意从棺材里站起来，用帽子煽棺材底下着起来的火！"

"别说了，卡捷琳娜！过来，我心爱的宝贝伊万，我亲亲你！不，我的孩子，谁也别想碰你一根汗毛。他长大要为祖国增光；你要在哥萨克面前像旋风一样飞驰，头戴丝绒小帽，手拿锋利的马刀。老爷子，握手言和吧！忘了我们之间发生的事儿吧！在你跟前我有什么做得不对的，我认错。你怎么不伸出手啊？"达尼洛对仍站在原地的卡捷琳娜的父亲说，老头儿的脸上既没有怒气，也没有露出和解的表情。

"爸爸！"卡捷琳娜抱住他，吻了他一下，叫道，"别再固执了，原谅达尼洛吧，他再也不惹您伤心了！"

"只为了你，我的女儿，我不计较了！"他亲了亲女儿回答道，眼睛里闪烁着怪异的光芒。卡捷琳娜微微哆嗦了一下，那个吻和眼中奇怪的光泽都让她觉得很不寻常。她把胳膊肘挂在一张桌子上，达尼洛老爷正在桌子上包扎受伤的手臂，他反复地想着，不按哥萨克的方式行事不是好事儿，没有任何过错，却要请求原谅。

四

天已破晓，但没有太阳：天空阴沉沉的，蒙蒙细雨落在田野上、森林里，以及辽阔的第聂伯河上。卡捷琳娜太太睡醒了，但是不太高兴：眼睛带着泪痕，整个人惊慌不安。

"我最贴心的丈夫，亲爱的丈夫，我做了一个奇怪的梦！"

"什么样的梦，我亲爱的卡捷琳娜！"

"真的，太奇怪了，我的梦那么生动鲜明，就像真事儿一样。我梦见，我的父亲就是我们在大尉家里看见的那个丑八怪。不过我请求你，别信这个梦。什么荒唐事儿梦不到呢！我好像站在他面前，全身发抖，很害怕，他每说一句话我的血管都哆嗦起来。要是你听见他说了什么……"

"他说什么，我的宝贝卡捷琳娜？"

"他说：'你看看我，卡捷琳娜，我多英俊！人们说我难看，那是胡说八道。我会成为你非常好的丈夫。你看看我的目光！'他立刻双眼火辣辣地盯着我，我尖叫一声就醒了。"

"没错，梦会透露很多真相。但是你可知道，山的那边不太消停。好像是波兰人开始蠢蠢欲动。戈洛别茨派人来告诉我，让我别睡着了。只不过他是瞎操心；就算没这事儿我也睡不着。我的小伙子们这一夜建好了十二个鹿寨。波兰人来了就用铅弹招待他们，小贵族们将在棍棒下跳舞。"

"我父亲知道这事儿吗？"

"你父亲真让人操心！我到现在也猜不透他。他准是在别的地方造了很多孽。究竟是因为什么？住了大约一个月了，没有一回像个正常的哥萨克一样快活一下。连蜂蜜都不喝！你听见了吗，卡捷琳娜，我从布列斯托夫的犹太人那里弄到的蜂蜜他都不想喝。哎，小伙子！"——达尼洛老爷喊了一声，"快点，小家伙，去地窖把犹太人的蜂蜜拿来！居然连伏特加酒也不喝！分歧太大了！我觉得，卡捷琳娜，他不信基督。是不是？你觉得呢？"

"天知道你说的什么话，达尼洛老爷！"

"很奇怪啊，太太！"达尼洛继续说道，从哥萨克手里接过一个黏土制的杯子，"那些可恶的天主教徒还贪杯呢，只有土耳其人不喝酒。喂，思杰茨科，在地窖里吃了不少蜂蜜吧？"

"只是尝了一口，老爷！"

"撒谎，狗崽子！你看，苍蝇都落在胡子上了！我看你的眼睛就知道了，你猛喝了半桶。唉，哥萨克就这样！彪悍的人们！什么都可以给伙伴，酒却要自己喝干。卡捷琳娜，我早已经喝醉了。是不是？"

"早就醉了！上一次……"

"别担心，别担心，以后我只喝一杯！土耳其的修道院院长就要爬进门了！"他看见岳丈弓着腰正要进来，咬牙切齿地说。

"这到底是怎么了，我的女儿！"父亲一边说一边摘下帽子，整理了一下腰带，那上面佩带着镶嵌着美丽宝石的马刀，"太阳已经老高了，你还没把午饭做好。"

"午饭做好了，爸爸，马上就摆好！把那锅面疙瘩端上来！"卡捷琳娜太太对正在擦洗木制餐具的老女仆说，"等等，还是我自己端出来吧，"卡捷琳娜接着说道，"你去叫小伙子们。"

大家在地板上围坐在一起：父亲坐在圣像对面，左边是达尼洛，右边是卡捷琳娜，还有十个最忠诚的穿着蓝色和黄色短上衣的棒小伙子。

"我不爱吃这面疙瘩！"父亲吃了一些之后，放下勺子，说道："一点味道也没有！"

"我知道，你更喜欢犹太人的面条。"达尼洛心想。

"为什么呀，岳父，"他开口说道，"你说，面疙瘩没味道？做得不好吃吗？就是盖特曼[1]也吃不到我的卡捷琳娜做出来的这种面疙瘩。可别瞧不起面疙瘩。这是基督徒的

---

[1] 盖特曼：16世纪末乌克兰哥萨克军队中公选出的首领，17—18世纪乌克兰的统治者。

食物！所有圣徒和上帝的仆人都吃面疙瘩。"

父亲一句话也没说，达尼洛也不再说话。

这时端来了和卷心菜、李子一起烤好的小野猪。

"我不爱吃猪肉！"卡捷琳娜的父亲用勺子舀着卷心菜说。

"为啥不爱吃猪肉？"达尼洛说，"只有土耳其人和犹太人才不吃猪肉呢。"

父亲的脸色变得更加阴沉。

老父亲只就着牛奶吃了一块荞麦饼，没有喝他放在怀中的水壶里的伏特加，而是喝了一种黑色的液体。

吃完午饭，达尼洛酣然入梦，大约傍晚时分才睡醒。他坐下来开始给哥萨克军队写信；卡捷琳娜太太坐在炕上，用脚摇晃着摇篮。达尼洛坐在那儿，左眼看着写好的信，右眼看着窗外。从窗户望去，远处的群山和第聂伯河闪闪发亮。第聂伯河后面是郁郁葱葱的森林。夜空由上而下隐约已经放晴了。但是达尼洛老爷并不是在欣赏远处的天空和苍翠的森林，他望着河岸凸出的一角，上面有一座已经发黑的古老城堡。他似乎看到，城堡的一个小窗户里有灯光闪了一下。但是没有一点声音。大概是他眼花了。只听见第聂伯河在下面发出的低沉的水声，瞬间醒来的浪涛从三个方向传来接连不断的拍击声。第聂伯河并不汹涌。

它像个老人一样，唠唠叨叨，低声控诉；它看什么都不顺眼；它周围的一切都变了样；它安静地与岸上的群山、森林和草场为敌，带着对它们的抱怨流向黑海。

这时在第聂伯河辽阔的河面上出现了一条黑乎乎的小船，城堡里灯光似乎又亮了一下。达尼洛小声吹了一下口哨，一个忠心耿耿的小伙子听见口哨声跑了出来。

"思杰茨科，快带上锋利的马刀和步枪，跟我走！"

"你要出去？"卡捷琳娜问道。

"是的，老婆。需要查看一下各个地方，看看是不是一切正常。"

"但是，我害怕一个人待着。我困得不行了。要是我又做了同样的梦，怎么办？我甚至都不确定，那到底是不是梦——它是那么逼真。"

"老太婆陪着你呢；而且穿堂和院子里还睡着哥萨克！"

"老太婆已经睡觉了，而我有点不太相信那些哥萨克。听我说，达尼洛，把我锁在房间里，钥匙你带在身上。那样我就不那么害怕了，让哥萨克睡在门口。"

"就这么办！"达尼洛边说边擦拭着步枪上的灰尘，并往药池里装上火药。

忠诚的思杰茨科已经穿好哥萨克的全副盔甲站在那里。

达尼洛戴上羔皮帽子，关上窗户，插上门闩，锁上门，从自己手下熟睡的哥萨克中间穿过，悄悄地走出院子，往山里走去。

天空几乎已经完全放晴了。从第聂伯河上吹来阵阵清新的微风。要不是远处传来海鸥的呻吟，似乎一切都哑然无声。这时忽然听见了沙沙的响声……达尼洛和忠诚的仆人悄悄地躲到黑刺李子树丛后面，那里隐藏着一个建好的鹿寨。一个身穿红色短上衣、带着两支手枪、腰间挎着马刀的人从山上下来了。

"是岳父！"达尼洛老爷从树丛后面仔细地端详着那个人说，"他这个时候去干什么，要去哪儿？思杰茨科！别大意了，两只眼睛看仔细了，老父亲往哪条路上走了。"穿着红衣服的那个人一直下行到河岸边，然后拐弯朝凸出的一角走去。"啊！是去那里啊！"达尼洛老爷说，"我说，思杰茨科，他不正是慢腾腾地往巫师的洞窟走吗！"

"是的，没错，不是去别的地方，达尼洛老爷！要不然我们就会在另一个方向看见他了。但是他在城堡附近消失了。"

"等一等，我们先出去，然后沿着他的脚印走。那里一定藏着什么东西。看吧，卡捷琳娜，我告诉过你，你的父亲不是个好人，他的一切举动都不像个东正教徒。"

达尼洛和他忠实的仆人在凸出的河岸上一闪而过，然后就消失不见了。城堡周围沉睡的森林遮住了他们的身影。上层的一个窗户悄悄地亮了起来。哥萨克站在城堡底下，考虑着要怎样进去。既没有大门，也没有房门，肯定有一个从院子进屋里的入口，但是怎么到院子里去呢？远处传来铁链哗啦啦的响声和狗跑来跑去的声音。

"我想这么半天干什么！"达尼洛老爷看见窗前一棵高大的橡树说道，"小子，你站在这儿！我爬到树上去；从那里直接能看见窗户里面。"

他即刻解开腰带，为了不发出响声把马刀往下一扔，抓住树枝，爬了上去。小窗户里还亮着灯。他坐在紧挨着窗户的一个树枝上，一只手抓着树干，望向窗户里面：房间里没点蜡烛，但是有亮光。墙上有一些奇特的符号，挂着一件很奇怪的武器：无论是土耳其人、克里米亚人、波兰人、基督徒，还是享有盛誉的瑞典人，都不用这样的武器。蝙蝠在天花板下飞来飞去，它们的影子不时地闪现在墙上、门上和铺板上。这时房门悄无声息地敞开了。一个穿着红色短上衣的人走了进来，直接走到蒙着白色桌布的桌子跟前。"就是他，就是岳父！"达尼洛往下滑了一点，更紧地贴着树干。

但是那个人没时间查看是否有人往窗户里偷看。他闷闷不乐地走过来，情绪不太好，一把扯下桌布——一种透明的蓝光立刻安静地充满了整个房间。原有的浅黄色光线没有融合进来，仍在继续流淌，仿佛潜入了一片蓝色海洋之中，绵延成一层层浅黄色的光晕，好像大理石一样。这时他把一个锅摆在桌子上，开始往里面扔一些草药。

达尼洛老爷紧盯着里面，发现他身上的红色短上衣不见了；而且他穿了一条宽大的、土耳其人常穿的灯笼裤，腰上别着两把手枪；头上戴着一顶奇怪的帽子，上面写满了字，既不是俄文，也不是波兰文。达尼洛看一眼他的脸，脸开始变形：鼻子变长，耷拉到嘴唇上面；嘴一瞬间咧到耳朵那里；从嘴里露出了一颗牙，歪向一旁——在他眼前的正是出现在大尉家婚礼上的那个巫师。"你的梦是真的，卡捷琳娜！"达尼洛暗想。

巫师开始绕着桌子走来走去，墙上的符号迅速变换，而蝙蝠开始更加猛烈地四处乱飞。蓝色的光变得越来越稀薄，越来越少，似乎已经完全消失。堂屋里已经被一种淡粉色的光芒照亮。这神奇的亮光伴随着微弱的响声似乎已经充满了房间的各个角落，然后又突然消失不见，徒留一片黑暗。唯一能听见的声音，仿佛是风在这寂静的夜里抚弄出的声响，它在平稳如镜的水面上盘旋，把岸边的银柳吹得更加弯向水中。达尼洛老爷似乎觉得，堂屋里有一轮明月，星星在穿梭游走，隐隐约约可以看见深蓝色的天空，夜晚的寒气甚至吹到了他的脸上。达尼洛仿佛觉得（这时他碰了碰自己的胡子，看看是不是睡着了）堂屋里出现的已经不是天空，而是他自家的卧室：墙上挂着鞑靼人和土耳其人的马刀；墙边放着架子，架子上摆放着餐具和别的家什；桌子上是面包和盐；摇篮悬吊着……但是圣像那里露出了几张吓人的面孔；在暖炕上……然而一片浓雾遮住了一切，再次陷入了黑暗当中。接着又出现了奇特的响声，整个房间再次被粉色的光照亮，巫师又一动不动地站在原地，头上戴着怪异的穆斯林男人的包头。响声越来越大，越来越密，淡粉色的光越来越亮，一团白色的、像云朵一样的东西飘浮在房间中央；达尼洛似乎觉得，那云并不是云，而是一个站着的女人；只是她是用什么做的：用空气织出来的吗？为什么她站在那里，脚却不沾地，也没有依靠任何东西？为什么粉色的光穿透了她的身体，墙上的符号忽明忽暗？这时她动了动自己透明的头颅：浅蓝色的双眼平静地闪烁着光芒，头发鬈曲，披在她的肩上，好像一层淡灰色的雾，嘴唇逐渐变成红色，仿佛清晨苍茫而透明的天空里出现了一抹隐约可见的红色霞光；眉毛也在逐渐地变黑……啊！这是卡捷琳娜！此时达尼洛感觉自己全身都僵住了，他努力想说话，但是嘴唇发不出一点声音。

巫师一动不动地站在原地。

"你去哪儿了？"他问，站在他面前的人哆嗦起来。

"啊，你叫我来干什么？"她小声呻吟着说，"我刚才那么开心。我到了我的出生地，我生活了十五年的地方。啊，那里多好啊！我童年在那儿玩耍的那片草地绿油油的，散发着香味儿。田野上的小花还和原来一样，还有我们的房子、菜园！啊，我善良的妈妈紧紧地抱着我！她的双眼充满爱意！她抚摸着我，吻我的嘴唇和脸颊，用自己的梳子给我梳淡褐色的发辫……父亲！"此时她苍白的双眼紧盯着巫师，"你为什么杀死我的母亲？"

巫师伸出一根手指严厉地威胁她。

"难道我要你来说这个吗？"空气做的美人哆嗦了一下，"你家太太现在在哪儿？"

"我家太太卡捷琳娜，现在睡着了，我很高兴能飞起来，飞上一会儿。我早就想见到我的母亲了。一下子我又回到了十五岁。我像鸟一样轻盈。你叫我来干什么？"

"你还记得我昨天跟你说的那些话吗？"巫师悄声问道，声音小得勉强能听见。

"记得，记得；但是情愿付出任何代价来忘记那些话！可怜的卡捷琳娜！她的灵魂知道的事情，她自己却有许多都不知道！"

"这是卡捷琳娜的灵魂。"达尼洛心想，但是他仍然动不了。

"忏悔吧，父亲！你每杀死一个人，死人都从坟墓里爬出来，这难道不可怕吗？"

"你又说这些陈词滥调！"巫师疾言厉色地打断了她，"我坚持我的看法，我想让你干什么你就得干什么。卡捷琳娜会爱上我的！……"

"哦，你是个妖怪，不是我的父亲！"她呻吟着说，"不，不会让你如愿的！不错，你能用邪恶的魔力召唤并折磨她的灵魂，但是只有上帝才能让灵魂按照他的心愿行事！不，只要我还在卡捷琳娜的身体里，她就决不会做出违背上帝的事情。父亲，最后的审判就要来了！就算你不是我的父亲，你也不能强迫我背叛我亲爱的、忠诚的丈夫。即使我的丈夫不可爱，对我不忠，我也不会背叛他，因为上帝不爱那些违背誓言的、不忠诚的灵魂。"

说到这儿，她那双白色眼睛注视着窗外，达尼洛就坐在那个窗户旁，她僵在原地……

"你往哪儿看呢？你看见谁在那里？"巫师叫喊着。

空气做的卡捷琳娜战栗起来。但是达尼洛早已经到了地上，和忠诚的思杰茨科一起钻进了自己的山里。"太可怕了，太可怕了！"他自言自语地说，他感到他那颗哥萨克的心也胆怯起来，他快速穿过自家的院子，哥萨克们正在院子里酣睡，只有一个人在守夜，抽着烟袋。天上繁星密布。

<h2 style="text-align:center">五</h2>

"你把我叫醒，真是太好了！"卡捷琳娜一边说一边用绣花的衬衣袖子擦了擦眼睛，从头到脚地打量着站在她面前的丈夫。"我做了个多么可怕的梦啊！我的胸口都喘不过气来了！天哪！我觉得自己快要死了……"

"梦见了什么，是这样的梦吗？"接着达尼洛给妻子讲述了他看见的情景。

"你是怎么知道的，我的丈夫？"卡捷琳娜惊讶地问道，"但并不是这样，你说的事情我有很多都不知道。不，我没有梦见我的父亲杀死了我的母亲；没有死人，我什么也没看见。不，达尼洛，你讲的不对。哎呀，我的父亲太可怕了！"

"你没梦见那么多事情，并不奇怪。你知道的事情，还不及灵魂知道的十分之一。你知道你的父亲是基督的敌人吗？还是在去年，在我准备和波兰人（那时我曾经和这个异教徒民族联手）一起攻打克里米亚人的时候，布拉特修道院院长——老婆，他可是个圣徒——他告诉我，说反基督者有召唤每个人灵魂的魔力；当人睡着的时候，灵魂就随心所欲地游荡，和天使长一起在上帝的居所附近飞来飞去。我起初没有认出你父亲的真面目。要是我知道你有这样的父亲，我就不会娶你为妻；我会抛下你，不让我的灵魂犯下与反基督部族结亲的罪过。"

"达尼洛！"卡捷琳娜双手蒙着脸，号啕痛哭着说，"我在你面前有罪吗？我背叛你了吗，我亲爱的丈夫？你为什么对我发火？难道我伺候你不忠心吗？你在外面和人开怀畅饮，喝醉了才回来，我说过什么难听的话吗？我没给你生个眉毛黑黑的儿子吗？"

"别哭了，卡捷琳娜，我现在了解你了，无论怎样都不会抛弃你。全都是你父亲犯下的罪。"

"不，别把他称作我的父亲！他不是我的父亲。上帝做证，我要和他断绝往来，我要和父亲脱离关系！他是基督的敌人，是叛教者！就算他快死了，快淹死了，我也不出手救他。就算神秘的草药就要把他渴死了，我也不给他水喝。我就把你当作我的父亲！"

<h2 style="text-align:center">六</h2>

在达尼洛老爷家幽深的地窖里，在三道锁后面，关着

身披镣铐的巫师；远处，在第聂伯河的河岸上，他那魔鬼的城堡正在熊熊燃烧，血一般鲜红的火焰啪啪作响地飘动着，把古老的院墙团团围住。巫师被关在深牢里，并不是因为施展魔法，也不是因为反抗上帝：只有上帝才能对此进行审判。他被关起来是因为他暗地里叛变，同东正教俄罗斯的敌人相互勾结——向天主教徒出卖了乌克兰人民，并烧毁了基督教堂。巫师愁眉苦脸地坐着；脑子里都是夜一样黑暗的想法。他只剩下一天可活了，明天他就要离开人世。明天等待他的是死刑，而且完全不是没有痛苦的死刑，要是把他活生生地在锅里煮了，或者剥了他那身罪恶的皮囊，那还算是仁慈的呢。也许，在死亡到来之前他已经忏悔了，只不过上帝也无法原谅他的那些罪孽。在他面前有一个高高的、装着铁栏杆的小窗。他拖着哗哗作响的镣铐走到窗前，看一看女儿是否从这里经过。她像只小鸽子一样温顺，不记仇，也许会对她的父亲心软……但是一个人也没有。下面有一条路，路上不见一个人影。比道路再低一些就是奔流的第聂伯河，它对任何事都漠不关心：河水汹涌澎湃，巫师听着那单调的喧嚣声感到心灰意冷。

这时路上出现了一个人，是个哥萨克！囚犯重重地叹了一口气。接着又看不见一个人了。瞧，远处有个人在往下走……绿色的长袍在风中飘摇……头上是亮闪闪的金色船型小帽……是她！他往窗口靠了靠。她已经走近了……

"卡捷琳娜！女儿！可怜可怜我，发发慈悲吧……"

她沉默不语，她不想听，眼睛都不往监牢这边看，她已经走过去了，失去了踪影。整个世界又变得空空荡荡。第聂伯河单调地哗哗流淌。悲伤不由得潜进了心里。但是巫师能体会到这种悲伤吗？

傍晚将至。太阳已经落山。太阳不见了。已经到了晚上：空气清新；传来牛的哞叫声；风吹来不知从何处发出的声响，想必是某个地方的人们干活回来消遣作乐；第聂伯河上隐约出现了一条小船……谁会到囚犯这儿来呢！天空中忽然出现一弯银色的月牙。这时有人从反方向沿着这条路走来。黑暗中很难看得清。这是卡捷琳娜回来了。

"女儿，看在基督的分儿上！凶狠的狼崽子还不咬自己的母亲呢，女儿，看一眼你有罪的父亲吧！"她不肯听，接着往前走，"女儿，看在你可怜的妈妈的面上！"她站住了，"你过来听我说最后一句话。"

"你叫我干什么，叛教的人？不要叫我女儿！我们之间没有任何血缘关系。你想让我为了我可怜的母亲做些什么？"

"卡捷琳娜！我的死期就快到了，我知道，你的丈夫想把我绑在马尾巴上，在田野里拖着我，也许，他会想出最可怕的死法……"

"难道这世上还有与你的罪行相匹配的死法吗？你就等着处死吧，谁也不会为你求情的。"

"卡捷琳娜！我并不害怕死刑，而是害怕在另一个世界受苦……你是没有罪的，卡捷琳娜，你的灵魂将飞到天堂，飞到上帝的身边；而你叛教的父亲的灵魂将在永不熄灭的火中一直燃烧：那火会越烧越旺，不会有人往上滴一滴水，也不会吹来一点风……"

"我没有权力减轻这种刑罚。"卡捷琳娜转过头说。

"卡捷琳娜！再听我说一句，你可以拯救我的灵魂。你还不知道，上帝是多么亲善、仁慈。你听说过天使长巴维尔的故事吗，他罪行累累，但是忏悔之后成了一个圣徒。"

"我怎么做才能拯救你的灵魂？"卡捷琳娜说，"我一个柔弱的女人还要考虑这个吗？"

"要是我能离开这里，我就抛下一切。我忏悔：我去住山洞，穿坚硬的粗毛衣服，日夜祷告上帝。不仅不吃荤食，连鱼都不吃！睡觉时不用铺盖！而且不停地祈祷，一直祈祷！到时候如果上帝的仁慈不能减轻我百分之一的罪过，我就把自己埋到土里，一直埋到脖子，或者把自己砌在石墙里；不吃不喝，等死；我把全部财产都给隐修士，来给我做一个四十昼夜的安魂弥撒。"

卡捷琳娜犹豫起来。

"就算我把门打开,我也解不开你身上的铁链。"

"我不怕这铁链,"他说,"你是说,他们锁住了我的手脚?不,我给他们使了个障眼法,伸出去的不是手,而是一段干木头。你看,现在我身上一根铁链都没有!"他边说边走到地窖中央求。"我本来也不怕这些墙壁,我能穿过它们,但是连你丈夫都不知道,这是些什么样的墙。这是一个苦行修士建的墙,任何不洁的力量都不能把囚犯从这里带走,魔鬼就是用圣徒修行小屋的钥匙也打不开这锁。等我获得了自由,我这个罪大恶极的人也给自己建一个这样的修行小屋。"

"听着,我放了你;但是要是你骗我,"卡捷琳娜站在门前说,"要是你没去忏悔,而是又和魔鬼成了兄弟呢?"

"不会发生的,卡捷琳娜,我已经活不了多久了。就算没有死刑我也快死了。难道你以为,我会让自己永远都受折磨吗?"

锁头响了几声。

"再见!愿仁慈的上帝保佑你,我的孩子!"巫师吻了吻她说。

"别碰我,罪大恶极的人,快点走吧!"卡捷琳娜说。但是他已经不见了。

"我放了他，"卡捷琳娜惊恐地环顾四壁说，"现在我要怎么跟我的丈夫交代呢？我完蛋了。现在准会把我活埋在坟墓里！"她痛哭起来，差一点摔倒在囚犯坐的树墩子上。"但是我拯救了一个灵魂，"她小声说，"我做了合乎天意的事情。可我的丈夫……我头一回欺骗他。唉，在他面前撒谎多么可怕，多么困难啊！有人来了！是他！我的丈夫！"她绝望地尖叫一声，倒在地上失去了知觉。

七

"是我，我亲爱的孩子！是我呀，我的心肝儿！"卡捷琳娜醒来后听见有人说话，睁开眼睛看见老女仆在她跟前。老太婆俯下身子，似乎在叨咕什么，一只干枯的手伸在面前，往她身上洒冷水。

"我在哪儿？"卡捷琳娜欠身环顾四周，问道，"前面是喧哗的第聂伯河，身后是那些大山……你把我带到哪儿了，大娘？"

"不是把你带到哪儿，而是把你带出来：我把你从闷热的地窖里抱出来的。我用钥匙把你锁起来了，免得达尼洛老爷惩罚你。"

"钥匙呢？"卡捷琳娜看着自己的腰带说，"我没看见钥匙啊。"

"你丈夫把钥匙解下来了，他要看一看巫师，我的孩子。"

"看一看？……大娘，我完蛋了！"卡捷琳娜尖叫一声。

"愿上帝宽恕我们吧，我的孩子！只是别说出去，我的太太，没人会知道的。"

"他跑了，该死的坏蛋！你听见了吗，卡捷琳娜？他跑了！"达尼洛走到妻子身边说道。他双眼喷火，马刀在身侧晃动着叮当作响。

妻子面无人色。

"有人把他放走了吗，我亲爱的丈夫？"她发着抖问道。

"你说得对，是有人放走的；不过，是鬼把他放走的。你看，被铁链铐住的不是他，而是一段木头。上帝这么做，是不让鬼怪害怕哥萨克的利爪啊！如果我的哥萨克当中，哪怕有人稍微动了这个念头，而且让我知道了……我都不知道该怎么惩罚他！"

"如果是我呢？……"卡捷琳娜不由自主地说了出来，吓得立刻住了嘴。

"如果是你这有这个想法，那你就不是我的妻子。我会把你装进袋子里，沉到第聂伯河的河心里！……"

卡捷琳娜吓得喘不过气来，她感觉头发都竖起来了。

八

在边境道路上的一家大车店里，聚集着一些波兰人，他们已经开怀畅饮两天了。这些坏蛋人数还不少。他们聚在一起，想必是想搞突袭：有人带着火枪，马刺咔咔作响，马刀也不断发出响声。老爷们在纵情欢乐，胡吹乱侃，吹嘘自己史无前例的功勋，嘲笑东正教，把乌克兰人称为自己的奴隶，煞有介事地捻着胡须，傲慢地仰着头，伸开手脚躺在铺板上。和他们在一起的还有波兰天主教神甫。只不过神甫也和他们一个样，看上去甚至都不像基督教神甫：和他们一起喝酒、寻欢作乐，用那条有罪的舌头说着下流话。家仆也一点不比他们逊色：把破上衣的袖子往后一甩，趾高气扬地走来走去，一副盛气凌人的样子。他们玩纸牌，用纸牌打另一个人的鼻子；把别人的老婆拉到自己身边，叫喊，打架！……老爷们发了疯一样开着不恰当的玩笑：抓着一个犹太人的大胡子，在他有罪的脑门上胡乱地画着十字；用空弹壳朝婆娘身上射击，和自己不虔诚的神甫一起跳克拉科维亚克舞[1]。自从鞑靼人统治以来，俄

---

〔1〕 克拉科维亚克舞：波兰的一种民间舞蹈。

罗斯大地上还从未如此放荡。显然，上帝决定让它为自己的罪孽来承受这样的屈辱！在一片嘈杂声中听见有人说起达尼洛老爷位于第聂伯河岸上的农庄，谈论他漂亮的老婆……这伙人干不出什么好事儿！……

九

达尼洛老爷坐在堂屋的桌子旁，支着胳膊沉思着。卡捷琳娜坐在暖炕上唱着歌。

"我心情不好，老婆！"达尼洛老爷说，"我头疼，心口疼。我很难受！看来，我快要死了。"

"我看不够的丈夫啊！把头靠在我身上！你为什么有这些不吉利的想法？"卡捷琳娜心想，她不敢说出口。犯了错的她很难过，不敢和丈夫亲热。

"听着，老婆！"达尼洛说道，"要是我死了，别丢下我们的儿子。你要是抛弃他，无论在人世还是在另一个世界，上帝都不会让你幸福的。我的尸骨将痛苦地在潮湿的地下烂掉，但是我的灵魂会更加痛苦。"

"你在说什么啊，我的丈夫！不是你常常嘲笑我们这些软弱的女人吗？可现在你说这些话就像个软弱的女人一样。你还会活很久呢。"

"不，卡捷琳娜，我的灵魂已经感觉到我就要死了。活在世上感到悲伤。艰难的日子开始了。唉，我还记得，记得过去的那些年；那样的日子想必再也不会有了！那时，我们军队的尊严和荣耀——年迈的科纳舍维奇还健在！现在我眼前仿佛还能看见那些哥萨克军团走过去！那可真是个黄金时代啊，卡捷琳娜！年迈的盖特曼骑着一匹黑马。手里的权杖闪闪发光，周围是哥萨克步兵，扎波罗什哥萨克组成的'红色海洋'走在两旁。盖特曼开始讲话，所有人都纹丝不动。老人家回忆起过去的那些战绩和谢奇[1]时哭了起来。哎呀，卡捷琳娜，你要是知道我们那时候是怎么和土耳其人厮杀的就好了！我的脑袋上至今还看得见一个疤痕。四颗子弹打穿了我身上四个地方，没有一个伤口完全愈合了。我们那时候积攒了多少金子啊！哥萨克们用帽子装满了宝石。那些马啊，卡捷琳娜，你不知道，我们弄到的那些马有多好！唉，我再也不能那样战斗了。好像并不是老了，身体还结实，但是哥萨克的剑总是脱手，浑浑噩噩度日，自己也不知道为什么活着。乌克兰已经乱了：上校和大尉们像狗一样互相撕咬。没有一个首领来领

---

〔1〕 谢奇：扎波罗什哥萨克建立的营地，是扎波罗什哥萨克的军事和行政中心。

导大家。我们的贵族都遵循了波兰人的习俗，学会了耍花招，接受教会合并，出卖了灵魂。犹太人欺压穷人。哦，时代，时代！那个过去的时代啊！我的年华，你们都去哪儿了？……去吧，小家伙，去地窖里给我拿一罐儿蜂蜜来！我要为过去的幸运、往昔的岁月喝一杯！"

"我们拿什么招待客人呢，老爷？波兰人从牧场那边来了！"思杰茨科走进屋里问道。

"知道了，他们来干什么，"达尼洛站起身说道，"快备马，我的老伙计们！全副武装！拔出马刀！别忘了带上铅做的面粉。要好好招待一下客人！"

但是哥萨克还没来得及骑到马上装好火枪，波兰人已经像秋天的落叶一般布满了整座山。

"吓，这下该和他们算算账了！"达尼洛看着那些肥胖的老爷说，他们坐在装着金鞍的马背上，趾高气扬地在前面摇摇晃晃。"看来，我们要再一次为了荣誉和他们玩玩儿了！玩个够吧，哥萨克们，这是最后一次了！来吧，小伙子们，我们的节日到了！"

山上热闹起来，宴会开始了：剑光飞舞，子弹穿梭，战马嘶鸣，马蹄声声。喊声震天、狼烟障目，一片混乱。但是哥萨克能感觉到，哪个是朋友，哪个是敌人；子弹呼啸而过——一个勇猛的骑士摔下马来；马刀唰的一声落下去——一颗人头滚落到地上，嘴里还含混不清地说着什么。

但是，在人群中仍然能够看见达尼洛老爷哥萨克帽子的红顶，蓝衣服上的金腰带不时地在眼前晃动；黑骏马的鬃毛如旋风一般飞舞。他像鸟一样飘忽不定，一会儿出现在这儿，一会儿出现在那儿；叫喊着、挥舞着大马士革钢刀，左右厮杀。杀吧，哥萨克！耍起来吧，哥萨克！让勇士的心快活起来吧！别去看那金闪闪的马具和衣服！要把金子和宝石踩在脚下！砍杀吧，哥萨克！玩起来吧，哥萨克！但是，回头看看吧，有罪的波兰人已经点燃了农舍，驱赶着受惊的牲畜。达尼洛老爷像旋风一样奔向后方，红顶的帽子已经出现在农舍旁了，而他身边的人越来越少。

波兰人和哥萨克激战了两个钟头。双方剩下的人都不多了。但是达尼洛老爷仍然不觉得累：用长枪把敌人挑落马鞍，骑着高头大马踩踏步兵。院子里已经没人了，波兰人开始逃跑；哥萨克正在从死人身上扒下绣金的上衣和奢华的铠甲；达尼洛老爷准备去追击，他扫视一眼，想召集自己的士兵……全身立刻怒火中烧：他看见了卡捷琳娜的父亲。他正站在山上，用火枪朝达尼洛瞄准。达尼洛策马朝他飞奔过去……哥萨克，你这是送死去了！……火枪响了——巫师消失在山背后。只有忠诚的思杰茨科看见了，一件红衣服和一顶奇怪的帽子一闪而过。哥萨克摇晃起来，摔倒在地上。忠诚的思杰茨科急忙奔向自己的老爷，老爷直挺挺地躺在地上，合上了明亮的双眼。鲜红的血从胸口汩汩流出。但是，显然，他感觉到了自己忠诚的仆人就在身边。他安静地睁开眼睛，眼中闪过一丝光芒："再见了，思杰茨科！告诉卡捷琳娜，不要丢下儿子！你们也不要丢下他，我忠诚的仆人！"说完就死了。哥萨克的灵魂从贵族的身体里飞了出去，嘴唇变成了青色。一个哥萨克永远地长眠了。

卡捷琳娜吓得两手一拍，倒在了死者身上。"我的丈夫啊，你怎么闭着眼睛躺在这儿呢？快起来，我可爱的雄鹰，把手伸给我！振作起来！再看一眼你的卡捷琳娜吧，嘴唇动一动吧，哪怕再说一句话也好啊……可是你怎么不出声，怎么不出声啊，我亲爱的老爷！你的脸变成了黑海一样的青蓝色。你的心不跳了！你的身体怎么这么冰冷，我的老爷？看来，我的眼泪不够滚烫，不能让你暖和过来！看来，我的哭声不够响亮，没法把你叫醒！现在谁来号令你的军队？谁骑着那匹黑马飞奔，谁在哥萨克面前把马刀挥得虎虎生风？哥萨克们，哥萨克们！你们的骄傲和荣耀在哪儿呢？你们的骄傲和荣耀闭着眼睛躺在潮湿的地上。把我也埋了吧，把我和他一起埋葬吧！把我的眼睛用土埋上吧！把槭木的棺材板压在我苍白的胸口上！我再也不需要我的美貌了!"

卡捷琳娜哭个不停,伤心欲绝;远处尘土飞扬:戈洛别茨大尉快马加鞭赶来支援。

十

第聂伯河在和煦无风的天气里美极了,丰沛的河水自由而平缓地在森林和群山间奔流而过,波澜不惊,无声无息。放眼望去,你都说不清这宽阔的河面是静止的,还是在流动,整个河面仿佛是玻璃做的,像一条天蓝色的镜子铺成的道路,宽广无垠,一望无际,在绿色的世界里徐徐蜿蜒而去。此时,炽热的太阳也乐于从高处欣赏一番,它把光线投射到玻璃似的寒冷的水面上,岸边的森林清晰地倒映在水中。森林郁郁葱葱!它们和原野上的花朵一起聚集在水边,俯身看着河里,看不够自己明媚的姿影,微笑地看着它,垂下枝条迎接它。它们不敢朝第聂伯河的河心看,除了太阳和蔚蓝的天空,没有人朝那里看。只有飞鸟偶尔飞到第聂伯河的河心!壮丽的第聂伯河啊!世上没有一条河流可以和你相媲美!在温暖的夏夜里,第聂伯河同样美丽迷人,那时一切都已沉睡,人、野兽、飞鸟都已进入梦乡;唯有上帝庄严地环视着大地和天空,威风凛凛地抖动着法衣。星星从法衣上纷纷落下。繁星闪烁,照亮了世界,转瞬间全都落入了第聂伯河。第聂伯河把所有的星星都拥在自己黑暗的怀抱里。没有一颗星星漏网,除非它已在天空熄灭。黑黝黝的被沉睡中的乌鸦占领的森林,很早以前就断裂的、倾斜的山峰,它们想用自己长长的影子遮住第聂伯河,都是白费力气!这世上没有任何东西能够遮盖住第聂伯河。夜里和白天一样,碧蓝的河水平稳地奔流向前;目力所及之处一览无遗。为了躲避夜的寒气,它慵懒地紧贴着河岸,水面上出现了一条银白色水流,像大马士革的钢刀一样闪闪发亮;接着蓝色的第聂伯河又进入了梦乡。这时的第聂伯河还是那么美丽动人,世上没有任何一条河流可以和它相媲美!当乌云如山峦一般涌现在天空、黑色的森林连根摇晃起来,橡树哗哗作响,当闪电穿透乌云瞬间照亮整个世界,这时的第聂伯河可怕极了!小山一样高的巨浪嘶吼着拍打在山岩上,泛着亮光呻吟着向后退去,呜呜咽咽地流向远方。仿佛是一个哥萨克的老母亲,悲痛万分地送自己的儿子去参军。儿子无忧无虑、神采飞扬,骑着一匹黑马,双手叉腰,英气十足地歪戴着帽子;而母亲号啕大哭,跟在他后面跑,上前抓马镫,拉马嚼子,弄伤了自己的手,滚烫的泪珠簌簌而落。

在翻滚的浪涛之间,在那凸出的河岸上是一片荒凉而乌黑的被火烧过的树桩和岩石。一条靠近岸边的小船忽上忽下，撞击着河岸。哪个哥萨克敢在这个时候，在古老的第聂伯河发怒的时候荡舟而行？显然，他并不知道，河水会把人像苍蝇一样吞掉。

小船靠岸了，巫师从里面走出来。他闷闷不乐，哥萨克们为死去的老爷举行的追荐会让他感到难受。波兰人也损失不小：四十四个老爷连同他们的全副盔甲和衣服，再加上三十三个奴仆全都被砍成了碎块；其余的人和他们的战马一起被俘，然后全都被卖给了鞑靼人。

他沿着石阶往下走，穿过烧焦的树桩向下走到一个很深的地方，那里有他挖好的一间土屋。他悄悄地走进去，门没有发出一点声响，他把一个瓦罐放在罩着桌布的桌子上，细长的双手开始把一些神秘的药草扔进罐子里，他拿起一个用上好的木料制成的带把儿的高罐子，用罐子取水倒在里面，嘴唇翕动，念着咒语。房间里出现了粉红色的光，此时他的脸看上去非常可怕：脸色血红，深深的皱纹变成了黑色，眼睛仿佛着了火。这个渎神的罪人！他的胡子早已灰白，脸上布满皱纹，整个人都已经干瘪了，但是仍然在谋算着与上帝作对的恶行。在房间中央浮现出一朵白云，一种类似喜悦的表情在他的脸上一闪而过。可是，为什么他突然一动不动，张着嘴，僵在原地？为什么他的头发像鬃毛一样竖起？他面前的云朵中出现了一张古怪的脸。不速之客出现在他面前；那张脸越来越清晰，双眼紧紧地盯着他。他的面容、眉毛、眼睛、嘴唇——他全都认不出。他这辈子从未见过这个人。他看上去并不吓人，但是巫师却感到一种难以克服的恐惧。那个陌生而诡异的脑袋正透过云雾一动不动地看着他。云雾已经散去，那张陌生的面孔更加清晰地显露出来，那双锐利的眼睛牢牢地盯着他。巫师的脸色苍白如纸，他发出野兽一样的叫声，打翻了瓦罐……一下子全都消失了。

十一

"想开点吧，我亲爱的弟妹！"老大尉戈洛别茨说，"梦境很少能与现实相符。"

"躺一会儿吧，姐姐！"大尉年轻的儿媳妇说道，"我把占卜的老太婆叫来，什么样的魔鬼也对付不了她。她能让你不再惊慌。"

"什么都别怕！"大尉的儿子握着马刀说，"谁也不能欺侮你。"

卡捷琳娜浑浊的双眼忧郁地看着他们，不知说什么好。最后她开口说道："我是自寻死路。我把他放走了。"

"他让我不得安宁！我到基辅你们家里已经十天了，但是痛苦一点也没减少。我想，至少要悄悄地把儿子养大，好让他去报仇……可我又梦见他了，太可怕了，太可怕了！上帝保佑，你们要是能看见就好了！我的心到现在还怦怦直跳。他叫喊着：'如果你不嫁给我，卡捷琳娜，我就砍死你的儿子！'"她大哭起来，扑到摇篮上，受到惊吓的孩子伸出小手叫了起来。

大尉的儿子听完这些话气得火冒三丈。

大尉本人也勃然大怒。

"让他到这儿来试试看，该死的敌基督；让他见识一下老哥萨克的威力。上帝做证，"他抬起那双锐利的眼睛说道，"我不是火速赶去支援我的兄弟达尼洛了吗？这是上帝的意思啊！我到的时候他已经躺在冰冷的床板上了，还有很多哥萨克也躺在上面。而且，我们不是给他举行了隆重的追荐会吗？放走一个活着的波兰人了吗？放宽心吧，我的孩子！谁也不敢欺侮你，除非我和我的儿子都不在了。"

说完老大尉走到摇篮边，孩子看见挂在他腰带上的镶银红烟袋和装着亮闪闪的火镰的小荷包，朝他伸出小手笑了起来。

"长大会像爸爸的，"老大尉说着解下烟袋递给他，"还没离开摇篮就想抽烟了。"

卡捷琳娜轻轻地叹了口气，开始摇晃摇篮。大家商量好一起过夜，不一会儿全都睡着了。卡捷琳娜也睡着了。

院子里、屋子里，全都静悄悄的；只有守夜的哥萨克没有入睡。突然，卡捷琳娜叫了一声，醒了过来，接着大家全都醒了。"他死了，他被杀死了！"她尖叫着扑向摇篮。

大家围着摇篮，看见躺在里面的孩子已经气绝身亡，吓得呆若木鸡。没有一个人说话，不知道该怎样评价这闻所未闻的暴行。

十二

从遥远的乌克兰疆界，穿过波兰，绕过人烟稠密的伦贝格[1]城，绵延着一座座巍峨的高山。山连着山，好似一条石链，它们把泥土扔到左右两边，又在上面包上一层厚厚的岩石，不让汹涌澎湃的海水渗进来。石链一路通向瓦拉几亚和特兰西瓦尼亚地区[2]，形成一个巨大的马蹄形屏障横亘在加里奇人和匈牙利人之间。我们那地方上可没有这样的高山。这些山令人望而生畏；而其中一些山峰从未有人上去过。那

---

〔1〕 伦贝格：乌克兰城市。
〔2〕 瓦拉几亚和特兰西瓦尼亚地区都在罗马尼亚境内。

些山奇形怪状：莫非是淘气的大海在暴风雨中冲出了辽阔的
海岸线，把形状各异的浪涛旋转着抛洒出去，而浪涛就这样
静止不动地石化在了半空中？莫非是厚重的乌云从天上掉下
来堆在了地上？因为那些山也是灰蒙蒙的颜色，而白色的峰
顶在阳光下闪闪发亮。一直到喀尔巴阡山听到的语言都是俄
语，而山的另一边有些地方的语言与俄语很像；但在那个地
方已经是不同的信仰、不同的语言了。那里住着不少匈牙利
人，他们骑马、厮杀、喝酒都不逊于哥萨克；从不吝惜从口
袋里掏出金币来购买马具和昂贵的长袍。在群山之间遍布着
宽广辽阔的湖泊。它们像玻璃一样平静无波，像镜子一样倒
映着光秃秃的山顶和苍翠的山麓。

　　不过，是谁在夜里，无论是否有星，驰骋在黑色的高
头大马上？哪个巨人般的勇士在群山湖泊间疾驰，和身下
硕大无朋的骏马一起倒映在平静无痕的湖水里，而他一望
无际的长影在群山上令人害怕地时隐时现？铠甲闪亮，肩
背长枪，马刀挂在鞍子上叮当作响；头盔拉下来，留着黑
色的小胡子，闭着眼睛，睫毛低垂——他在睡觉。他一边
睡一边抓着缰绳；在他身后，一个少年侍从和他同乘在一
匹马上，两手抱着勇士，也在睡觉。他是谁，他要去哪里，
去干什么？无人知晓。他翻山越岭已经不止一两天了。天
一亮，太阳一出来，他就不见了；只是偶尔有山民发现一

个长长的影子在崇山峻岭间闪过，而天空晴朗，没有一丝乌云。但是天一擦黑，他和他在湖水中的倒影就又都出现了，在他身后是不断颤动的、颠簸的影子。他已经翻过很多大山，走进了克里万。它是喀尔巴阡山脉最高的山峰，像帝王一样俯视着群山。这时骑士和坐骑停下了脚步，他睡得更香了，乌云低垂，遮住了他的身影。

十三

"嘘……小点儿声，大娘！别敲了，我的孩子睡着了。我儿子哭闹了好长时间。现在睡着了。我到森林里去了，大娘！你为什么这么看着我？你看上去令人害怕：好像从你眼睛里伸出了两把大钳子……哎呀，钳子可真长啊！像火一样红彤彤的！你大概是个女巫！啊，你要是女巫的话，就离开这里吧！你会偷走我的儿子。大尉真是糊涂了，他还以为我愿意住在基辅呢。不，我的丈夫和儿子在这里，而且谁来照看农舍呢？我悄悄地走了，连猫儿狗儿都没有察觉。大娘，你想变成年轻人吗？这一点儿也不难，只要跳舞就行，你看，我是怎么跳的……"卡捷琳娜语无伦次地说完这些话就飞快地跳起舞来，两手叉腰，疯狂地四下张望。她双脚跺地，发出刺耳的响声，银制的鞋掌碰撞出杂乱无章、毫无节奏的哒哒声。已经散开的黑色发辫在白皙的脖颈上跳来跳去。她像鸟一样不停地飞舞，张开双臂，摇着头，似乎，她已经精疲力竭，再跳下去不是倒在地上，就是飞出这个世界。

老保姆悲伤地站在那里，眼泪流过她脸上深深的皱纹，那些忠心耿耿的小伙子看着家里女主人的模样，心里像压了石头一样沉重。她已经完全没力气了，只是懒洋洋地在原地跺脚，想跳一段乌克兰舞。"小伙子们，我有项链！"她终于停下来，说道，"你们可没有！……我的丈夫在哪里？"她突然叫喊起来，从腰里掏出土耳其匕首。"咦！这不是我要的那种刀。"说着她的脸上流下了眼泪，并流露出痛苦的表情。"我父亲的心离得太远了，这把刀够不到他的心。他的心是铁打的，是巫婆用地狱之火打造出来的。我父亲怎么没来？难道他不知道，杀他的时候到了吗？显然，他想让我亲自去……"话没说完她就古怪地笑了起来，"我想起了一件有趣的事，想起怎么埋葬我丈夫的。要知道他是被活埋了啊……真是笑死我了！……听着，你们听着！"她不再说话，而是唱起歌来：

> 染血的雪橇在奔跑，
> 哥萨克躺在雪橇上，

他中了子弹，被刀砍伤，

右手握着一支镖枪。

鲜血顺着镖枪滴淌，

血染的河流在奔跑。

一棵白椴树耸立在河岸上，

大乌鸦在树上哇哇歌唱。

母亲在为哥萨克哭泣，

不要哭泣，妈妈，不要悲伤！

你的儿子已经成婚，

妈妈拉着小姐的手，

去往旷野上的那间土屋，

没有门，也没有窗。

歌儿已经唱完，

鱼虾携手共舞……

谁要是不爱我，

我就让他的母亲颤抖！

　　她就这样把不同的歌儿混在一起。她在家里已经住了一两天了，不想听人说起基辅，不祈祷，躲着不见人，从早到晚在黑暗的树林里徘徊。尖锐的枯树枝刮伤了她白皙的脸庞和肩膀，风吹拂着散开的发辫，经年积累的落叶在她的脚下

沙沙作响——她对这一切都置若罔闻。当晚霞渐渐消散，繁
星尚未出现，月亮还没升起，走在森林已经令人胆寒的时
候：没有受洗的孩子挠着那些树，抓着干枯的树枝，一会儿
哭号，一会儿大笑，像一团烟一样在道路上和开阔的荨麻地
里滚来滚去。那些毁灭了自己灵魂的少女一连串地从第聂伯
河的波涛中跑出来，头发从绿色的脑袋上直垂到肩膀，长发
上的水哗哗地流到地上，透过那层玻璃衬衫一样的水帘，少
女看上去闪闪发亮，嘴唇迷人地笑着，脸颊绯红，眼睛让人
魂不守舍……她将为爱情而燃烧，她将尽情地亲吻……快跑
吧，受了洗礼的人！她的嘴唇是寒冰，床铺是冷水，她挑逗
你，并把你拖进河里。卡捷琳娜谁都不看，她已经疯了，不
怕那些人鱼，深夜里还拿着自己的匕首奔跑，寻找她的父亲。

　　大清早来了一位客人，体格匀称，穿着红上衣，询问
达尼洛老爷的情况。听完所有事情之后，他不停地用袖子
擦着流泪的双眼，肩头耸动着。他说他曾经和已经死去的
达尼洛一起战斗过，他们一起同克里米亚人和土耳其人厮
杀，他没有料到，达尼洛老爷会是这样的结局。客人还讲
了很多别的事情，并且要见一见卡捷琳娜太太。

　　一开始卡捷琳娜没在听客人说什么，后来她像个头脑
清醒的人一样，仔细倾听他说的话。他谈起和达尼洛一起
生活时的情景，两人就像兄弟一样，说起他们怎样躲在船

桨下面避开克里米亚人……卡捷琳娜一直在听，眼睛一动不动地看着他。

"她会恢复常态的，"小伙子们望着她心想，"这个客人能治好她！她已经像个正常人一样听人说话了。"

客人开始说起在一次推心置腹的谈话中，达尼洛对他说："听着，柯普良老弟，要是有一天按照上帝的意志我离开了人世，你就把我的妻子带走吧，让她给你当妻子……"

卡捷琳娜的眼睛像刀子一样刺向他。"啊！"她大叫一声，"是他！是父亲！"她拿着刀子朝他扑了过去。

那人奋力反抗了好长时间，想把她的刀夺过去。他终于夺下刀，手一挥——一件可怕的事情发生了：父亲杀死了自己发疯的女儿。

大惊失色的哥萨克们向他扑了过去，但是巫师已经跃到马上，一会儿就没了踪影。

十四

基辅城外出现了从未有过的奇景。所有的老爷和达官显贵都聚在一起叹赏这一奇迹：突然间远在世界尽头的东西全都一目了然。远处是蓝色的利曼海湾，海湾的那一边是汹涌澎湃的黑海。阅历丰富的人还辨认出了克里米亚，像一座山一样从海里升起，还认出了湿地湖泊锡瓦什。左边看得见加里奇的土地。

"那是什么？"聚集的人群询问一些老者，指着远处的天空中出现的灰灰白白、好像云团一样的东西。

"那是喀尔巴阡山啊！"老人们说，"有的山终年积雪，乌云歇在那里过夜。"

这时又出现了一件怪事：从最高的山峰上飞出了几朵云彩，山顶上出现了一个穿着骑士盔甲的人骑在马上，闭着双眼，看上去那么清楚，仿佛近在咫尺。

这时候，在又惊又怕的人群中有一个人飞身上马，惊恐地四下张望，仿佛在揣摩，是否有人在追赶他，然后急忙策马而去。这个人是巫师。他为什么这么惊慌？他害怕地仔细瞧着那个诡异的骑士，认出了那张脸，那正是他占卜时出现的不速之客。他自己也不明白，为什么一看见那个人就惊恐不安，他胆怯地环顾四周，纵马狂奔，一直跑到夜幕降临，繁星出现。这时候他才掉头回家，也许他想问一问魔鬼，这样的怪事究竟是怎么回事。在他打算骑马越过一条从路上穿过的窄窄的小河时，疾驰中的马匹突然停了下来，把脸转向他——太奇怪了，它笑了！两排白森森的牙齿在黑暗中吓人地闪了一闪。巫师的头发都竖起来了。他像个疯子一样大声叫喊，大哭起来，接着催马直奔基辅。他似乎觉得，所有的东西都从四面八方赶来捉他：周围黑漆漆的森林里的树木好像活的一样，轻轻摇晃着黑色的胡须，伸出长长的枝条，竭力要勒死他；星星似乎跑在他前面，把这个罪人指给大家看，就连道路仿佛也循着他的足迹追踪而来。绝望的巫师飞奔赶往基辅，奔向那圣洁的地方。

十五

苦行修士孤身一人坐在洞穴里的油灯前，目不转睛地读圣书。他在自己的洞穴里已经修行多年。他用木板给自己做了一口棺材，用它代替床铺躺在里面睡觉。这个圣洁的老者合上书，开始祈祷……突然跑进来一个人，看上去又奇怪又可怕。苦行修士看见这个人之后，头一回惊讶得倒退了几步。那个人全身发抖，就像一片杨树叶，眼睛怪异地歪斜着，两眼散发出恐惧的像火焰一样的光芒，那张丑陋的面孔让人的灵魂都跟着颤抖。

"神甫！快祈祷，快祈祷！"他绝望地叫喊着，"为死去的灵魂祈祷吧！"说着他咕咚一声倒在地上。

苦行修士画了个十字，拿起书，打开一看，吓得连连后退，书掉在了地上。

"不，你是个罪大恶极的人！你不会被赦免的！快走吧！我不能为你祈祷。"

"不行吗？"罪人像个疯子一样喊喊起来。

"你看吧，书里神圣的文字都浸透了鲜血。世上还从未有过这样的罪人！"

"神甫，你取笑我！"

"走吧，天地不容的罪人！我没有取笑你。我只是感到恐惧。和你在一起的人都不会有好下场。"

"不，不！你在取笑我，别说了……我看见你咧嘴了，看见了你那衰老的白森森的牙齿！……"

随后他像发了疯似的扑了过去，杀死了苦行修士！

有什么东西在痛苦地呻吟，呻吟声穿过田野和森林。从森林后边伸出了一双枯瘦的、指甲长长的手，双手哆嗦了一下，就不见了。

他已经不再害怕，没有任何感觉。一切都变得模糊起来。耳朵嗡嗡响，脑袋里一片嘈杂，好像喝醉了一样，眼前的一切仿佛都罩上了一层蜘蛛网。他跳上马，直奔卡涅夫[1]而去，打算从那儿经由切尔卡西亚[2]直奔鞑靼人的克

---

〔1〕 卡涅夫：乌克兰城市。
〔2〕 切尔卡西亚：高加索西北部一地区。

里米亚，自己也不知道为什么要这样。他已经走了一天多了，还是没到卡涅夫。路没有错，他本该早就看见卡涅夫城了，但就是卡涅夫的一点影子。远处，教堂的尖顶在闪闪发亮。但这并不是卡涅夫，而是舒姆斯克。巫师发现自己来到了方向完全相反的地方，非常惊讶。他催马返回基辅，一天后出现了一座城市，但这并不是基辅，而是加里奇，一座比舒姆斯克离基辅更远的城市，离匈牙利已经不远了。他不知所措，再次催马往回走，但是他又一次感到，他是在往相反的方向走。这世上无人能说出巫师是怎样的心情，如果谁能看一眼他的内心，恐怕那个人在夜里再也无法入睡，而且再也笑不出来了。那不是愤恨，不是恐惧，也不是绝望的懊恼。世上没有任何词语可以形容他的心情。他心急如焚，想骑马踏毁全世界，想要卷走从基辅到加里奇的所有土地连同大地上的一切人和物，把它们都沉到黑海里去。但是他想这么干并不是出于仇恨，不是的，他自己也不知道出于什么原因。当他看见喀尔巴阡山和高高的克里万峰已经近在眼前时，他浑身哆嗦了一下。灰色的乌云遮住了峰顶，好像一顶帽子。马还在飞奔，已经在山路上奔跑。乌云一下子散开，一个威严高大的骑士出现在他面前……他用力勒住马，紧紧拉着缰绳，马厉声嘶鸣，鬃毛竖起，朝骑士冲了过去。此时巫师觉得自己完全惊呆了，他仿佛看见静止不动的骑士动了起来，一下子睁开了双眼。他看见朝他奔过去的巫师，笑了起来。崇山峻岭之间响起雷鸣一样的笑声，它传进了巫师的心里，震动了他的五脏六腑。他感到仿佛有个壮汉钻到了他的身体里，在里面走来走去，用锤子敲他的心，敲他的筋络……这笑声竟能让他产生如此可怕的感受！

骑士伸出可怕的大手抓住巫师，把他举到空中。巫师瞬间死去，死后还睁开了眼睛。但他已经是个死人了，眼神同死人一样。无论是活人，还是死而复生的人都没有他的眼神吓人。他那双死人的眼睛四下乱转，看见死人纷纷从基辅、从加里奇的土地里、从喀尔巴阡山上站了起来，那些死人和他简直一模一样。

他们面色苍白，毫无血色，一个比一个更高，一个比一个更加瘦骨嶙峋，他们聚集在骑士周围，骑士的手里还攥着那个可怕的战利品。骑士又笑了起来，把手里的死人扔进了深渊。接着所有的死人都跳进了深渊，他们抓住那个死人，用牙齿撕咬死人的身体。还有一个比别的死人更高大、更可怕的死人也想从地上站起来，但是却站不起来，他的力气不够，他在地下长得太大了，他要是站起来准会把喀尔巴阡山、特兰西瓦尼亚和土耳其的土地全都掀个底儿朝天。他只是稍微动了动，整个大地都震动起来，掀翻了许多农舍，还砸死了许多人。

在喀尔巴阡山上经常能听到吱吱的响声，好像有千百个水磨的轮子在转动。那是在没有任何出口，每个胆战心惊地经过那里的人都从未见过的深渊里，一堆死人在啃噬着另一个死人。大地从这头到那头全都震动起来，世界上已经有过很多次这样的地震。有文化的人说，这是因为有一座离海很近的大山喷出了火，河流也跟着燃烧起来。但是那些住在匈牙利和加里奇土地上的老人知道得更清楚，他们说，这是那个在地底下长大、巨大无比的死人想要站起来，所以撼动了大地。

十六

在格鲁霍夫城里，一些人聚集在一个年老的班杜拉琴师傅周围，听盲眼老人演奏班杜拉琴大约已经有一个钟头了。没有一个班杜拉琴手唱过这样奇妙的歌曲，还唱得这么好。他先是唱起了从前盖特曼统治的时代，歌唱萨加达奇内和赫梅尔尼茨基的时代。那是完全不同的年代，哥萨克威名赫赫，用马蹄践踏敌人，谁也不敢嘲笑他们。老人唱着欢乐的歌曲，眼睛看着周围的人，就像能看见似的。戴着骨环的手指像苍蝇一样在琴弦上快速飞舞，仿佛琴弦在自行演奏。周围聚集了很多人，老人们低下头，而年轻人抬起眼睛看着盲琴师，谁都不敢发出一点声音。

"等一下，"盲人说，"我给你们唱一段古老的故事。"

人们又往前靠近一些，盲人唱道：

在斯捷潘时代，特兰西瓦尼亚大公时期，特兰西瓦尼亚大公也是波兰人的王。那时有两个哥萨克：伊万和彼得。两人亲如兄弟。"听着，伊万，无论得到什么，我们都一分为二：一个人高兴，另一个人也高兴；一个人痛苦，就两人一起痛苦；一个人有收获，就分一半给另一个人；一个人当了俘虏，另一个人要倾家荡产去赎他，要不然就自己也去当俘虏。"的确如此，两个哥萨克无论得到什么都一人一半，弄到别人的牲畜或马匹，都是对半分。

斯捷潘国王与土耳其人作战。他已经与土耳其人战斗了三个星期，还是没能把土耳其人赶出去。土耳其人有个帕夏[1]，自己带领十名精兵就能砍死整整一个团。于是斯捷潘国王宣布，如果哪个勇士能找到那个帕夏，并把他带过来，无论死活，就给他相当于全部

---

[1] 帕夏：旧土耳其、埃及等伊斯兰教国家的高级官员称谓。

军饷的赏钱。"兄弟，咱们去捉那个帕夏！"伊万对彼得说。两个哥萨克出发了，一个往这边走，一个往那边走。

彼得能不能抓到就不知道了，反正伊万已经把绳索套在了帕夏的脖子上，带到了国王那里……"小伙子了不起！"国王说。斯捷潘给了他相当于全部军饷的赏钱，并且在他选定的地方拨给他一块土地，想要多少牲畜就给他多少牲畜。彼得把国王的赏钱分走了一半，但是无法忍受伊万从国王那里得到如此殊荣，于是暗暗怀恨在心。

两个骑士动身前往国王赏赐的土地，要翻过喀尔巴阡山。哥萨克伊万让儿子坐在马上，又将其绑在自己身上。已经到了黄昏，他们还在赶路。孩子睡着了，伊万也打起了瞌睡。别打瞌睡啊，哥萨克，山路非常危险！……但是哥萨克的马不错，自己在哪儿都认识路，不趔趄也不摔跌。山间有一个山谷，深不见底，天与地有多远，谷底到地面就有多远。山谷边的道路，两人还可以并行，三个人就绝对过不去了。马驮着打盹的哥萨克小心地往前走。彼得骑马并行，他全身发颤，掩饰着内心的喜悦。他环顾四周，把结义的兄弟推进了深谷。连人带马，还有孩子都掉进了山谷。

但是，哥萨克抓住了一根树枝，只有马掉了下去。他把儿子背在肩上开始向上爬。快要爬上去的时候，他抬起眼睛看见彼得正举着长矛对着他，要把他推下去。"我仁慈的上帝啊，我还是不抬头看更好，免得看见我的亲兄弟用长矛对着我，把我推下去……我亲爱的兄弟啊！如果我命该如此，就用长矛刺我吧，但是带走我的儿子吧！无辜的孩子有什么过错，要他这样残忍地死去？"彼得哈哈大笑，用长矛推了他一下，哥萨克和孩子飞向谷底。彼得获得了所有财产，过上了帕夏一样的生活。彼得家的畜群无人能及。谁也没有那么多的山羊和绵羊。后来彼得死了。

彼得一死，上帝就召唤了彼得和伊万两兄弟的灵魂，进行审判。上帝说："这是个罪大恶极的人！伊万！我一时想不到该怎么惩罚他，你自己选择一种方法惩罚他吧！"伊万想了很久，思考惩罚的方法，最后，他说："这个人让我深受伤害，像犹大一样背叛了兄弟，在人间毁了我正派的家族和后代。而人没有了家族和后人，就像撒在地上、没有收成的粮食种子一样。没有发芽，谁也不知道撒过种子。

上帝，就这样办吧，让他的所有后代在世上都得不到幸福！让他家族中的最后一个人成为这世上最作恶多端的人！而他的每一桩恶行都会让他的祖先们在棺材里不得安宁，忍受世上从未有过的痛苦，他们将从坟墓里站起来！而犹大彼得，让他没力气站起来，因此要忍受更大的痛苦。让他像个疯子一样吃土，在地下抽搐！

到了审判那个人罪行的时候，上帝啊，请让我骑在马上，把我从那个深渊里送到最高的山上，让他来到我面前，我要把他从山上扔到最深的深渊里，所有的死人，他的祖父和先祖们，无论生前住在哪里，都从四面八方赶来撕咬他，因为他让他们遭受了太多的痛苦，他将永远被啃噬，而我看着他的痛苦就会开心快活！而犹大彼得，让他无法从地上站起来，让他也去撕咬，但是他咬的是他自己，而他的尸骨越长越大，越来越长，这样他的痛苦就会更加强烈。对他来说这将是最可怕的痛苦，因为对一个人来说没有什么比想复仇却不能复仇更痛苦的了。"

"人啊，你想出来的惩罚多么可怕！"上帝说，"就按你说的办吧，但是你将永远骑马站在那里，而你骑马站在那里，就无法进入天堂！"后来的一切就像他说的一样：那个古怪的骑士至今还骑马站在喀尔巴阡山上，看着无底的深渊中一群死人在撕咬另一个死人，感觉到躺在地底下的死人在不断地生长，在剧烈的痛苦中啃咬自己的骨头，整个大地都可怕地摇晃起来……

瞎子已经唱完了，再次拨起了琴弦，唱起了关于福马和叶列马、斯特克良·斯托克斯的趣闻故事……但是老人们和年轻人都还没有清醒过来，他们久久地站在那里，低垂着头，思索着那件可怕的、很久以前发生的事情。

旧式地主

我非常喜欢居住在偏远乡村、远离人烟的庄园主们那种简朴的生活，在小俄罗斯他们通常被叫作旧式地主，他们就像风景画中破败的老屋，斑斑驳驳，与那些墙壁还未被雨水侵蚀、屋顶还没有长满青苔、未经粉刷的台阶尚未露出红砖的、光亮的新建筑形成了鲜明的对比，令人觉得赏心悦目。有时我喜欢短暂地投身于这种异常幽闭的生活当中，在那里没有任何一种愿望能够越出小院儿的围栏，满是苹果树和李子树的花园的篱笆墙，以及花园周围掩映在柳树、接骨木和梨树的树荫中，歪向一边的乡村茅舍。这些朴素的庄园主的生活是那么宁静，静得让你一时忘记了一切，觉得激情、欲望，以及搅乱世界的恶灵引起的种种骚乱根本不存在，你只在五彩斑斓的梦境中见过它们。我现在似乎还能看见那所低矮的、带回廊的小房子，用发黑的小木柱支撑的回廊环绕整座屋宇，这样，打雷和下冰雹的时候不用被雨淋湿就能够关上护窗板。房后有一棵香气扑鼻的稠李树，几排低矮的果树湮没在一大片红樱桃和挂着一层暗灰色白霜的青李子当中；一棵枝繁叶茂的槭树，在它的树荫下铺着一张供人休息用的毯子；房前是一个宽敞的院子，生长着低矮鲜嫩的青草，草地上踏出了一条从谷仓到厨房，又从厨房到主人内宅的小路；一只脖子长长的鹅带着刚出生不久、像绒毛一般柔软的小鹅雏在喝水；栅栏上挂满了一串串的梨干和苹果干，还有拿出来晾晒的几块毯子，谷仓旁边停着一辆装满香瓜的大车；一头已经卸套的犍牛懒洋洋地躺在车旁——这一切在我看来都妙不可言，也许是因为我现在已经见不到它们了，而对于无缘再见的东西我们总觉得它们非常可爱。不管怎样，当我的马车一靠近这幢小房子的台阶，我的心就感到异常的快乐和安宁。马儿快活地跑到台阶前，车夫慢悠悠地从座位上爬下来，装上烟袋，他就像回到了自己家一样；就连无精打采的看家狗，大狗小狗们此起彼伏的吠叫声，在我听来都非常悦耳。不过，最令我愉快的是这些朴素地方的庄园主，热心地出来迎接我的老头儿和老太太们。直到现在，当我有时身处热闹之地，置身于身穿时髦燕尾服的人群当中，我就会想起他们的面容，那时候我会突然间陷入半睡半醒的梦境中，往事一一浮现在眼前。他们的脸上总是流露出那么多的善良、殷勤和诚恳，让你不由自主地忘记，尽管只是暂时地忘记了一切狂妄的梦想，不知不觉地完全沉湎于庸俗的、田园牧歌式的生活当中。

直到今天，我仍然无法忘记过去那个年代的两位老人。唉！现在他们已经不在人世了，但是我的心直到今天仍充满了惋惜之情，当我想象自己有朝一日再次到访他们曾经住过的、如今已荒芜破败的老宅，在小房子的位置上看见的唯有倒塌的农舍、干涸的池塘、杂草丛生的水沟，除此以外别无他物，我的心就奇怪地抽搐起来。太伤感了！我提前就感到悲伤了！不过，我们还是接着讲故事吧！

阿法纳西·伊万诺维奇·托夫斯托古勃和他的妻子普尔赫里娅·伊万诺夫娜·托夫斯托古比哈，周围的农民这样称呼他们，他们就是我要讲的两位老人。如果我是个画家，我就要在画布上画出菲利蒙和巴乌西斯[1]，除了他们，我绝不画别的人物。阿法纳西·伊万诺维奇六十岁，他的妻子普尔赫里娅·伊万诺夫娜五十五岁。阿法纳西·伊万诺维奇个子很高，总是穿一件厚毛料面儿的羊皮袄，佝偻着身子坐在那里，无论在说话还是在倾听，脸上几乎总是笑眯眯的。普尔赫里娅·伊万诺夫娜有点儿严肃，几乎从来不笑，但是她的面孔和眼睛流露出满满的善意，有着准备用他们家最好的东西招待你的殷勤劲儿，你会发现，微

---

〔1〕 菲利蒙和巴乌西斯：希腊神话中的一对恩爱夫妻。

笑对于她那张善良的面孔来说的确是有些过于甜腻了。浅浅的皱纹在他们的脸上排列得很令人愉快，画家要是看见了想必会偷偷地把它们画下来。似乎根据这些皱纹就可以看懂他们的全部生活，那些淳朴忠厚，同时又殷实富足的古老世家过的那种明亮而安宁的生活。这些古老世家与那些卑鄙的小俄罗斯人完全不同，那些小俄罗斯人从油漆匠、小商人中间脱颖而出，像蝗虫一样挤满了各个机关和衙门，从自己的同乡身上敲诈最后一个戈比，使彼得堡充满了告密者，最终他们积攒了一些钱财，便兴高采烈地在自己以"O"结尾的姓氏后面加上字母"B"〔1〕。不，这两位老人像所有小俄罗斯本土的古老家族一样，完全不同于那些卑鄙又可怜的家伙。

目睹他们之间的爱情你不能不为之动容。他们之间从来不称呼"你"，而是称呼"您"；您，阿法纳西·伊万诺维奇；您，普尔赫里娅·伊万诺夫娜。"是您压坏了这把椅子吗，阿法纳西·伊万诺维奇？""没关系，您别生气，普尔赫里娅·伊万诺夫娜，是我弄坏的。"他们从没有过孩子，因此把全部的爱恋都倾注在他们自己身上。年轻的时候阿

---

〔1〕 小俄罗斯的姓氏通常以字母"O"结尾，加上字母"B"就变成了大俄罗斯人的姓氏。

法纳西·伊万诺维奇曾经在哥萨克骑兵团里服役，后来还当过准少校，但这已经是很久以前的事情了，早已成为过去，就连阿法纳西·伊万诺维奇本人几乎也从不去想这些事儿了。阿法纳西·伊万诺维奇三十岁结婚，那时他还是个棒小伙子，穿着一件绣花坎肩；他甚至很机智地拐走了普尔赫里娅·伊万诺夫娜，她的亲戚们不想把她嫁给他；但是就连这件事他也很少想起，至少，他从没有说起过。

所有很久以前的不寻常的往事都已经被平静的、与世隔绝的生活，被那些沉静而又和谐的梦境所取代了。你有时也会有这样的梦境：当你坐在面向花园的乡村阳台上，一场宜人的大雨沛然而至，雨点把树叶敲得啪啪作响，汇集成潺潺的溪流，你觉得四肢乏力，直打瞌睡，这时从树林后面悄然升起了一道彩虹，好像被拆毁了一半的拱门，在天空中闪耀着朦胧的七色光芒的时候；或者当你在马车里颠簸，穿过绿油油的灌木丛，草原上的鹌鹑响亮地啼鸣着，芬芳的青草连同麦穗和野花一起钻进了车门，舒服地打在你的手上和脸上的时候。

他总是面带愉快的笑容倾听来访的客人们说话，有时自己也说一说，但多半是打听一些事情。他不属于那些一味歌颂旧时代或批判新时代而令人厌烦的老人。相反，他向你询问的时候，对你的个人生活情况、对你的成功与挫折表现出极大的好奇心和同情心，所有善良的老人家对这些都非常感兴趣，尽管这与小孩子在和你讲话时仔细观察你怀表上图章的那种好奇心有几分相似。这时候，可以说他的脸上充满了善意。

在两位老人住的那所小房子里，房间又小又矮，这样的房间通常会在一些老派的人家见到。每个房间里都有一个大大的炉子，几乎占据了三分之一的面积。这些房间都暖和极了，因为阿法纳西·伊万诺维奇和普尔赫里娅·伊万诺夫娜都喜欢暖暖和和的。炉子的灶膛都设在外屋，那里总是堆满了几乎快碰到天花板高的稻草，在小俄罗斯通常用它们来代替柴禾。冬天的夜晚，当感情热烈的年轻人因为追逐皮肤黝黑的姑娘快要冻僵了，拍着手跑进外屋的时候，那燃烧的稻草发出的噼噼啪啪的响声，以及明亮的炉火，让这里变成了一个非常讨人喜欢的地方。房间里的墙上挂着几幅镶在老式窄画框里的大小不等的画。我确信，就连主人自己也早就忘了画的内容，就算从中拿走几幅，他们想必也发现不了。其中有两幅很大的、用油彩画的肖像画。一幅画的是某位大主教，另一幅画的是彼得三世。被苍蝇弄得脏兮兮的拉·瓦里埃尔公爵夫人从窄窄的画框中向外望着。窗户周围和门的上方挂着很多小画，通常你会把它们当成墙上的污渍，完全不会去细看。所有房间里都是黏土地面，但是打扫得非常干净、非常整洁，就连有钱人家穿着仆役制服的没睡醒的仆人懒洋洋地打扫过的镶木地板也不能与之相比。

普尔赫里娅·伊万诺夫娜的房间里摆满了大大小小的箱子和柜子。许多装着花种、菜籽和西瓜籽的包包袋袋挂在墙上。许多各种颜色的毛线团，还有许多半个世纪以前缝制的旧衣服的碎片，都放在了小柜子的角落里和小柜子之间的空地上。普尔赫里娅·伊万诺夫娜是个能干的主妇，她把所有的东西都收起来，尽管有时她自己也不知道它们有什么用。

不过，这所房子里最引人注目的是那些会唱歌的门。一到早晨，门的歌声就传遍了整栋房子。我说不清它们为什么唱歌，是因为合页生了锈呢，还是因为做门的工匠在里面暗藏了某个机关？但是值得注意的是，每扇门都有自己独特的声音：通往卧室的门唱的是尖细的童声男高音；通往餐厅的门唱的是低哑的男低音；而通往外屋的门唱的是一种奇怪的颤音，同时伴随着一种如泣如诉的声音，因此，只要仔细听，就会十分清楚地听见它说："我的老天爷，我快冻死了！"我知道，很多人不喜欢这种声音；但是我却非常喜欢听。直到现在，有时我偶然听到门的吱呀声，就会突然间感受到乡村的气息，仿佛看见了那被老式烛台上的蜡烛照亮的低矮房间，晚餐已经摆到桌子上，五月漆黑的夜晚透过敞开的窗户从花园里窥探着已摆上餐具的餐桌，夜莺快速飞过花园、房子和远处的河流，树枝惊恐地发出沙沙的响声……天哪，那时候有多少绵长的往事袭上我的心头啊！

房间里的椅子都是木头的，又笨又重，一般都是些老物件，它们都有一个高高的、外形匀称的靠背，保留着木头的本色，没刷任何油漆和涂料，甚至连布都没包，有点像主教们直到现在还在坐的那种椅子。角落里摆着几个三脚桌，四角方桌摆在沙发和镜子跟前，那镜子镶在树叶花纹的描金镜框里，苍蝇在上面留下了很多黑点。沙发前有一块地毯，上面的图案似鸟非鸟、似花非花——这几乎就是两位老人居住的朴素小屋里的所有摆设了。

女仆的房间里挤满了年轻和不再年轻的穿条纹内衣的姑娘们，有时普尔赫里娅·伊万诺夫娜让她们缝制一些小玩意儿，洗洗浆果，但是大多数人都跑到厨房去睡觉。普尔赫里娅·伊万诺夫娜认为必须让她们都待在家里，严格监管她们的品行。但是让她大为惊讶的是，过不了几个月，姑娘们当中就有一个人身材比平时圆润了许多；尤其令人诧异的是，除了那个穿着灰色短上衣、光着脚、不是吃就是睡的内院小男仆之外，家里几乎没有一个单身汉。普尔赫里娅·伊万诺夫娜通常把犯了错的姑娘大骂一顿，严厉地惩罚她，免得以后再有此类事情发生。窗玻璃上落了许许多多的苍蝇，嗡嗡响个不停，但是熊蜂浑厚的低音，有时夹杂着胡蜂尖细的鸣叫声盖过了苍蝇的嗡嗡声，但是一点上蜡烛，这一大群小东西便都赶去过夜了，好像黑压压的乌云一样遮住了整个天花板。

阿法纳西·伊万诺维奇很少操心家事，尽管有时他也坐着马车到割草和割麦子的农民那里去，全神贯注地看他们干活。持家的重担全都落在了普尔赫里娅·伊万诺夫娜的身上。普尔赫里娅·伊万诺夫娜管理家务就是把储藏室的门不停地打开再锁上，不停地腌渍、晾晒、烹煮数不清的水果和蔬菜。她的家就像一个化学实验室。苹果树下永远生着火，用蜂蜜、糖和其他我已经记不得的材料加工果酱、果冻和软果糕的锅和铜盆从来没有从铁三角架上拿下来过。在另一棵树下，车夫总是在一个铜蒸馏器里用桃叶、稠李花、百金花、樱桃核蒸馏伏特加酒，等蒸馏完，他的舌头已经不会打弯了，说了几句普尔赫里娅·伊万诺夫娜完全听不懂的胡话，然后就到厨房睡觉去了。煮好、腌好、晾晒好那么多没用的东西，因为普尔赫里娅·伊万诺夫娜总是喜欢准备比所需数量更多的东西储存起来，如果不是被院子里的女仆吃掉一多半的话，它们最后也许会把整个院子都塞满。那些偷偷钻进储藏室里，在那里大吃一顿的女仆，一整天都哼哼唧唧，抱怨肚子疼。

院子外的农事和其他家务普尔赫里娅·伊万诺夫娜就很少有机会插手了。管家和村长狼狈为奸，毫不手软地大肆偷盗。他们常常进入主人家的林子，就像到了自己的林子一样，做了许多雪橇，到附近的集市上出售；除此之外，所有粗大的橡树都被卖给了邻村的哥萨克，供他们砍伐后用来开磨坊。只有一次，普尔赫里娅·伊万诺夫娜想去察看一下自己的林子，套好装着大皮帘子的轻便马车，车夫一拉缰绳，曾在民兵团里服过役的马往前走去，皮帘子在空气中发出奇怪的响声，好像突然听到了长笛、铃鼓和大鼓齐鸣一样；每个钉子和铁环都叮当作响，以至于磨坊那边全都听见女主人从院子里出来了，尽管距离至少有两俄里远。普尔赫里娅·伊万诺夫娜不可能看不见林子被大肆破坏，那些她童年时就已熟悉的百年老橡树不见了。

"这是怎么回事儿，尼奇波尔，"她对就在一旁的管家说，"橡树怎么这么少？当心你脑袋上的头发可别变得这么少。"

"哪里少了？"管家满不在乎地说，"就是枯死了啊！全都枯死了：被雷劈，被虫蛀——就不见了，太太，全都死了。"

　　普尔赫里娅·伊万诺夫娜对这个回答非常满意，回到家之后，她只是吩咐加强看管花园里的西班牙樱桃树和大冬梨树。

　　正直的管理者，管家和村长，认为完全没有必要把面粉都送到老爷的仓库里，只需要一半就够老爷用了。最后，连他们送来的这一半也是发了霉或者受了潮、在集市上卖不出去的。但是，无论管家和村长偷了多少东西，无论家里从上到下——从女管家到吃掉了许多李子和苹果、经常用头拱树让果子像雨点一样掉下来的猪——怎样嘴馋贪吃，无论麻雀和乌鸦啄食了多少，无论仆人们在去邻村走亲戚时拿走了多少去送礼，甚至直接从仓库里拖走成捆的旧麻布和纱线，所有这些东西最后都流向了世界的发源地，也就是小酒馆里，也不管客人们、慢吞吞的车夫和仆人们偷走了多少，但是那富饶的土地仍然产出了那么多的物品，阿法纳西·伊万诺维奇和普尔赫里娅·伊万诺夫娜需要的东西又很少，所以与他们的整个家产相比，这些可怕的偷盗行为根本难以察觉。

　　两位老人沿袭了旧式地主的老习惯，很喜欢吃。天刚放亮（他们总是起得很早），那些门不同音调的协奏曲刚刚开始，他们已经坐在小桌旁喝咖啡了。喝完咖啡，阿法纳西·伊万诺维奇走到外屋，抖了抖手帕，说："去，去！

鹅，从台阶上下去！"他通常会在院子里碰见管家。按照惯例，他会和管家说上几句，详细地询问农活的情况，再对他说出自己的意见，吩咐些事情，那些话显示出他对农事了如指掌，不禁让人大为吃惊，任何一个新手连想都不敢想，能从这么精明的主人那里偷窃。但是管家已经是个老手了：他知道该怎么回答，更知道该怎么管理家务。

随后，阿法纳西·伊万诺维奇回到了屋里，他走到普尔赫里娅·伊万诺夫娜身边，说："怎么样，普尔赫里娅·伊万诺夫娜，也许该吃点东西了吧？"

"现在吃点什么好呢，阿法纳西·伊万诺维奇？猪油蜜饼，还是罂粟籽儿馅饼，或者腌蘑菇？"

"好吧，就吃腌蘑菇或者馅饼吧，"阿法纳西·伊万诺维奇回答，于是桌子上立刻铺好了桌布，摆上了馅饼和腌蘑菇。

离午饭还有一小时的时候，阿法纳西·伊万诺维奇又吃了些东西，用年代久远的银酒杯喝了一杯伏特加，吃了一些蘑菇，各种鱼干，等等。12点他们坐下来吃午饭。除了盘子和装调味汁的小碟之外，桌子上还摆了好几个封着盖子的砂锅，为了不让旧式佳肴失去诱人的香味儿。吃饭时通常会聊些与饭食有关的话题。

"我觉得，这个粥，"阿法纳西·伊万诺维奇通常说道，"好像有点煳味儿，您没觉得吗，普尔赫里娅·伊万诺夫娜？"

"没有啊，阿法纳西·伊万诺维奇，您多放点儿猪油，就不觉得有煳味儿了，要么您往粥里加些蘑菇汁。"

"好吧，"阿法纳西·伊万诺维奇说着，把盘子递了过去，"我来尝尝味道怎样。"

午饭后阿法纳西·伊万诺维奇要去休息一个小时，起来后普尔赫里娅·伊万诺夫娜拿来了切好的西瓜，说道："快尝尝吧，阿法纳西·伊万诺维奇，多好的西瓜！"

"您别以为，普尔赫里娅·伊万诺夫娜，红瓤瓜就是好瓜，"阿法纳西·伊万诺维奇拿起好大一块西瓜，说道，"有时红瓤的也不是好瓜。"

但是西瓜很快就被一扫而光。阿法纳西·伊万诺维奇又吃了几个梨，随后他和普尔赫里娅·伊万诺夫娜一起到花园里散步。回家之后，普尔赫里娅·伊万诺夫娜去忙自己的事情，而他坐在朝着院子的屋檐底下，他看见，储藏室的门一会儿打开一会儿关上，女仆们互相推搡着，用木箱子、箩筐、浅盆和其他装水果的容器把各种没用的东西搬进搬出。过一会儿他就会派人去找普尔赫里娅·伊万诺夫娜，或者自己亲自去找她，说道：

"有东西给我吃吗，普尔赫里娅·伊万诺夫娜？"

"吃点什么好呢？"普尔赫里娅·伊万诺夫娜说，"要不我叫人给您拿些浆果蜜饯来，那是我让人特意给您留的。"

"就这样吧。"阿法纳西·伊万诺维奇回答。

"要么，您吃点水果冻吧？"

"也行。"阿法纳西·伊万诺维奇回答。随后，立刻拿来了这两种食物，像往常一样全都被吃光了。

晚餐前阿法纳西·伊万诺维奇又吃了些东西。9点半，坐下吃晚餐。晚餐过后立刻去睡觉，于是这个充满活力又舒适安宁的偏僻乡村彻底安静下来了。阿法纳西·伊万诺维奇和普尔赫里娅·伊万诺夫娜的卧室非常热，很少有人能在里面待上几个钟头。但是阿法纳西·伊万诺维奇还觉得不够热，还想要再暖和些，他睡在火炕上，尽管因为太热，夜里他要起来好几次，在房间里走来走去。有时阿法纳西·伊万诺维奇一边在房间里踱步一边哼哼。这时候，普尔赫里娅·伊万诺夫娜就问他：

"您为什么哼哼呀，阿法纳西·伊万诺维奇？"

"天晓得为什么，普尔赫里娅·伊万诺夫娜，好像有点肚子疼。"阿法纳西·伊万诺维奇说。

"您吃点东西会不会好些，阿法纳西·伊万诺维奇？"

"不知道会不会好，普尔赫里娅·伊万诺夫娜！不过，有些什么吃的呢？"

"酸奶或者梨干甜羹。"

"好吧，既然这样，我就试试吧。"阿法纳西·伊万诺维奇说。

睡眼惺忪的女仆到橱柜里翻找了一会儿，于是阿法纳西·伊万诺维奇又吃光了一盘子。然后，他通常会说：

"现在似乎好些了。"

有时，如果天气晴朗，房间里又烧得相当暖和，阿法纳西·伊万诺维奇快活起来，喜欢和普尔赫里娅·伊万诺夫娜开开玩笑，说说闲话。

"我说，普尔赫里娅·伊万诺夫娜，"他说，"要是我们的房子突然着火了，我们该往哪儿去呢？"

"上帝保佑，别发生这种事！"普尔赫里娅·伊万诺夫娜画着十字说。

"好吧，就假设一下，假如我们的房子烧没了，我们去哪儿呢？"

"天晓得您在说什么，阿法纳西·伊万诺维奇！房子怎么可能烧没，上帝不会让这种事发生的。"

"假如烧没了呢？"

"那样的话我们就搬到厨房去。您就暂时占用一下女管家住的那个房间。"

"要是厨房也烧没了呢？"

"怎么可能！一下子房子和厨房全都烧没了，上帝不会让这种事发生的！如果是这样，在新房子建好之前，就搬到储藏室去。"

"要是连储藏室也烧没了呢？"

"天晓得您在说什么！我不想听您说了！说这话就是罪过，上帝会降罪的。"

但是，阿法纳西·伊万诺维奇对于他和普尔赫里娅·伊万诺夫娜开的玩笑感到很满意，他面带微笑，坐在了自己的椅子上。

但是，在我看来两位老人在家里有人做客的时候最讨人喜欢。那时候他们房子里的一切都变了样。可以说，这两个善良的老人就是为客人而活的。家里最好的东西全都拿了出来。他们争先恐后地用田庄里出产的所有东西来款待你。但是最让我感到愉快的是，在他们的殷勤当中没有任何虚情假意。在他们的脸上流露出的亲切和热情是那么温柔，那么自然而然，以至于你会不由自主地答应他们的请求。这一切都是因为他们善良淳朴的灵魂纯洁而明澈。这种热情完全不同于那种靠你出人头地、称你为恩人、对你卑躬屈膝的衙门里的官员款待你时的那种热情。他们无论如何都不会让客人当天就离开：一定要在那儿过夜才行。

"这么晚了，哪能去赶那么远的路呢！"普尔赫里娅·伊万诺夫娜总是这样说（客人通常就住在离他们三四俄里远的地方）。

"当然了，"阿法纳西·伊万诺维奇说，"什么事情都可能发生，说不定会遇到强盗或者别的坏人呢。"

"上帝保佑，别碰见那些强盗！"普尔赫里娅·伊万诺夫娜说，"大晚上说这些干什么。不管有没有强盗，现在黑灯瞎火的，不适合赶路。而且您的车夫，我认识您的车夫，瘦瘦小小的，任何一匹马他都驾驭不了，何况现在，他肯定已经喝醉了，正在某个地方睡觉呢。"

客人只好留下来过夜，不过待在那间低矮而暖和的小房间里，进行着亲切、温暖、令人昏昏欲睡的交谈，看着端到桌上来的营养丰富、精心制作的美食冒出的腾腾热气，这样的夜晚对他来说也是一种奖赏了。我现在仿佛还能看见，阿法纳西·伊万诺维奇弓着身子坐在椅子上，脸上带着他一贯的笑容，专注地，甚至有些陶醉地倾听客人说话！话题经常会涉及政治。同样很少出村的客人常常会做出一副意味深长、高深莫测的表情，说出自己的猜测，说法国人和英国人已经秘密达成协议，要再次把拿破仑派到俄国来，或者直接说战争要来了，这时候阿法纳西·伊万诺维奇好像毫不理会普尔赫里娅·伊万诺夫娜似的，说道：

"我自己也想去参战呢，为什么我不能去参战呢？"

"又开始了！"普尔赫里娅·伊万诺夫娜打断他说，"您别相信他，"她对客人说，"他这么老了，哪还能上战场呢！碰见第一个士兵就把他打死了！真的，准会打死他的！就那么一瞄准，就把他打死了。"

"怎么可能，"阿法纳西·伊万诺维奇说，"我会把他打死。"

"您听听，他说的是什么话！"普尔赫里娅·伊万诺夫娜接着说道，"他能去哪打仗！他那几支枪早就生锈了，都放在仓库里了。您去看看就知道了，那是些什么枪啊，子弹还没射出去，火药就把枪炸开了。结果把自己的手也炸了，脸也炸了，永远都残废了！"

"得了吧，"阿法纳西·伊万诺维奇说，"我会给自己买新武器。我要带一把马刀或者一支哥萨克长矛。"

"全都是胡思乱想。脑袋一热就胡说八道，"普尔赫里娅·伊万诺夫娜埋怨道，"我知道，他在开玩笑，但是听起来就是不舒服。瞧，他总说这样的话，听着听着就让人害怕起来了。"

但是阿法纳西·伊万诺维奇对于把普尔赫里娅·伊万诺夫娜多少吓唬了一番感到很得意，他面带笑容，弓着腰坐在自己的椅子上。

在我看来，普尔赫里娅·伊万诺夫娜在招待客人吃冷盘的时候最为有趣。

"这个，"她拔下长颈瓶上的软木塞，说道，"是用蓍草和洋苏草浸泡的伏特加。谁要是肩膀疼或者腰疼，喝这个很管用。这个是用百金花浸泡的，要是有耳鸣或者脸上长癣，喝这个很有效。这个是用桃核蒸馏出来的，您尝一杯吧，味道真香啊！要是起床时不小心撞到了柜角或者桌脚上，额头上撞出了一个包，只要在餐前喝上一小杯，包就像用手摘掉了一样，立刻就不见了，好像从来没有过似的。"

随后，她又把其他的长颈玻璃瓶一一介绍了一遍，几乎每一瓶都有治病的疗效。当客人被这些药酒灌醉之后，她把客人领到许多摆好的盘子跟前。

"这个是用百里香腌的蘑菇！这个是用调料丁香和核桃腌的！一个土耳其女人教我这么腌，那时候，我们这里还有土耳其俘虏。那是个善良的土耳其女人，完全看不出她信仰土耳其教。她的穿戴几乎跟我们一样，只是她不吃猪肉，她说，他们的法律禁止吃猪肉。这是用醋栗叶和肉豆蔻腌的蘑菇。这是些大葫芦，我还是第一次用醋煮它们，不知道味道怎么样，我从伊万大叔那里得到的秘方。先要在小木桶里铺上一层像树叶，然后撒上胡椒和硝石粉，再放一些蜡菊那样的花，要把花蒂朝上摆放。这些是馅儿饼！这是干酪馅儿饼！这是罂粟籽馅儿饼！这是阿法纳西·伊万诺维奇最喜欢的，白菜和荞麦糊做的馅儿饼。"

"是的，"阿法纳西·伊瓦诺维奇补充说，"我很喜欢吃，它们吃起来软软的，还有点酸味儿。"

总之，当有客人在的时候，普尔赫里娅·伊万诺夫娜就精气神十足。多么善良的老人啊！她全心全意地招待客人。我很喜欢待在他们家里，尽管像所有到他家做客的人一样，吃了非常多的东西，对我的健康很不利，但我还是很乐意到他们家去。不过，我想，小俄罗斯的空气也许有一种独特的功效，有助于消化，因为如果谁在这里那样大吃大喝，那么毫无疑问，他不会躺在床铺上，而是要躺在桌子上了[1]。

两位老人的心肠真好啊！不过，我的故事就要说起那件非常令人悲伤的事情了，它永远地改变了这个宁静的偏僻角落里的生活。尤其令人惊奇的是，事情起因于一件完全无关紧要的小事。但是，命运的安排总是出人意料，一些微不足道的原因往往会导致重大事件的发生，或者相反，

---

[1] 俄国人的习俗，人死后要放在桌子上。

一些声势浩大的事情却悄无声息地结束。一个征服者举全国之力，征战数年，他手下的将军们都赫赫有名，但是，到最后只得到了连一个土豆都种不下的一小块土地而已。而有时则恰恰相反，两个城市里卖香肠的商人因为一点口角打了起来，相互的敌意波及全城，后来蔓延到了乡镇和村庄，最后全国都参与进来。不过，让我们先停止这样的议论吧：现在说这些不合时宜，而且我也不喜欢空泛地发表议论。

普尔赫里娅·伊万诺夫娜有一只小灰猫，它几乎总是蜷成一团躺在她的脚边。普尔赫里娅·伊万诺夫娜有时候摸摸它，用手指在它的脖子上呵痒，小猫尽可能地把脖子向上伸。不能说普尔赫里娅·伊万诺夫娜过于宠爱这只小猫，她只是离不开它，习惯了总是看见它。但是，阿法纳西·伊万诺维奇常常取笑她对小猫的这种依恋之情：

"我不明白，普尔赫里娅·伊万诺夫娜，您在猫身上发现了什么可爱之处。它有什么用呢？要是狗的话，那就是另一回事儿了：狗可以带去打猎，可猫能干什么？"

"您别说了，阿法纳西·伊万诺维奇，"普尔赫里娅·伊万诺夫娜说道，"您也就喜欢说说罢了，什么也不会做的。狗不爱干净，到处排便，还会打碎所有的东西，而猫是安静的动物，不会祸害任何人。"

其实，对阿法纳西·伊万诺维奇来说，是猫还是狗都无所谓。他说那些话只是为了逗一逗普尔赫里娅·伊万诺夫娜罢了。

在他们的花园后面有很大一片森林，精明的管家完全没有去破坏它，也许是因为斧头的敲击声会传到普尔赫里娅·伊万诺夫娜的耳朵里。那片林子偏僻而荒芜，老树的树干被茂密的榛树枝盖住了，就像毛茸茸的鸽掌一样。林子里有很多野猫。可别把林子里的野猫和在屋檐下跑来跑去的凶悍的家猫混为一谈。住在城里的家猫尽管脾气不好，但是和森林里的居民相比，已经是相当文明的了。与家猫正相反，大多数野猫都阴森森的，充满野性，它们瘦骨嶙峋、干瘪憔悴，未经驯化的嗓音发出粗野的猫叫声。它们有时在仓库下面挖出一条地道偷猪油吃，甚至会出现在厨房里，一旦看见厨师去蒿草地里解手，它们就从敞开的窗户里突然跳进来。总之，野猫对任何高尚的感情都一无所知，靠劫掠为生，甚至在麻雀窝里杀死小麻雀。这些野猫通过仓库下面的地道与普尔赫里娅·伊万诺夫娜那只温顺的小猫长期往来，最后它们把它拐走了，就像一伙儿士兵拐走了一个愚蠢的村姑一样。普尔赫里娅·伊万诺夫娜发现猫不见了，就派人去寻找它，但是没有找到。三天过去了，普尔赫里娅·伊万诺夫娜感到有些可惜，但是最后她也就完全忘了它了。有一天，她到自己家的菜园里查看了一番，手里拿着亲手给阿法纳西·伊万诺维奇采摘的新鲜的绿黄瓜往回走，这时一阵可怜兮兮的猫叫声突然传到了她的耳朵里。她仿佛本能似的喊道："咪咪，咪咪！"突然那只灰猫从蒿草丛中跑了出来，又干又瘦，显然，它已经好几天没吃东西了。普尔赫里娅·伊万诺夫娜继续召唤它，但是猫站在她面前喵喵叫着，却不敢靠近，显然，从那以后它已经变野了。普尔赫里娅·伊万诺夫娜一边召唤它，一边往前走，那只猫一直跟着她走到了院墙边。最后，猫看见了原来熟悉的地方，就进屋了。普尔赫里娅·伊万诺夫娜立刻叫人给她端来牛奶和肉，坐在它跟前，愉快地欣赏着这个可怜的小宠物贪婪的吃相，它吞下了一块又一块的肉，大口喝着牛奶。灰色的逃犯几乎眼看着胖了起来，吃相也不再那么贪婪了。普尔赫里娅·伊万诺夫娜伸出手，想要摸摸它，但是这个不知感恩的家伙显然已经习惯了和野猫在一起，或是学会了浪漫主义的那一套，宁要清贫的爱情也不要豪宅，而野猫们的确一无所有；不管怎样，它从窗户跳了出去，而仆人们谁也没能再把它捉住。

老太太寻思起来，"这是死神来接我了！"她自己嘀咕着，任何事情都没能让她摆脱这个念头。一整天她都郁郁寡欢。阿法纳西·伊万诺维奇和她开玩笑也没有用，他想知道，她为什么突然发起愁来了。普尔赫里娅·伊万诺夫娜避而不答，或者她的回答根本不能让阿法纳西·伊万诺维奇满意。第二天她明显地瘦了一圈。

"您怎么了，普尔赫里娅·伊万诺夫娜？您生病了吗？"

"不，我没生病，阿法纳西·伊万诺维奇！我想跟您说一件特别的事情：我知道，这个夏天我就要死了，死神已经来找我了。"

阿法纳西·伊万诺维奇的嘴唇痛苦地歪到了一边。但是他竭力抑制住内心的悲伤，微笑了一下，说：

"天晓得您说的是什么话，普尔赫里娅·伊万诺夫娜！您大概是把桃子酒当成常喝的草药给喝了吧。"

"不，阿法纳西·伊万诺维奇，我没喝桃子酒。"普尔赫里娅·伊万诺夫娜说。

阿法纳西·伊万诺维奇后悔不该这样打趣普尔赫里娅·伊万诺夫娜，他看着她，睫毛上挂着眼泪。

"我请求您，阿法纳西·伊万诺维奇，完成我的心愿，"普尔赫里娅·伊万诺夫娜说，"我死后，把我葬在教堂的围墙边。给我穿上那件灰色的衣服，就是褐色底子带小花的那件。别给我穿那件有深红色条纹的缎子衣裳：死人已经不需要那么好的衣裳了。对死人来说它有什么用呢？而您还用得上它：用它给自己缝一件像样的袍子，来客人的时候穿上它，您就可以体面地招待他们了。"

"天知道您在说什么，普尔赫里娅·伊万诺夫娜！"阿法纳西·伊万诺维奇说，"还不知道什么时候死呢，您就说这些话来吓唬人。"

"不，阿法纳西·伊万诺维奇，我已经知道我的死期了。但是，您别为我难过，我已经老了，活够了，您也老了，我们很快就会在另一个世界里见面的。"

但是，阿法纳西·伊万诺维奇像个孩子一样大哭起来。

"哭是罪过，阿法纳西·伊万诺维奇！别违背了教义，别因为自己的悲伤惹上帝生气。我就快死了，对此我并不觉得遗憾。我唯一放不下的（一声沉重的叹息让她的话中断了一下）：我放不下的就是，我不知道把您托付给谁，我死了，谁来照顾您呢。您像个小孩子一样，照顾您的人必须真心地爱您才行。"

这时她的脸上流露出深刻的、令人心碎且由衷的怜悯之情，我不知道，在这个时候谁还能看着她而无动于衷。

"听我说，雅芙多哈，"她对专门派人叫来的女管家说道，"我死后你要照顾好老爷，要像爱护自己的眼睛、爱护自己的亲儿子一样爱护他。要留心让厨房里做好他喜欢吃的东西。你要时常帮他换上他干净的内衣和外衣；有人来做客的时候，要把他打扮得体面些，否则，他也许会穿个旧袍子就出去了，因为现在他就经常忘了哪天是节日，哪天是平常的日子。眼睛要一直看着他，雅芙多哈，我会在另一个世界为你祈祷，上帝会奖赏你的。别忘了，雅芙多哈，你已经老了，你也没多少日子可活了，别给自己的灵魂增添罪孽。你要是不好好照顾他，那么你在这世上是不会幸福的。我会亲自去求上帝，叫你不得善终。你自己会遭遇不幸，你的孩子们也会遭遇不幸，你的整个家族都不会得到上帝的祝福。"

可怜的老太太！此时她想的不是那个正在等待她的庄严时刻，不是她自己的灵魂，不是她来世的生活，而是一心只想着那相伴了一辈子，却要一个人孤苦伶仃地留在世上的可怜的丈夫。她以少见的精明安排好了一切，为的是让阿法纳西·伊万诺维奇在她死后感觉不到她已经离开了。她深信自己就快死了，精神上已经为此做好了准备，几天之后她真的卧床不起了，吃不下任何东西。阿法纳西·伊万诺维奇全心全意地照顾她，一步也不离开她的床前。"您也许想吃点什么吧，普尔赫里娅·伊万诺夫娜？"他不安地看着她的眼睛说。但是普尔赫里娅·伊万诺夫娜一句话也没有说。最后，在漫长的沉默过后，她似乎想说点什么，嘴唇动了动，就咽了气。

阿法纳西·伊万诺维奇完全惊呆了。这件事对他来说太难以想象了，他甚至都没有哭出来。他那双浑浊的眼睛望着她，似乎不明白尸体意味着什么。

死者被放在了桌子上，给她穿上她自己指定的那件衣裳，她的双手被交叉成十字形，在她的手里放了一根蜡烛——他麻木地看着这一切。院子里挤满了许多不同身份的人，来送葬的客人非常多。院儿里摆好了一长排桌子，蜜粥、果子露酒和馅儿饼成堆地摆在桌子上，客人们说着，哭着，望着已故的死者，谈论着她的品行，也看着他，可是他本人却神情古怪地看着这一切。最后，死者被抬走了，人们跟着蜂拥而去，他走在遗体的后面；神甫穿着全套的祭服，阳光普照，吃奶的婴孩在母亲的怀里哭闹，云雀在啼鸣，穿着衬衫的孩童在街上跑来跑去、嬉笑打闹。终于把棺材抬到了一个墓穴前，人们让他过去，最后一次亲吻死者；他走到跟前，吻了吻他的亡妻，泪水涌上他的双眼——不过，这只是冷漠麻木的泪水。棺材被放了下去，神甫拿起平头铁锹，撒下了第一锹土，一个教堂执士和两个诵经员在纯净无云的天空下用低沉的、拖长的声音唱起了永远怀念逝者的追思歌，工人们拿起铁锹，泥土立刻填满、填平了墓穴，这时，他挤到前面，大家闪到一旁，给他让出了一点地方，想看看他要做什么。他抬起双眼，眼神黯淡地看了看，说："你们就这样把她埋了！为什么呀？"他停住了话头，没再说下去。

但是当他回家之后，看见房间里空空荡荡，就连普尔赫里娅·伊万诺夫娜坐过的那把椅子也已经被搬出去的时候，他号啕大哭起来，哭得那么悲怆，那么伤心，眼泪像小河一样从他浑浊的双眼中奔涌而出。

从那时候起，五年过去了。什么样的痛苦不会被时光带走呢？什么样的激情才能在与时间这场不平等的较量中保持原样呢？我认识一个正值青春年华、真正高尚而自尊的年轻人，我知道他坠入了爱河，爱得温柔、热烈、疯狂、勇敢又谦逊，可他爱恋的对象，当着我的面，几乎就在我眼前，那个像天使一样温柔美丽的姑娘被永不餍足的死神带走了。我从来没有见过心灵的痛苦那么可怕的爆发，那么疯狂而灼热的悲伤，那种吞噬一切的绝望，这些感情让这个不幸的恋人激动不安。我从来没有想过，有人能为自己建造这样一座地狱，里面没有影子，没有形象，也没有一点类似希望的东西……人们片刻不离地看着他，把所有他能用来自杀的武器都藏了起来。两星期过后，他突然战胜了自己，开始露出笑容，开起了玩笑，人们不再看着他了。他利用他的自由做的第一件事儿就是买了一把手枪。有一天，突然响起的枪声把他的家人吓得大惊失色。他们跑进房间，看见他摊开四肢躺在地上，颅骨被打碎了一块。当时恰好有一名医术广受赞扬的医生在那里，他见伤者还有生命迹象，发现伤口并不致命，令所有人惊讶的是，年轻人被治好了。对他的看管更加严格了。在餐桌上他的旁边甚至连刀子都不放，拿走一切他能用来伤害自己的东西。但是，他很快就找到了新的机会，扑到了过路马车的车轮底下。他的一条腿和一只胳膊被压伤，但是他又被治好了。一年后我在一个熙熙攘攘的大厅里遇见他：他坐在桌子旁，把一张牌扣上，愉快地说道："开牌！"在他身后站着的是他年轻的妻子，她把胳膊肘支在他的椅背上，数着他的筹码。

普尔赫里娅·伊万诺夫娜去世五年之后，我又到了那个地方，顺路去了阿法纳西·伊万诺维奇的农庄拜访我的老邻居，我曾经在他那里愉快地待过几天，吃过很多殷勤好客的女主人准备的美食。当我的马车抵达院子时，我感觉那所房子比原来破败了许多，农民的茅草屋全都东倒西歪，毫无疑问，它们主人的情况也大抵如此。院子里的栅栏和篱笆已经完全被破坏了，我亲眼看见一个厨娘从上面抽出几根木棍去生炉子，尽管她只需要再多走两步就能拿到堆放着的干树枝。我心情郁闷地行驶到台阶前，就连那些大大小小的看家狗也已经瞎的瞎、瘸的瘸了，它们吠叫着，翘起自己卷曲的、挂满了苍耳的尾巴。老头儿出来迎接我。就是他！我立刻就认出他了，但是他的腰比过去弯了一倍。他也认出了我，脸上带着我熟悉的笑容迎接我。我跟在他身后走进了屋子里，似乎，一切都和过去一样，但是我发现所有的东西都有一种奇怪的、杂乱无章的感觉，似乎缺少了某些东西，总之，我感受到了初次走进一个鳏夫（谁都知道从前他和妻子一辈子都形影不离）家里时的那种怪异的感觉。这种感觉就像你一向认识的一个健全的人突然少了两条腿出现在你面前一样。处处都能看出操持家务的普尔赫里娅·伊万诺夫娜已经不在了：用餐时拿来的是一把没有柄的餐刀，菜肴做得也不再那么精致美味。我不想打听他产业上的事情，甚至不敢去看一眼那些从事生产经营的作坊。

当我们坐下吃饭的时候，女仆给阿法纳西·伊万诺维奇系上了餐巾，她做得很对，否则他的长袍从上到下上都会撒上调味汁。我努力地勾起他的兴致，给他讲各种新闻，他脸上挂着惯有的微笑倾听着，但是有时他的眼神完全是麻木的，他的思维并不是跟不上，而是完全消失了。他常常舀起一勺粥，没送到嘴里，反而送到了鼻子跟前；拿起叉子想叉一块鸡肉，却叉到了长颈玻璃瓶上，这时女仆就会抓着他的手，引着他去叉鸡肉。有时我们等下一道菜等了好几分钟，阿法纳西·伊万诺维奇自己也发觉了，就说道："怎么这么长时间还不上菜？"然而我从门缝里看见，负责给我们上菜的小仆役完全忘了这事儿，他正垂着脑袋在长凳上睡觉呢。

"瞧，这就是那种食物，"当浇了酸奶油的乳渣饼端上来时，阿法纳西·伊万诺维奇说道，"就是那种食物，"他继续说，我发现他的声音开始发颤，眼泪就要从那双忧伤的眼睛里掉下来了，但是他竭力想忍住眼泪，"这就是那种食物，已故的……已故的……"眼泪一下子夺眶而出。他的手落在盘子上，盘子被打翻，飞了出去，摔碎了，调味汁撒了他一身，他木然地坐在那里，面无表情地拿起勺子，眼泪像小河，像汩汩流动的喷泉一样喷薄而出，流到了他盖在胸前的餐巾上。

"天哪！"我看着他暗自想道，"五年了，那是足以消磨一切的时光——老人已经变得麻木了，在他的生活中似乎从未有过一次让他激动不安的强烈感受，他的全部生活似乎就是坐在那把高高的椅子上，吃各种鱼干和梨干，讲一些积德行善的故事，可他的悲伤居然这么长久、这么浓烈！强有力地操纵着我们的究竟是什么：是激情还是习惯？或者一切强烈的冲动，我们的欲念和沸腾的激情形成的旋风，只不过是我们青春年少所导致的结果，也仅仅因为这一点它们才显得铭心刻骨、撕心裂肺吗？"不管怎样，此时此刻，我觉得与这种持久而缓慢、几乎已经麻木的习惯相比，我们所有的激情都显得十分孩子气。他几次努力想要说出逝者的名字，但是说到一半他那张平静而普通的面孔就抽搐得扭曲起来，那孩子一样的哭声刺痛了我的心。不，这不是通常老人家在向你介绍自己的可怜处境和不幸时轻易流下的那种眼泪；也不是因为一杯潘趣酒而引起的眼泪；不！这是不由自主的、自行流下的眼泪，那泪水已经蓄满了因那锥心的疼痛而变得冷漠麻木的心灵。

此后，他没活多长时间。不久前我得知了他的死讯。但奇怪的是，他临终时的情形和普尔赫里娅·伊万诺夫娜临去世时有几分相似。有一天，阿法纳西·伊万诺维奇决定到花园里走一走。他和平时一样心不在焉地在小路上慢悠悠地走着，心里没有任何杂念，他遇见了一件奇怪的事情。他突然听见身后有人用相当清晰的声音叫他："阿法纳西·伊万诺维奇！"他转头去看，一个人影也没有，他四下望了望，还往灌木丛里看了看，到处都没人。那一天天气晴和、阳光灿烂。他沉思片刻，脸上似乎有了一丝活力，最后他说："这是普尔赫里娅·伊万诺夫娜在召唤我呢！"

毫无疑问，您有时也曾听到过有个声音在叫您的名字，老百姓说那是鬼魂在思念一个人，在叫他呢，之后那个人一定会死。老实说，这种神秘的呼唤总是让我心怀恐惧。我记得在我小时候经常听见这样的呼唤：有时在我身后突然有人清楚地叫我的名字。通常都是在最晴朗、最阳光灿烂的日子里，花园里的树叶没有一丝颤动，死一般的寂静，就连螽斯也安静下来，花园里渺无人迹。不过，老实说，即便是在狂风暴雨最为激烈、大自然威力肆虐的夜晚，我孤身一人待在走不出去的森林中，我也不会像在晴朗无云的日子里，面对这种令人恐怖的死寂时那样害怕。那时，我总是失魂落魄、气喘吁吁地跑出花园，直到迎面遇见一个人，他的出现赶走了内心可怕的清冷，我才能平静下来。

他完全听从了内心的信念，深信这是普尔赫里娅·伊万诺夫娜在召唤他，他像个听话的孩子一样服从了。他日益消瘦，开始咳嗽，像蜡烛一样不断熔化，最终也像蜡烛一样，在失去了所有维持它微弱火焰的东西之后，熄灭了。"把我埋在普尔赫里娅·伊万诺夫娜旁边。"这就是他在去世之前的全部遗言。

人们遵从了他的遗愿，把他葬在了教堂附近，与普尔赫里娅·伊万诺夫娜的坟墓相邻。来参加葬礼的客人变少了，但是平民和乞丐仍然很多。老爷的房子彻底空了。精明的管家和村长一起把所有留下来的旧家什和女管家没能拿走的破烂东西都搬进了自家茅屋里。不久之后，不知道从哪儿来了一个远房亲戚，他是这片领地的继承人，此人曾经当过中尉，不记得是在哪个团里了，他是个很厉害的改革家。他立刻发现家事管理上的混乱和疏忽。他决定立刻根除旧习，改正错误，让一切都变得井然有序。他买来了六把非常好的英国镰刀，给每所茅屋都钉上特殊的门牌号，最后，他把一切都安排得很妥当，六个月后把这片领地托付给了别人来代管。聪明的代管人——一个过去的陪审员和一个穿着褪色军装的上尉——在很短的时间里就把所有的母鸡和鸡蛋全都吃个精光。原来已经东倒西歪的农舍现在完全倒塌了，农夫们喝得烂醉如泥，一大半都逃跑了。但是，现在的主人却和自己的代管人相处得很和睦，与他们一起喝潘趣酒，很少到村子里来，而且住不了多长时间。直到现在，他仍然赶到小俄罗斯的所有集市上，询问各种大宗产品的价格，比如面粉、大麻、蜂蜜等等，但他只采购一些小物件，比如火石、通烟袋的钎子和所有价格不超过一卢布的东西。

涅瓦大街

没有什么地方比涅瓦大街更好了，至少在彼得堡是这样；对彼得堡来说，涅瓦大街就是一切。这条大街闪闪发亮——这是我们京城的美人儿！我知道，这里的居民无论是穷人还是当官的，即使给他世上所有的财富来交换，他也舍不得涅瓦大街。不仅那些年方二十五岁、蓄着漂亮的髭须、穿着缝制精巧的常礼服的年轻人，就连那些下巴上已经长出白须、脑袋像银盘一样光滑的人，也为涅瓦大街心醉神迷。而女士们呢！啊，女士们更是为涅瓦大街而倾倒。谁会不喜欢它呢？刚一走进涅瓦大街，就会感受到一种游乐的气息。尽管有需要处理的、紧急的事情，但是，一踏上这条街道，你就会忘得干干净净，的确如此。这是唯一一处人们不是因为需要才来的地方，到这儿并不是非来不可，也不是被吞没整个彼得堡的唯利是图精神所驱使。似乎，在涅瓦大街遇见的人不像在海洋街、豌豆街、铸造街、小市民街上和其他街道上的人那么自私，在那些地方，行人和坐在四轮马车、轻便马车里飞驰而过的人们的脸上就表现出吝啬、贪婪和不满足。涅瓦大街是彼得堡的交通要道。如果彼得堡区或是维堡区的居民，几年都没有去拜访自己住在沙滩或莫斯科哨卡一带的朋友，那么他可以确信，他们一定会在这里相遇。任何人名录和问讯处提供的信息都没有涅瓦大街的信息准确。无所不能的涅瓦大街啊！这是缺少游玩之地的彼得堡唯一可供消遣的地方！人行道打扫得多么干净，天哪，多少双脚在上面留下了自己的足迹啊！退伍的士兵笨重而肮脏的靴子，在他身体的重压之下，靴子似乎要把花岗岩都踩裂了；一位年轻太太精巧而轻柔如烟的鞋子，她正把头转向明亮的商店橱窗，就像向日葵转向了太阳一样；一个踌躇满志的准尉佩带着的叮当作响的军刀，在地面上留下一道清晰的划痕——一切都在上面发泄着或强大或柔弱的力量。仅仅一天之内，这里就出现了多少快速转变的幻象啊！一昼夜之间它经历了多少变化啊！我们从清晨说起吧，这时整个彼得堡都飘散着热烘烘的、刚烤好的面包的香味儿，到处是衣衫褴褛的老太婆，她们拥向教堂，拥向有恻隐之心的行人乞求施舍。这时的涅瓦大街空空荡荡：身体强壮的商店老板和店员们还在穿着荷兰衬衫睡觉，或者正在往自己高贵的脸颊上擦肥皂，喝着咖啡；乞丐聚集在糖果点心店的大门前，睡眼惺忪的小伙计钻了出来，昨天他端着可可饮料像苍蝇一样到处乱飞,现在他手里拿着扫帚,没打领结,把过期的糕饼和残羹剩饭扔给他们。有事要办的人们拖着步子慢悠悠走在街上:有时急着去干活的俄罗斯庄稼人会穿过马路,他们穿着满是石灰渍的长筒靴,即便是以洁净出名的叶卡捷琳娜运河的河水也难以把它们洗干净。这时候,女士们是不宜出门的,因为俄国人喜欢说些粗野的脏话,那些话就是在戏院里她们也未必能听得到。有时候,一个睡意朦胧的官员腋下夹着公文包,慢腾腾地走过去,如果他去衙门的路必须经过涅瓦大街的话。可以肯定地说,这个时间,也就是 12 点之前,没有人把涅瓦大街当作目的地,它只是达到目的的手段而已:街上渐渐地挤满了人,他们都有自己的事情、自己的忧虑、自己的烦恼,完全没有想到这条大街。一个俄国庄稼汉谈论着十戈比银币还是七枚半戈比铜币的事情,老头儿和老太太们挥动着两只手臂,或是自言自语,有时做出相当令人诧异的手势,但是没人理会他们,也没人嘲笑他们,除非是那些穿着花粗布长衫、拿着空酒瓶和缝好的靴子、沿着涅瓦大街像闪电一样飞跑的孩子。这时候,无论您穿的什么,即便您没戴礼帽,戴着便帽,即便是衣领从您的领带里高高耸起,也谁都不会留意。

  12 点钟,来自不同国家的家庭教师领着自己穿着细亚麻布衬领的学生们涌向涅瓦大街。英国的琼斯们和法国的柯克们挽着托付给他们、受到他们亲如父母般照拂的孩子们的胳膊，一本正经地向他们讲解，商店上面挂着招牌是为了让人们知道商店里面有什么商品。女家庭教师们，面色苍白的英国小姐和玫瑰色面容的斯拉夫女郎，派头十足地走在那些轻盈而活泼的女孩子的后面，命令她们抬起肩膀、挺直身板；总之，这时的涅瓦大街是属于教育界的。但是在接近 2 点钟的时候，家庭教师、老师和孩子们就越来越少了：他们终于被温文尔雅的父辈们挤了出去，他们挽着自己花枝招展、五光十色、神经衰弱的女伴们走来了。渐渐地那些完成了十分要紧的家务事的人也加入到这个群体当中，比如：有的人刚和医生谈论完天气和鼻子上长出来的一粒小丘疹，有的人询问完了马匹和自己显露出过人天资的孩子们的健康状况，有的人看完了报纸上的一则广告和一篇关于来往人物的重要文章，有的人终于喝完了一杯咖啡或茶；此外，那些有着令人艳羡的命运而获得特派员这一美差的官员也加入了进来。聚集到这里的还有那些在外交部供职、职业和习惯都十分高雅的官员。天哪，这是多么好的职业和职位啊！它们能给人的心灵带来多么大的快乐和升华啊！唉，可惜我不供职，感受不到长官们对我体贴眷顾的快乐。您在涅瓦大街上见到的一切都风雅得体：男人们穿着长款常礼服，两手插在口袋里，女士们穿着粉红色的、白色的和浅蓝色的缎子做的长外衣，戴着帽子。您在这里会见到独一无二的络腮胡子，它们以超凡的令人惊叹的技艺从领带下面伸出来，好像天鹅绒、缎子一般的络腮胡子，黑得如同貂皮或煤炭，不过，可惜只有外交部的官员们才有这样的胡子。老天爷不肯赐予在其他部门供职的人黑色的络腮胡子，最让他们生气的是他们的胡子是棕红色的。您在这里会看到任何笔墨都难以形容的美妙绝伦的髭须，半生最美好的时光都倾注在这上面了——它们是不分昼夜、经年累月精心伺候的对象，这是洒满令人心醉的香水和香料、涂抹了一切珍贵而稀有的香膏的髭须，这是在夜里用轻薄的仿皮纸卷起来的髭须，这是主人对它怀有最令人感动的爱恋之情、路人嫉妒艳羡的髭须。千百种礼帽、连衣裙、手帕，五彩缤纷、轻柔精美，有时它们的主人在整整两天的时间里都对它们爱不释手，任何一个人在涅瓦大街上看见它们都会眼花缭乱。似乎，数不清的蝴蝶突然从草茎上飞起，蝴蝶的海洋像灿烂的云朵一般在雄性甲虫上面涌动着。在这里您会看见您做梦也想不到的腰肢：纤细、窄小的腰身和瓶颈的粗细差不多，您一旦看见了就会恭敬地闪到旁边，唯恐一不小心笨拙的胳膊肘会碰到它；您心惊胆战，就怕一不小心吹口气就把这自然和艺术的杰作给吹断了。在涅瓦大街上您会看见多么美

妙的女士们的衣袖啊！啊，真是美不胜收！它们有点儿像
两只气球，如果不是有男士挽着，太太准会突然飞到半空
中；因为把女士举到空中就像把斟满香槟酒的高脚杯送到
唇边那样轻松而惬意。两个人在任何别的地方碰面，都不
会像在涅瓦大街上那样高雅端庄、从容自然地鞠躬行礼。
在这里您会看见绝无仅有的微笑，比艺术更高超的微笑，
有的微笑销魂蚀骨，有的微笑让您觉得自己卑微如草芥而
低下头去，有的微笑让您觉得自己比海军部大厦的尖顶还
要高，于是您又把头高高昂起。在这里您会见到人们以不
同寻常的高雅气度和颇有尊严的派头谈论音乐会和天气。
您会见到许许多多难以理解的人和事。天哪！在涅瓦大街
您会碰见多么奇怪的人啊！有很多这样的人，遇见您后一
准儿会盯着您的靴子看，如果您走过去了，他们就回头看
您的衣服后襟。我直到现在也不明白这是怎么回事。起初
我以为，他们是鞋匠，但是，根本就不是：他们大多数人
在不同的衙门里供职，其中很多人能够极为出色地拟写部
门之间的来往公函；还有些人就是闲逛，在糖果点心店里
看看报纸——总之，大部分都是些正派人。

　　在午后 2 点到 3 点钟这段幸福的时光里，涅瓦大街可
称为"流动的京城"，人类一切最杰出的作品都在这里展示
出来。一个人展示的是他有上等海狸皮领子的时髦常礼服，

另一个人展示的是他希腊式的漂亮鼻子，第三个人蓄着极为出色的络腮胡子，第四个人有一双好看的眼睛和令人惊叹的帽子，第五个人优美的小手指上戴着一枚镶着护身符的宝石戒指，第六个人露出自己穿在迷人的小皮鞋里的纤纤玉足，第七个人系着一条令人惊叹的领带，第八个人的髭须简直令人目瞪口呆。但是，3点钟一到，展览会便结束了，人变得越来越少……3点钟——新的变化开始了。涅瓦大街的春天突然降临：满街都是穿着绿色文官制服的官员们。饥肠辘辘的九等文官、七等文官和其他更高级别的官员们都在竭尽全力地加快脚步。年轻的十四等文官、十二等文官和十等文官匆忙地利用这段时间在涅瓦大街上溜达一番，摆出一副傲慢的神情，就好像他根本没有在办公室里坐了六个钟头似的。不过，年老的十等文官、九等文官和七等文官则低垂着头，快步往前走：他们没有闲心去看过往行人，他们还没有放下自己的烦心事，他们的脑袋里乱七八糟的，装的都是已经开头，但还没有办完的事情的卷宗；他们眼里看不见招牌，文件匣和办公室里上司的圆脸长时间地在他们眼前晃动。

从4点钟开始，涅瓦大街又变得空旷无人了，在街上您大概一个官员也碰不到了。一个女裁缝从商店里出来，小跑着穿过涅瓦大街，手里捧着一个匣子；一位可怜的姑娘被多情的书记官抛弃，沦落街头，穿着一件粗呢外套；一个没有任何时间观念的外地来的怪人；一个拿着手提包和一本书的高个子的英国女人；一个俄国搬运工穿着一件只到腰部的棉锦面料的常礼服，蓄着稀疏的胡子，一辈子都过得如履薄冰，当他恭敬地从人行道上走过去时，全身都在颤抖：脊背、双手、双腿和脑袋都在哆嗦；有时会出现一个身材矮小的手艺人。除了他们，您在涅瓦大街上再也见不到其他人了。

然而，一旦暮色笼罩了房屋和街道，守夜人披着粗席子费劲儿地爬上梯子点亮路灯，那些不敢在白天展示的版画从商店低矮的窗户里露出来的时候，涅瓦大街又一次复苏了，开始骚动起来。神秘的时刻降临了，灯火让一切都蒙上了一层美妙诱人的光彩。您会见到很多年轻人，大部分是单身汉，穿着暖和的常礼服和大衣。这时会感觉到有某种目的，或者，更确切地说是与目的相似的东西，一种出自本能的东西；所有人都在加快脚步，步伐变得凌乱起来。墙上和马路上不时地闪过长长的人影，头部的影子几乎够到警察桥了。年轻的十四等文官、十二等文官和十等文官长时间地晃来晃去；但是上了年纪的十四等文官、九等文官多数都待在家里，也许是因为这些人都已经结婚，也许是因为住在家里的德国厨娘做饭很合他们的口味。在这里您会碰见 2 点钟时神情傲慢、派头十足地在涅瓦大街上散步的那些令人尊敬的长者。您会看见，他们像年轻的十四等文官一路奔跑，只为了从帽檐底下瞟一眼他们远远看见的一位淑女，她那丰满的嘴唇和涂满脂粉的脸颊已经让很多散步的人春心萌动，尤其是那些店伙计、搬运工以及穿着德国式常礼服成群结队地挽着手闲逛的商人们。

"等等！"这时皮罗果夫中尉拉住了和他同行的、身穿燕尾服和斗篷的年轻人，大声问道，"你看见了吗？"

"看见了，真是个美人儿，简直就是佩鲁吉诺[1]笔下的比安卡。"

"你说的是谁？"

"就是她，一头乌发的那个。眼睛可真漂亮啊！天哪，多美的眼睛啊！身段、体态和脸型，全都美极了！"

"我跟你说的是走在她后面往另一个方向去的那个金发女郎。既然你看上了那个黑发姑娘，怎么不跟上去呢？"

"哎呀，那怎么行啊？"穿着燕尾服的年轻人一下子羞红了脸，喊道，"你说得好像她是晚上在涅瓦大街上卖弄风情的女人似的，她准是一位大家闺秀。"他叹了口气，继续说道："她身上那件披风就值八十个卢布呢！"

---

〔1〕 佩鲁吉诺（1446—1523）：意大利文艺复兴时期的著名画家。

"笨蛋！"皮罗果夫使劲儿把他往亮色披风飘动的方向推了一把，喊道，"去吧！傻瓜，不然就没机会了！我去追那个金色头发的。"

两个朋友分手了。

"你们这些人我可全都清楚。"皮罗果夫心想，脸上带着得意而自信的微笑，他相信没有一个美人儿能抵挡得了他的进攻。

身穿燕尾服和斗篷的年轻人胆战心惊地往远处飘动着鲜艳披风的方向走去，一靠近路灯，披风就闪出明亮的光泽，一离开路灯又立刻消失在黑暗中。他的心剧烈地跳动着，不由自主地加快了脚步。他不敢奢望远处飞奔而去的美人儿能够赐予他某种权利，更不用说皮罗果夫中尉向他暗示的那种非分之想了，他只想看一看这个绝色尤物的住处，仿佛她是从天上直接飞到涅瓦大街上来的，而且，肯定还会飞到不知道什么地方去。他走得飞快，不时地把那些胡子灰白的中年绅士从人行道上推开。这个年轻人所属的阶层在我们这里是个相当奇怪的现象，说他是彼得堡公民，就如同说梦里的人物属于现实世界一样。在这个到处是官员、商人、德国手艺人的城市里，这个独特的阶层非常与众不同。他是一个画家。这不是很奇怪吗？彼得堡的画家！冰雪世界的画家！芬兰人地区的画家，那里的一切都是潮湿、光滑、平静、苍白、暗淡而阴郁的。

这些画家和那些如同意大利及其天空一样高傲热情的意大利画家一点也不一样；正相反，他们大都是些善良而温和的人，羞怯腼腆、无忧无虑，默默地醉心于自己的艺术，在狭小的房间里和两三个朋友一起喝茶，谦逊地谈论着自己喜欢的话题，不屑于讨论任何闲事。他经常召唤讨饭的老太婆到家里来，让她坐上六七个钟头，为的是把她那张卑微而麻木的脸画到画布上。他也画自己房间的透视图，里面有各种各样零零碎碎的画具：石膏做的手和脚，因为岁月和灰尘的侵蚀已经变成了咖啡色，断裂的画架，打翻的调色板，弹吉他的朋友，被颜料弄脏的墙壁，敞开的窗户，透过窗户隐约可见白茫茫的涅瓦河和穿着红衬衫的穷苦渔夫。他们的作品几乎都是灰蒙蒙的色调——这是北方难以抹去的印记。尽管如此，他们仍满心欢喜地投身于自己的工作当中。他们通常很有才华，只要意大利清新的空气吹拂到他们身上，那才华就像从房间里终于挪到清新空气中的花草一样，自由、舒展、绚烂地发展起来。他们总是非常胆怯：星徽和厚厚的肩章都能让他们惊慌失措，不由自主地降低作品的价格。他们有时也喜欢时髦的装扮，但是那样打扮总是太刺眼，像是打了块补丁似的。有时您会看见他们穿着漂亮的燕尾服和污渍斑斑的斗篷、昂贵的

天鹅绒坎肩和沾满颜料的常礼服。同样，有时您会在他们
没有完成的风景画上看到一个头朝下的女神——因为找不
到地方，就匆忙地在从前曾醉心画过的一幅作品已经变脏
的底色上画了个草图。他从不直视您的眼睛，即使看了一
眼，也是眼神模糊、捉摸不定；他不会像个审视者一样用
鹰一般的眼神或骑兵军官那隼一般的目光来看您。这是因
为他在看着您面孔的同时，也在看他房间里赫拉克勒斯[1]
的石膏像，或者浮现在他眼前的是他正打算画的一幅作品。
因此，他的话常常杂乱无章，有时牛头不对马嘴，再加上
脑子里的东西乱糟糟地混在一起更加深了他的胆怯。我们
描写的这个年轻人，画家皮斯卡廖夫就属于这一类人，害
羞、胆怯，但是心里埋藏着情感的火花，一旦机缘巧合就
会燃烧成熊熊火焰。他激动不安地紧跟在心仪的女郎身后，
似乎他的胆大妄为让他自己也吃了一惊。他的眼神、思想
和感情全都聚集在那个陌生的美人儿身上，突然，美人儿
回过头来，看了他一眼。天哪，天仙一样的面容啊！洁白
耀眼、美妙迷人的额头上覆盖着玛瑙般乌亮的秀发。它们
打着卷，是美丽的鬈发，几绺秀发从帽子里垂下来，碰到
了因夜的寒冷而染上了薄薄一层鲜艳红晕的脸颊。紧闭的

---

〔1〕 赫拉克勒斯：希腊神话中的英雄，是宙斯与人间女子所生的儿子。

双唇锁住了一连串最美妙的幻想。童年的记忆，在明亮的圣灯下产生的幻想和隐秘的灵感，所有这一切，似乎都汇聚、融合、投射在她柔美的双唇上。她看了一眼皮斯卡廖夫，他的心为此而战栗了，她的眼神很严厉，看到这种明目张胆的追逐，一丝怒色掠过她的脸庞；但是，在这张明艳动人的面孔上，即便是愤怒也令人销魂。他觉得羞愧和胆怯，垂下双眼，停住了脚步；但是，怎么能连仙女栖身的圣地都不知道就与她失之交臂呢？年轻幻想家的脑海中产生了这样的想法，于是他决定继续跟踪。不过，为了不被发觉，他离得远了一些，漫不经心地东张西望，仔细看那些招牌，同时紧盯着陌生女郎的每一个脚步。行人渐渐稀少，街上更加寂静；美人儿回首顾盼，他觉得，她的唇角似乎浮现出一丝浅浅的笑容。他全身颤抖起来，不敢相信自己的眼睛。不，那是街灯令人迷惑的光线在她脸上映射出的类似微笑的光影；不，这是他的幻想在嘲笑他。但是，他的呼吸急促起来，全身都莫名其妙地颤抖着，他所有的感情都燃烧起来，眼前的一切变得模糊不清。人行道在脚下飞驰，飞奔的马车却好像一动不动，桥拉长了，在桥拱的地方断裂，房子的屋顶在下面，岗亭迎面朝他倒过来，哨兵的斧戟连同招牌上的金字和画上去的剪刀闪闪发光，似乎就在他的眼睫毛上。这一切只因为一个眼神，那个漂亮的小脑袋的回眸。他听不见、看不见、留意不到任何东西，只顾着沿着那美妙纤足留下的轻浅的脚印飞奔，竭力想要放慢自己随着心跳的节拍走得飞快的脚步。有时他感到怀疑：她脸上的表情真的是对他有意吗？——这时他便立刻停下脚步，然而，心跳、难以抗拒的力量和所有沸腾起来的感情又让他向前奔去。他甚至都没有注意到，一幢四层楼的房子突然地高耸在他面前，四排灯火通明的窗户齐刷刷地看着他，他直接撞在了门口的铁栏杆上。他看见，陌生女郎飞快地跑上楼梯，又回头看了看，把一根手指放在唇上，示意他跟过去。他双膝打战，感情、思想都被点燃了，难以承受的欢喜如闪电一般穿透了他的心。不，这不是幻觉！天哪！这一刻是多么幸福啊！在这两分钟里生活是多么美好啊！

但是，这一切不是在做梦？为了得到她的迷人一瞥他甘愿献出整个生命，靠近她的住所他已经认为是难以言说的幸福了，难道她此刻真的对他青眼有加吗？他飞快地跑上楼梯。他没有任何庸俗的念头，令他燃烧起来的不是尘世间情欲的火焰，不，此时此刻他洁净而纯真，就像一个只渴望不可捉摸的精神之爱的童真少年。那些能激起淫荡之徒放肆欲念的东西，在他这儿恰恰相反，反而让他的想法变得更加高尚了。这是柔弱的美人儿对他的信任，这使他立下了骑士般郑重的誓言，发誓要忠心耿耿地完成她的一切嘱托。他只希望，委托给他的事情越难办越好、越不容易完成越好，那样他就可以竭尽所能地去战胜它们。他确信，一定有什么秘密而重要的事情使这个陌生女郎不得不信任他，准是需要他相当大的帮助，他已感觉到体内的力量和执行一切嘱托的决心。

楼梯回旋而上，与此同时他那迅速产生的幻想也在盘旋飞舞。"您小心脚下！"她的声音好像竖琴一般，他全身的血管又再次战栗起来。在四楼黑暗的高处，陌生女郎敲了敲门，门开了，他们一起走了进去。一个蛮漂亮的女人手拿着蜡烛迎接他们，可是她那么奇怪而无礼地看了一眼皮斯卡廖夫，使他不由自主地垂下了眼睛。他们进入房间。他看见不同的角落里有三个女人的身影。一个在摆纸牌；一个坐在钢琴旁，用两根手指弹着难听的曲调，类似古老的波洛涅兹舞曲；第三个人坐在镜子前面，正在梳理自己的长发，虽然来了陌生人，她也丝毫没有停止打扮的意思。房间里到处都凌乱不堪，令人很不舒服，只有在单身汉无人料理的房间里才会看见这样的景象。上好的家具上面覆盖着灰尘，一只蜘蛛在雕饰着花纹的飞檐上结了网；通往另一个房间的门没有关严，透过门缝可以看见一只闪亮的带马刺的皮靴和制服的红色镶边，男人洪亮的声音和女人的欢笑声肆无忌惮地传了出来。

天啊，他是到了什么地方啊！起初他还不愿意相信，他开始更认真地审视房间里堆满的各种物品，但是光秃秃的墙壁和没有窗帘的窗户说明没有操持家务的女主人，这些可怜的女人全都面容憔悴，有一个直接在他面前坐下，安静地打量着他，就像看别人裙子上的污渍似的，这一切让他确信，他进入了一个肮脏之地，这是京城的虚假教养和过多的人口而衍生的淫窟。在这里，人轻慢地摧残和嘲笑一切让生活变得美好起来的纯洁与神圣的东西，女人，这尘世的花朵，最杰出的造物，变成了某种奇怪的难以说清的生物，连同心灵的纯洁一起丧失的还有一切女性特征，她们令人讨厌地学会了男人的举止做派和厚颜无耻，再也不是柔弱、美丽、与我们大不相同的生灵了。皮斯卡廖夫用惊讶的目光上下打量着她，似乎想要确认，她究竟是不是在涅瓦大街上让他心醉神迷，并把他引到这儿来的那个人。可是，她就在他眼前，还是那么明艳动人，她的头发还是那么好看，她的眼睛还是那么美若天仙。她鲜艳娇嫩，只有十七岁；看来她落入这可怕的淫乱之地还不久，他仍然不敢去触碰她的脸颊，她的脸水灵灵的，泛着淡淡的红晕——她真的很美。

他呆若木鸡地站在她面前，就想这样出神地看着她，就像先前一样。但是这么长久的沉默让美人儿感到很不耐烦，她意味深长地微微一笑，直视着他的眼睛。但是这个微笑流露出的却是令人鄙视的厚颜无耻，它是那么古怪，与她的面容一点也不相配，就像受贿之徒的脸上做出虔信上帝的表情或是诗人捧着账本一样。他哆嗦了一下。她张开好看的樱唇，开始说话，那些话是那么愚蠢无趣，那么粗俗不堪……就好像一个人失去了贞洁，智慧也随之丧失了一样。他已经什么也不想听了。他像个孩童一样，非常可笑而单纯。他没有利用她的垂爱，没有因为这样的良机而欢喜，毫无疑问，任何其他人处在他的位置上都会喜上眉梢，而他却像只野山羊一样撒腿就跑，跑到了大街上。

他垂着头，两手耷拉着，坐在自己的房间里，就像一个刚找到了价值连城的珍珠即刻又掉到海里去的穷人一样。"这样的美女，这样天仙般的面孔——可她在哪儿？在什么鬼地方啊！……"他再也说不出别的话来了。

的确，再也没有比看见美被淫荡的腐朽气息所玷污更令我们惋惜的了。让丑陋与淫荡相亲相爱吧，但是美，温柔的美……在我们的思想中美只和纯贞结合在一起。让可怜的皮斯卡廖夫为之倾倒的美女的确是个美妙的绝世佳人。她处于那样一个可鄙的环境里就显得很不寻常。她的面孔是那么纯洁，美丽的脸庞上的表情也是那么高贵优美，怎么也想不到，淫荡竟然会把可怕的魔爪伸向她。她本应该是痴情的丈夫的无价之宝，全世界、天堂和全部的财富；本应该是默默无闻的家庭中一颗美丽而宁静的星，美丽的双唇一动，发出甜蜜的指令。她本应该出现在高朋满座的大厅中，在明亮的镶木地板上，在烛光的照耀下，在那些拜倒在她脚边的追求者默默无言的倾慕中，成为一尊女神。但是，唉！她被渴望毁灭和谐生活的地狱魔鬼可怕的意念所操纵，伴随着魔鬼的笑声她被扔进了深渊。

他坐在结了烛花的蜡烛前，感到一种痛彻心扉的怜惜之情。早已过了午夜，塔楼上已经敲过了 12 点半的钟声，而他还一动不动地坐着，不睡觉，也没什么精神。睡意趁着他一动不动的时候已经悄悄地战胜了他，房间开始渐渐消失，只有烛火透过已使他沦陷的梦境在闪烁。突然一阵敲门声让他陡然一惊，他醒了。门开了，一个穿着华丽的仆役制服的仆人走了进来。阔绰的仆人对这种孤寂的小房间向来不屑一顾，何况又是在这么不寻常的时刻……他有些莫名其妙，怀着急切的好奇心看着走进来的仆人。

"有一位太太，"仆人恭敬地鞠个躬，说，"就是几个钟头以前您去拜访过的那位太太，吩咐我请您过去，还派了一辆马车来接您。"

皮斯卡廖夫目瞪口呆地站在那里："马车，穿制服的仆人！……不，一定是搞错了……"

"听我说，朋友，"他胆怯地说，"您大概是走错地方了。太太一定是派您去接别的什么人，而不是我。"

"不，先生，我没弄错。不就是您步行送太太回到铸造街那栋房子四楼的一个房间吗？"

"是我。"

"那就对了，快走吧，太太一定要见您，请您直接去她那里吧。"

皮斯卡廖夫跑下楼。外面果然停着一辆马车。他坐上马车，车门砰的一声关上了，路面上的石子在车轮和马蹄底下轧轧作响，一座座明亮的房屋连同亮闪闪的招牌在马车的窗外飞速闪过。皮斯卡廖夫一路上都在想，不知道怎么应对这次奇遇。私宅、马车、衣着光鲜的仆人……这一切他无论如何都不能和四楼的那个房间、落满灰尘的窗户和走音的钢琴联系在一起。

马车停在一座灯光璀璨的大门前，他一下子惊呆了：一排轻便马车，车夫们高声交谈，窗户灯火通明，传来音乐的旋律。衣着华丽的仆人扶着他走出马车，彬彬有礼地把他领到前室，这里耸立着一根根的大理石圆柱，有一个身穿绣金制服的看门人，披风和皮草大衣随意地摆放着，点着一盏很亮的灯。悬空楼梯上洒了香水，围着闪亮的栏杆，直通到楼上。他已经上楼，走进了第一间大厅，这里的人太多了，他吓了一跳，连忙向后退。令人眼花缭乱的面孔让他感到一阵慌乱，他仿佛觉得魔鬼把整个世界撕成了很多碎片，这些碎片又杂乱无章地、毫无规律地混合在了一起。太太们闪着光泽的香肩、黑色的燕尾服、枝形吊灯、其他式样的灯、飞扬的薄纱、轻柔的绦带，从华丽的敞廊围栏后面探出头来的笨重的低音提琴，这一切对他来说都太奢华了。他一下子看见了这么多身穿燕尾服、佩戴星徽的可敬的老者和中年人，这么多轻盈、高傲、婀娜多姿地在镶木地板上走动或一排排端坐着的淑女，听见了这么多的法语和英语，况且那些身穿黑色燕尾服的年轻人是那么气度不凡，说话和沉默时都那么气度不凡，不说一句废话，雍容高雅地开着玩笑，谦卑地微笑，留着那么优美的络腮胡子，在整理领带的时候巧妙地露出自己漂亮的手，淑女们是那么轻盈曼妙，沉浸在扬扬自得和欣喜若狂之中，那么迷人地垂下双眸，皮斯卡廖夫诚惶诚恐地靠在一根柱子上，只要看一眼他那谦卑的样子就知道，他已经完全不知所措了。这时，人群围住了正在跳舞的那些人。她们披着巴黎制造的透明薄纱，穿着轻若无物的衣裙飞舞旋转。她们美妙的纤足漫不经心地落在镶木地板上，比起脚不落地显得更加轻盈飘逸。她们当中有一个人比所有人都美，衣着比所有人都华贵耀眼。她全身的装扮是难以形容的高雅品味的精妙组合，而且似乎没有任何刻意的痕迹，一切都浑然天成。她似看非看地望着围观的人群，美丽的长长的睫毛平静地低垂着，当她低垂着头，一道浅浅的暗影掠过她迷人的前额时，她那张白皙的面庞看上去显得更加光洁耀眼。

皮斯卡廖夫用尽全身力气拨开人群，想要看个清楚，但是，非常令人懊恼的是，有个长着一头黑色鬈发的大脑袋总是挡住她，而且被挤在人群当中，他既无法前进，也无法后退，唯恐不小心会撞到一个三等文官。不过，他终于挤到了前面，看了看自己的衣服，想要整理得体面一点。天哪，怎么会这样！他穿着一件沾满颜料的常礼服，走得太匆忙，他甚至忘了换一件更得体的衣服。他低下头，脸一下子红到了耳根，恨不得马上消失，但是又无处可藏，衣着光鲜的低级侍从官们像一堵墙一样挡在他身后。他已经打算尽量远离那个长着迷人的额头和睫毛的美人儿。他惊恐不安地抬起头，想看看她是否在看他：天哪！她就站在他面前……可是这是怎么回事？怎么回事？"是她！"他几乎高声喊了出来。没错，就是她，就是他在涅瓦大街上遇到又把她送回家去的那个姑娘。

这时，她抬起自己的睫毛，眼神明亮地看了一眼众人。

"哎呀，哎呀，哎呀，多美啊！"他喘息着，只能说出这几个字。她扫视一眼周围争先恐后地渴望引起她注意的人群，但是很快又疲惫而漠然地移开了目光，接着她的目光和皮斯卡廖夫的目光相遇了。啊，简直像上了天堂一样！真正的天堂啊！上帝啊，赐予我力量吧，让我承受住这样的幸福吧！现实中是不会有这样的幸福的，它会毁掉并带走人的灵魂。她发出了一个暗号，不是用手，也不是点头示意，都不是，而是用她那双摄人心魄的眼睛做出了一个不易察觉的微妙表情，谁也发现不了，但是他看见了，看懂了。舞曲持续了很长时间，令人厌烦的乐声似乎已经消失了，沉寂了，但突然又再次响起，发出刺耳的轰鸣声，最后，终于结束了！她坐了下来，胸脯在轻如云烟的薄纱下面起伏着，她的一只手（上帝啊，多么美妙的手啊！）垂落在膝盖上，握着空气般轻薄的衣裙，她身上的裙子似乎也在释放音乐，浅浅的紫色衬得那只纤秀的手更加白皙亮泽。只要能碰一下那只手，就别无所求了！再也没有别的妄念了——那实在是太无礼了……他站在她的座椅后面，不敢说话，也不敢呼吸。

"您觉得无聊吗？"她说，"我也觉得无聊。我发现，您恨我……"她补充说，垂下了自己长长的睫毛。

"恨您！我吗？我……"惊慌失措的皮斯卡廖夫本想

说下去，而且准会说出一大堆风马牛不相及的话，这时一个言辞机智而风趣、头上梳着一绺漂亮鬈发的高级宫廷侍从官走了过来。他非常愉快地露出一排好看的牙齿，他的每一句俏皮话都像尖锐的钉子似的扎进皮斯卡廖夫的心里。幸好，终于旁边有个人过来找侍从官问一件事情。

"真叫人讨厌！"她抬起天仙般迷人的眼睛看着他，说道，"我坐到大厅的另一边去，您也去吧！"

她钻进人群当中，不见了。他像疯子一样推开人群，也跟了过去。

没错，正是她！她像个女王一样端坐着，美貌绝伦、艳压群芳，正在用目光寻找他。

"您来了，"她悄声说道，"在您面前我不想隐瞒：我们相遇时的情形您一定感到奇怪吧。您是不是认为，我也属于您当时见到的那种厚颜无耻的人？您一定觉得我行为古怪，但是我要告诉您一个秘密，"她紧盯着他的眼睛说，"您能永远不说出去吗？"

"哦，我能！我能！我能！"

然而，这时走过来一个已经有些年纪的人，对她说了一些皮斯卡廖夫听不懂的话，并且把手伸向她。她用哀求的眼神看了一眼皮斯卡廖夫，示意他留在原地，等她回来，但是他太性急了，就算是她亲口说出来他也无法遵从。他跟在她身后；但是人群把他们分开了。那条淡紫色的裙子已经从他的视野中消失了，他不安地从一个房间走到另一个房间，粗鲁地推开所有迎面相遇的人，但是在所有的房间里都只看见那些默不作声地坐在那里打惠斯特牌的社会名流。在一个房间的角落里几个上了年纪的人正在议论军职相对于文职的优势，在另一个房间里身穿华丽燕尾服的人们正在对一个勤于写作的诗人的多卷本作品进行着肤浅的点评。皮斯卡廖夫感觉到，一个相貌可敬的老者抓住了他燕尾服上的一颗扣子，请他对自己一个相当公正的看法发表一下意见，但是皮斯卡廖夫粗鲁地推开了他，甚至都没有注意到他的脖子上挂着相当有分量的勋章。他跑到另一个房间，那里也没有她。跑进第三个房间，还是没有。"她究竟在哪儿呢？把她还给我吧！唉，不看她一眼，我就要死了。我想听听她要说什么。"但是，他所有的寻找都没有结果。他焦虑不安，精疲力竭，靠在一个角落里，看着人群，紧张的双眼看着眼前的景象渐渐模糊起来。最后，他房间的墙壁开始清晰地浮现在他眼前。他抬眼一看，面前摆着一个烛台，火苗在烛台底部就要熄灭了，整支蜡烛都已燃尽，蜡油滴到了他的桌子上。

原来，他是睡着了啊！天啊，多美的梦啊！为什么要醒来呢？怎么不再多等一分钟呢？她一定会再次出现！令人懊丧的黎明把令人不快的暗淡光芒照进了他的窗户。房间里是那么灰暗，那么凌乱……唉，现实是多么令人厌恶！它为什么和梦境相反呢？他迅速脱下衣服，躺到床上，盖好被子，想马上唤回消逝的梦境。是的，他很快就进入了梦乡，但是他梦见的完全不是他想看见的东西：一会儿是叼着烟斗的皮罗果夫中尉，一会儿是科学院的看门人，一会儿是一个四等文官，一会儿是他曾经画过肖像的一个芬兰女人的脑袋，以及诸如此类乱象。

他一直在床上躺到中午，还想再次入睡，但是她再也没有出现。她那美丽的面容再出现片刻也好啊，她那轻盈的脚步声再响起一瞬也好啊，她那裸露的如山峰上的白雪一样光洁的手臂再在他眼前晃动一次也好啊。

他抛开了一切，忘记了一切，伤心绝望地坐在那里，心里都是那个梦。他不想碰任何东西，眼神呆滞、了无生气地看着朝向院子的窗口，院子里一个满身污垢的运水工正在倒水，水一倒出来就结了冰，小贩扯着山羊一样的嗓子吆喝着，"卖旧衣服啦"。这日常的、现实的声音却奇怪地让他觉得刺耳。他就这样一直坐到天黑，又急切地扑倒在床。他和失眠斗争了很长时间，终于战胜了它。他又做梦了，一个庸俗、丑陋的梦。"老天爷，行行好吧，哪怕让她在我面前出现一分钟也好啊！"他又开始期待夜晚的来临，再次入睡，梦见了一个官员，他既是官员又是巴松管，啊，这太让人难受了！她终于出现了！她的小脑瓜和满头鬈发……她在张望……唉，转瞬就消失了！接着又模糊起来，又是一个无聊的梦。

最后，梦境成了他的生活。从那时候起，他的整个生活发生了奇特的转变：可以说，他清醒的时候在睡觉，在梦中却很清醒。要是有人看见他沉默不语地坐在光秃秃的桌子前或是走在街上，准会以为他在梦游或是被烈酒毁掉的酒鬼，他的眼神空洞无物，天生就有的恍恍惚惚的毛病终于进一步加重了，霸道地赶走了他脸上一切其他的感情和表情变化。只有当夜晚来临的时候他才又恢复了生气。

这种状况损耗了他的体力，最后他再也睡不着了，对他来说这就是最大的折磨。为了挽回这唯一的财富，他想尽各种办法找回梦境。他听说，有一种方法可以恢复睡眠，只需要服用鸦片就行。但是哪里能弄到鸦片呢？他想到一个经营披肩店的波斯人，几乎每次遇见他，他都让皮斯卡廖夫给他画一幅美女图。他决定去找他，猜想这个人一定有鸦片。波斯人盘腿坐在沙发上，接待了他。

"你要鸦片干什么？"他问道。

皮斯卡廖夫跟他讲了自己失眠的情况。

"好吧，我给你鸦片，不过你得给我画一张美女图。得画一个真正的美女！黑黑的眉毛，眼睛像油橄榄一样大；我躺在她旁边，抽着烟斗！听见了吗？要画一个非常好看的！一个大美人儿！"

皮斯卡廖夫全都答应下来。波斯人离开了一会儿，回来的时候拿着一个小罐子，里面装满了深色的液体，他小心地往另一个小罐子里倒了一点，交给皮斯卡廖夫，并叮嘱他要滴在水里喝，每次不能超过七滴。皮斯卡廖夫迫切地抓住这个珍贵的、真金不换的小罐子，飞快地跑回家去。

到家之后，他往盛水的杯子里倒了几滴，一饮而尽，倒头就睡。

天哪，多么令人愉快啊！是她！又看见她了！不过，已经完全变样了。啊，她坐在一所乡下小屋明亮的窗户旁，多么美啊！她的穿戴是那样简朴，只有诗人才能描写出那种感觉。她头上的发式……上帝啊，这式样多么朴素，跟她多么相衬啊！短短的三角头巾轻轻地围在她那挺秀的脖颈上；整个人端庄质朴，全身上下透出一种难以描述的神秘风韵。她轻盈的步态多么优美！她的脚步声和素雅衣裙的窸窣声多么动听！她那箍着兽毛手环的手多好看啊！她双眼含泪地对他说："您别看不起我，我完全不是您所想的那种人。您看看我，认真看看我，您说，您以为我会做那种事吗？"——"哦，不，不！谁要是敢那么想，就让他……"可是，他醒了，深受感动，伤心欲绝，眼含热泪。"要是你根本不存在就好了！不在这世上生活，只是一个充满灵感的画家笔下的一幅画就好了！那样我就一步也不离开画布，永远看着你、吻你。我会把你当成最美的幻影，因你而生，为你而活，那样我就非常幸福了。再也没有别的奢望。无论在梦中还是醒着，我都会像呼唤守护天使一样呼唤你，当需要描绘天仙似的、圣洁的人物时，我就等待你的出现。然而现在……多么可怕的生活啊！这生活又有什么好呢？难道一个疯子的生命能让曾经爱过他的亲友感到快乐吗？天哪，我们过的是什么样的生活啊！梦想和现实总是不能协调一致！"诸如此类的想法不停地纠缠着他。他什么也不想，几乎什么也不吃，急切地、满怀恋人一般的狂热等待夜晚的到来和期盼的梦境。精神上长久地沉迷于这一件事，这最终支配了他的全部生活和想象，他渴望的形象几乎每天都在他眼前出现，总是一副与现实截然相反的模样，因为他的思想就像孩童一样纯真至极。在这些梦境中，他幻想中的人变得更加纯洁，已经完全变了样。

服用鸦片让他的思绪更加兴奋，如果说曾经有热恋中的人爱得疯狂、迫切、痛苦、几近毁灭、躁动不安的话，那么他就是那个不幸的人。

在所有的梦中有一个最让他高兴：他梦见自己的画室，他是那么快活，手里拿着调色板心情愉快地坐着！她也在那里。她已经成为他的妻子了。她坐在他身旁，一只好看的胳膊肘倚在他的椅背上，看着他画画。在她慵懒、困倦的双眼中闪耀着幸福的光彩；房间里的一切宛若天堂，那么明亮、整洁。上帝啊！她把自己迷人的小脑瓜靠在了他的胸前……他从未有过比这更甜美的梦了。醒来后，他的精神恢复了一些，不再像原来那样恍恍惚惚了。他的脑海中产生了奇怪的念头。"也许，"他思忖着，"她是因为身不由己的厄运才沦落风尘的；也许，她已经心生懊悔；也许，她希望能摆脱自己这可怕的处境。难道要无动于衷地任由她毁灭吗？况且，只要伸出手就能把她从火坑中解救出来。"他的思绪越飞越远。"没人认识我，"他自言自语地说，"我的事别人管不着，我也管不着别人。如果她诚心悔悟，改过自新，我就和她结婚。我会娶她，一定，这么做总比很多人娶自己的女管家，甚至声名狼藉的荡妇做老婆要好得多。我的行为是无私的，甚至可以说很了不起。我把这世界最美好的饰品又还给了世界。"

想好了这个轻率的计划，他感觉自己脸都红了；他走到镜子跟前，塌陷的双颊和苍白的面色，让他自己吓了一跳。他精心打扮了一番；洗了脸，梳平了头发，穿上崭新的燕尾服、时髦的背心，披上斗篷，来到街上。他吸了一口新鲜的空气，心里觉得很舒爽，就像一个久病初愈的人初次走出家门一样。当他靠近那条街道时，他的心剧烈地跳动起来，自从那次注定不幸的邂逅之后他再也没有来过这里。

那幢房子他找了很长时间，似乎，他的记忆欺骗了他。他在那条街上走了两趟，不知道应该停在哪一幢房子跟前。最后，他觉得有一幢房子很像。于是，他迅速地跑上楼梯，敲了敲门：门开了，迎面走来的人是谁啊？正是他的理想、他藏在心里的形象，幻想中人物的原型，那个令他伤心欲绝、痛苦万分，而又甜蜜地视之为生命的那个人。她本人就站在他面前：他浑身哆嗦起来，一阵狂喜差点让虚弱的他摔倒在地。她站在那里还是那么妩媚动人，虽然双眼睡意未消，脸色有点苍白，不再那么鲜艳娇嫩，但依然很美。

"啊！"她看见是皮斯卡廖夫，喊了一声，并且揉了揉自己的眼睛（当时已经是午后2点了）。"您那天为什么逃跑呢？"

他疲惫地坐到一把椅子上，望着她。

"我刚刚睡醒，早上7点钟人家才把我送回来。"她微笑着补充说，"我完全喝醉了。"

唉，你就是个哑巴，完全不会说话，也比你说这样的话要好得多！她忽然把自己的全部生活都暴露在他眼前。但是，尽管如此，他还是压抑着心头的不快，想要尝试一下，他的规劝会不会对她产生影响。他鼓起勇气，用颤抖而热切的声音向她说明，她的处境有多么可怕。她聚精会神地听他说话，显出惊讶的神情，那是我们通常在见到出人意料的奇怪现象时才会有的表情。她微微一笑，看了一眼坐在角落里的一个女伴，那女伴已经停止清理梳子，同样全神贯注地倾听这个新来的布道者说出的话。

"的确，我很穷，"在进行完长时间的、说教性的规劝之后，皮斯卡廖夫最后说道，"但是我们会劳动；我们将齐心协力，努力改善我们的生活。没有什么比自力更生更令人愉快的了。我将坐下来画画，你坐在我旁边，鼓励我，做做刺绣或者别的手工，我们不会穷困潦倒的。"

"那怎么可以！"她一脸轻蔑地打断了他，"我又不是洗衣女工，也不是女裁缝，怎么能去干活呢？"

天哪！这些话暴露了她全部无耻而卑贱的生活，那是与淫荡的忠实伙伴——空虚与好逸恶劳终日为伴的生活。

"您娶我吧！"那个坐在角落里一直默不作声的女友不知廉耻地插嘴说，"要是我成了您的妻子，我就这么坐着！"

说着，她那张丑陋的面孔上扮出了一个愚蠢的怪相，把美人儿逗得哈哈大笑起来。

啊，这太过分了！实在令人难以忍耐下去。他失魂落魄地冲了出去。他的意识模糊起来：糊里糊涂，漫无目的，什么也看不见，什么也听不见，什么也感觉不到，游荡了一整天。谁也不知道他夜里在哪儿睡的觉还是根本没睡，到了第二天，他才凭借模糊的本能回到了自己的住所，他面色苍白，神色可怖，蓬头垢面，一副神经错乱的模样。他把自己锁在房间里，谁都不让进，也不要任何东西。四天过去了，紧锁的房门一次也没有打开过；最后，过了一个星期，房门依旧反锁着。人们来到门口，大声叫他，但没有任何回应；最后，人们撬开了房门，发现了他割断喉咙的尸体。沾满血污的剃须刀掉落在地板上。从他痉挛地摊开的双手和扭曲得吓人的面孔可以看出，他的手有些哆嗦，他痛苦了很长时间，有罪的灵魂才彻底离开了他的身体。

狂热激情的牺牲品，可怜的皮斯卡廖夫就这么死了，他沉静、羞怯、谦卑，像孩子一样天真，在他身上具有才能的火花，很可能随着时间的推移那火花会燃烧成明亮的熊熊烈火。没有任何人为他哭泣，除了常见的分局局长的身影和一个城里的医生冷漠的面孔之外，没有一个人出现在他冰冷的尸体旁，甚至都没有举行宗教仪式，就不声不响地把他的棺木送到奥赫塔了，只有一个哨兵跟在棺材后面哭，那只不过是因为他多喝了一瓶伏特加的缘故，甚至连皮罗果夫中尉都没来看一眼这个不幸的可怜人的尸体，而在皮斯卡廖夫活着的时候他可是非常关心他的。其实，他已经完全顾不上这件事了：他正在忙一件很重要的事情。不过我们会说到他的！

我不喜欢尸体和死人，每当我在路上看见长长的送葬队伍，以及穿得像卡普秦教会修士似的残废士兵左手拿鼻烟去闻、右手举着火把的时候，我总是感到很不愉快。当我看见华丽的灵车和盖着天鹅绒的棺材时，我总是感到很懊恼；当我看见一个货运马车的车夫拉着一口没有任何遮盖的穷人的红色棺材，只有在十字路口碰见的一个女乞丐因为没事干而慢悠悠地跟在后面时，我的懊恼中就增添了几分悲伤的情绪。

我们似乎讲到皮罗果夫中尉跟可怜的皮斯卡廖夫分了手，去追那个金发女郎了。这金发女郎身姿轻盈，是个非常有趣的美人儿。她在每家商店前都站一会儿，仔细地瞧着橱窗里摆放的宽腰带、三角围巾、耳环、手套以及别的玩意儿，她不时地扭扭身子，四下张望，有时还回头看。"你，宝贝，你就是我的人了！"——皮罗果夫自信地说，继续紧跟过去，并且把外套的领子竖起来遮住脸，担心碰见哪个熟人。现在，不妨向读者介绍一下，皮罗果夫中尉是个什么样的人。

不过，在说到皮罗果夫中尉是个什么样的人物之前，不妨先说说皮罗果夫所属的那个阶层。那是由一些军官组成的彼得堡的中等阶层。在经过四十年的辛苦打拼才获得这一职务的五等或四等文官家的晚会和宴席上，您总会遇见他们中的一个。几个面色苍白、像彼得堡一样黯然无光的小姐，有的已不再年轻，茶桌、钢琴、家庭舞会——这一切总是跟一个置身于品行端正的金发女郎和她身穿黑色燕尾服的兄弟或家里的熟人之间，佩戴着在灯光下闪闪发亮的带穗肩章的人有关。要让这些性情沉静的姑娘激动起来，把她们逗笑，很不容易；要做到这一点，需要高超的技艺，或者准确地说，不需要任何技巧。说出的话不要太高深、太可笑，每个话题都说些女人们喜欢听的细枝末节即可。在这方面要给上面提到的这些先生说句公道话。他们具有让这些姿色平庸的美女发笑和聆听的特殊才能。她们笑得快喘不过气来了，高喊着："啊呀，别再说了！您怎么好意思让人笑成这样！"这往往是对他们最高的奖赏。他们很少有人能跻身上流社会，或者说，从无可能。他们被社会上称为贵族的那些人彻底地从上流社会排挤出来；不过，他们也被当作有学识、有教养的人。他们喜欢谈论文学，赞美布尔加林[1]、普希金和格列茨[2]，以轻蔑讥讽的口吻评论奥尔洛夫[3]。他们不错过任何一次公开讲座，即便是会计学或森林学的讲座也欣然前往。剧院里不论上演哪个剧目，您总会看到他们中的一员，除非演的是让他们精致风雅的品味受到极大侮辱的"菲拉特卡"一类的戏。他们是剧院的常客。剧院管理处从他们身上获得了最大的收益。他们尤其喜欢剧中一些优美的诗句，非常喜欢高声为演员喝彩，他们当中的很多人在公办学校里任教，或者辅导学生备考公办学校，终于攒够钱购置了一辆轻便马车和两匹马。这时他们的交际圈扩大了一些，终于娶到一个会弹钢琴、有十万卢布或差不多这个数目的陪嫁，以及一堆大胡子亲戚的商人的女儿，但是，他们至少要获得上校军衔，才能有这种荣幸。因为俄罗斯的大胡子商人们，尽管身上还有白菜味儿，也只想把女儿嫁给将军，或至少是个上校，除此之外无论如何都不答应。这就是这类年轻人的主要特点。不过皮罗果夫中尉有很多他独有的才能。他能声情并茂地朗诵《德米特里·顿斯柯伊》和《聪明误》中

---

〔1〕 法·维·布尔加林（1789—1859）：俄国作家，反动刊物《北方蜜蜂》的创办人。

〔2〕 尼·伊·格列茨（1787—1867）：与布尔加林一起创办《北方蜜蜂》。

〔3〕 阿·阿·奥尔洛夫（1791—1840）：是当时庸俗小说的作者。

的诗句，还有一项用烟斗吐烟圈的特殊本领，他能够一下子从烟斗中吐出大约十个环环相扣、连成一串的烟圈。他很会讲笑话，告诉你大炮就是大炮，独角兽大炮就是独角兽大炮[1]。不过，很难将命运赏赐给皮罗果夫的全部才能一一列举出来。他喜欢说一些关于女演员和舞女的闲话，但已经不像年轻的准尉通常说起她们时那么刻薄难听了。他对自己不久前刚刚晋升的官衔非常满意，尽管有时他往沙发上一躺，说："哎呀，哎呀，没意思，真没意思！我是个中尉，又能怎样呢？"但是他心里却为这个新官衔而暗自得意。他在谈话中总是尽量拐弯抹角地暗示这一点，有一次，他在街上碰到一个录事，他觉得对他不太礼貌，他立刻叫那个录事站住，用简短而措辞锋利的话告诉他，站在他面前的是个中尉，不是别的什么下级军官。当两个长得很不错的太太从他旁边走过时，他的词锋就更加严厉了。皮罗果夫一向喜欢附庸风雅，多次鼓励过画家皮斯卡廖夫；不过，也许这是因为他很希望在肖像画上看见自己英武的面容。关于皮罗果夫的品行说得够多了。人是个奇怪

---

[1] 源自俄罗斯谚语，叶卡捷琳娜二世曾经问一个将军："大炮和独角兽大炮有什么区别？"将军回答她："大炮就是大炮，独角兽大炮就是独角兽大炮。"比喻不懂装懂，一知半解。

的生物，永远不可能一下子说出他的全部优点，越是仔细地观察他，就越会发现新的特征，要全都描述出来就总也说不完了。

且说皮罗果夫一直在跟着那个陌生女郎，不时地向她问东问西，而她的回答则很不客气，简短而含糊。他们穿过黑暗的喀山门拐进了小市民街，这是一条满是烟草摊和杂货铺、德国手艺人和芬兰美女的街道。金发女郎加快了脚步，轻盈地跑进了一座脏兮兮的房子的大门里。皮罗果夫跟了进去。她沿着狭窄的、黑漆漆的楼梯跑上楼，走进一扇门里，皮罗果夫也胆大包天地闯了进去。他发现自己在一个很宽敞的房间里，四壁乌黑，天花板也被烟熏黑了。桌子上放着一堆螺丝钉、钳工用具、闪亮的咖啡壶和蜡烛台，地板上落满了铜屑和铁屑。皮罗果夫立刻想到，这是个手艺人的家。陌生女郎翩然走进了一个侧门。他犹豫了片刻，但还是按照俄罗斯人的惯例，决定继续往前走。他走进了一个房间，和第一间完全不同，收拾得非常干净，证明这里的主人是个德国人。眼前不同寻常的景象把他惊呆了。

在他面前坐着的是席勒，不是写了《威廉·退尔》和《三十年战争史》的作家席勒[1]，而是小市民街上有名的铁

---

[1] 席勒（1759—1805）：德国著名诗人和剧作家。

匠席勒。在席勒旁边站着的是霍夫曼——也不是那个作家霍夫曼[1]，而是住在军官街上的一个很好的鞋匠，席勒的好友。席勒已经喝醉了，坐在椅子上，一只脚不停地跺着，焦急地说着什么。这场面倒没有让皮罗果夫感到惊讶，让他惊讶的是两个人非常怪异的姿势。席勒坐在那儿，仰着头，肥大的鼻子向上挺着，而霍夫曼用两个指头捏着他的鼻子，用修鞋刀的刀刃在鼻子表面绕来绕去。两个人说的是德语，所以皮罗果夫中尉只听得懂一句"早安"[2]，完全不明白是怎么回事儿。不过，席勒的话大概是这样的：

"我不想要了，我不需要鼻子了！"他挥着手说道，"我这个鼻子每个月要用掉三磅鼻烟。我得付钱给讨厌的俄国烟铺，因为德国商铺里没有俄国烟草，每磅我付四十戈比给讨厌的俄国烟铺，一共就是一卢布二十戈比，十二个月就是十四卢布四十戈比啊！你听见了吗，我的朋友霍夫曼？就为了个鼻子就得花掉十四卢布四十戈比啊！而且过节的时候，我得闻拉培烟，因为我不想在过节的时候也闻倒霉的俄国烟草。一年我需要两磅拉培烟，一磅两个卢布。

---

[1] 霍夫曼（1776—1822）：德国著名的小说家、画家。
[2] 原文为德语的俄文音译。

六〔1〕加十四——光是买烟就要花掉二十卢布四十戈比。这简直是打劫！我问你，我的朋友霍夫曼，是不是这么回事儿？"霍夫曼也喝醉了，回答说的确如此。"二十卢布四十戈比啊！我是士瓦本〔2〕的德国人，德国有我国王。我不要鼻子了！给我把鼻子割掉！我的鼻子在这儿！"

要不是皮罗果夫中尉突然出现，那么，毫无疑问，霍夫曼准会糊里糊涂地把席勒的鼻子割下来，因为他已经拿着刀摆好了好像裁鞋掌一样的姿势。

席勒非常恼火，这个陌生的不速之客来得很不是时候，碍了他的事儿。尽管啤酒和白酒已经把他灌醉，但是他仍然觉到让外人看见他这副尊容，做这样的事情有些不体面。这时，皮罗果夫微微倾身施礼，带着他特有的亲切感说道：

"请原谅……"

"滚出去！"席勒拉长了声音回答道。

这可让皮罗果夫中尉窘住了。这样的态度他可是第一次碰到。他脸上已经微微露出的笑容瞬间消失了。他感到自尊心受到了伤害，说道：

"我很奇怪，先生……大概您没看出来……我是个

---

〔1〕 席勒喝醉了，前言不搭后语，把两磅拉培烟值四卢布说成六卢布。
〔2〕 中世纪日耳曼的一个公国。

军官……"

"军官有什么了不起！我是士瓦本的的德国人。我自己（这时席勒用拳头擂了一下桌子）也当得了军官：当一年半士官生，两年中尉，赶明儿我也是个军官了。但是我不想服役。我对待军官就是这样：呸！"说着，席勒伸出手掌，往上面啐了一口唾沫。

皮罗果夫中尉看明白了，除了马上离开，他已经别无他法。但是，以他的身份实在不该受到这样的对待，这令他很不愉快。他在楼梯上几次停下脚步，似乎打算鼓起勇气，想出个办法来，好让席勒明白他很放肆无礼。终于他想明白了，席勒是可以原谅的，因为他的脑袋里都是啤酒；而且他眼前又闪现出美丽的金发女郎的身影，于是他决定忘掉这件事。第二天一清早，皮罗果夫中尉就来到了铁匠铺。在前室里迎接他的是那个漂亮的金发女郎，她用和她的小脸儿很相配的十分冷漠的声音问道：

"您有什么事？"

"啊，您好，我亲爱的！您认不出我了吗？小骗子，多美的眼睛！"说着皮罗果夫中尉想用一根指头亲热地抬起她的下巴。

"我来看看您，没别的事儿，"皮罗果夫说，他一边开心地笑着，一边又凑近了些，但是，他发觉，胆小的金发女郎想闪到门里去，就补充说："我亲爱的，我要订一对马刺。您能给我做马刺吗？虽然为了爱您，根本不需要马刺，倒是需要一个笼头。多可爱的小手！"

皮罗果夫中尉在说这类话时，总是显得很讨人喜欢。

"我这就去叫我的丈夫，"德国女人高声说道，随后就走开了，几分钟后，皮罗果夫看见席勒走了出来，一副睡眼惺忪的模样，还没有从昨夜的宿醉中清醒过来。他看了一眼军官，好像迷迷糊糊在做梦一样，依稀想起了昨天发生的事情。他完全不记得究竟发生了什么，但是，他意识到自己做了件蠢事，所以非常冷淡地接待了军官。

"少于十五卢布我是不做马刺的！"他说道，想要摆脱皮罗果夫，因为他是一个诚实的德国人，看见这个曾经见过他丑态的人让他感到羞愧。席勒喜欢躲开外人，和两三个好友在一起喝酒，喝酒的时候他就连自己的工人也不让进来。

"为什么这么贵啊？"皮罗果夫亲切地问道。

"德国人的手艺，"席勒摸着下巴冷淡地说，"俄国人只要两个卢布就行。"

"好吧，为了证明我喜欢您，愿意跟您交个朋友吧，我付十五个卢布。"

席勒考虑了片刻。他是一个诚实的德国人，觉得有点良心不安。为了让皮罗果夫自己放弃订购马刺，他说，最快也要两个星期才能做好。但是皮罗果夫毫不犹豫地同意了。

德国人想了想，开始思考怎么样尽可能地把这个活儿做好，让它确实值十五卢布的价钱。这时金发女郎走进了作坊，开始在摆了好几个咖啡壶的桌子上翻找东西。中尉趁着席勒正在琢磨事情，走到她跟前，握住了她裸露到肩膀的一条手臂。这让席勒很不喜欢。

"我的老婆！"[1]他喊了出来。

"您有事吗？"[2]金发女郎回答说。

"到厨房去！"[3]

金发女郎离开了。

"那么，是两星期过后吗？"皮罗果夫问道。

"是的，两个星期过后，"席勒一边寻思一边说道，"我现在有很多活儿要做。"

"再见！我会再来找您的。"

"再见，"席勒回答，跟在他身后把门插上了。

皮罗果夫决定继续讨好那个德国女人，尽管她很明显地拒绝了他。他弄不明白，怎么会拒绝他呢，何况他的殷

---

〔1〕 原文为德语的俄文音译。

〔2〕 原文为德语的俄文音译。

〔3〕 原文为德语的俄文音译。

勤周到和闪亮的军衔让他完全有权利获得芳心。但是需要说明一点，席勒的老婆，虽然长得美，却很愚蠢。不过，愚蠢在漂亮的妻子身上会形成一种独特的韵味。至少，我就认识很多反而为老婆的愚蠢感到高兴的丈夫，他们把这看成天真无邪的表征。美能创造真正的奇迹。一切心灵的缺陷，在一个美人儿身上不仅不会令人反感，反而会具有不同寻常的魅力，在她们身上就连缺陷也显得可爱。然而，一旦红颜衰老，女人想要引起男人即便不是爱慕，至少也是尊敬的话，就需要比男人聪明二十倍。不过，席勒的老婆虽然很蠢，却一直安守本分，所以皮罗果夫大胆的计划想要成功相当困难。不过，战胜困难常常是一种享受，而且金发女郎在他看来一天比一天有趣了。他经常去询问马刺做好了没有，终于把席勒惹烦了。他使尽浑身解数，想尽快把马刺做完，马刺终于做好了。

"嗬，多好的手艺啊！"看见马刺之后皮罗果夫赞叹道，"天哪，做得多好啊！我们的将军都没有这样的马刺。"

席勒的心里感到非常得意。眼睛里闪现出快活的神情，他对皮罗果夫已经完全不计前嫌了。"俄国军官是个聪明人。"他心中暗想。

"那么，您也许会做套子吧，比如说剑鞘，或者别的套子之类的？"

"哦，我手艺好着呢，"席勒微笑着说。

"那您给我做个剑鞘吧。我给您拿过来，我有一把非常好的土耳其短剑，我想给它再做一个剑鞘。"

席勒就像被炮弹打中了一样。他立刻皱起了眉头。"真倒霉！"他暗想，心里骂自己不该惹祸上身。他知道，现在拒绝就太不体面了，而且俄国军官还赞扬了他的手艺。他微微晃了晃脑袋，表示同意。但是，皮罗果夫离开的时候放肆地在美丽的金发女郎的嘴唇上吻了一下，这让他完全困惑了。

我认为，向读者简单地介绍一下席勒是很有必要的。席勒是一个地地道道的、纯粹的德国人。他从二十岁起，在俄国人还在无忧无虑地混日子的年岁，他就把自己的全部生活都规划好了，无论出现任何情况都绝不违背。他7点钟起床，下午2点钟吃午饭，一切都按部就班，而且每到星期天就醉一次酒。他决定在十年里攒下五万卢布的资产，这就像命运那样确定无疑、不可抗拒，因为让德国人自食其言比让官员们忘记偷看上司的门房更没可能。无论在任何情况下他都绝不增加自己的花销，即使土豆的价钱比往常上涨了许多，他也不多花一个戈比，而是少买几个，尽管有时候有点吃不饱，但是慢慢就习惯了。他的一丝不苟已经到了这种地步，他规定一昼夜亲吻妻子不能超过两次，为了避免亲吻的次数超标，他在自己的汤里只放一勺胡椒[1]。不过，在星期天，这个规定就执行得不太严格了，因为那时候席勒通常要喝两瓶啤酒和一瓶总要被他破口大骂一顿的和兰芹浸酒。他喝酒和英国人完全不一样，英国人一吃完饭立刻锁上门，一个人独酌。相反，他作为德国人，喝酒总是酣畅淋漓，要么和鞋匠霍夫曼一起，要么就和木匠孔茨一起，他也是德国人兼酒鬼。品德高尚的席勒就是这样的性格，这种性格终于让他陷入了非常尴尬的境地。尽管他有点迟钝，又是个德国人，但是皮罗果夫的举动还是让他产生了类似嫉妒的感觉。他想破头也想不出来，该怎么摆脱这个俄国军官。而此时的皮罗果夫正在自己那一圈朋友中间抽着烟斗——因为这是上天的安排，有军官的地方，就有烟斗。他在朋友们中间抽着烟斗，面带愉快的微笑隐晦地说着他和漂亮的德国女人之间的风流韵事，按照他的说法，他和那个德国女人已经关系密切，但实际上，他对于征服她几乎已不抱希望了。

有一天，他在小市民街上闲逛，不时地望向那幢挂着醒目的席勒招牌的房子，招牌上画着咖啡壶和茶炊，让

---

[1] 胡椒吃多了容易打喷嚏，按照俄国习俗，打喷嚏时妻子要对他说"祝你健康"，而他要吻一下妻子。

他喜出望外的是，他看见金发女郎从窗户里探出头来，望着过往的行人。他停下脚步，朝她挥挥手，说："早上好！"〔1〕金发女郎像见到熟人一样朝他点头致意。

"您丈夫在家吗？"

"在家。"金发女郎回答。

"那他什么时候不在家呢？"

"他每个星期天不在家。"有点愚蠢的金发女郎说。

"这样不错嘛，"皮罗果夫心想，"要好好利用这个机会。"

于是在下一个星期天，他出人意料地出现在了金发女郎的面前。席勒确实不在家。美丽的女主人吓坏了，不过，皮罗果夫这一次非常小心，言行恭谨，他鞠躬施礼，把自己灵活、紧束的身姿的迷人风采全部展现出来。他亲切地、彬彬有礼地说着笑话，但是有点愚蠢的德国女人对所有问题的回答都极为简短。最后，他用完了所有的手段，还是不能得到她的欢心，便提议他们一起跳舞。德国女人立刻应允了。因为德国女人都喜欢跳舞。皮罗果夫对此抱有很大的期待：首先，这能让她感到高兴；其次，这可以展示他优美的身姿和灵活性；最后，跳舞的时候可以挨得很近，

---

〔1〕 原文为德语的俄文音译。

搂着美丽的德国女人，为以后的事情打下基础；总之，这样他就会达成所愿。他先跳起了加沃特舞，因为他知道对待德国女人不能操之过急。美丽的德国女人走到房间中央，抬起了一只诱人的纤足。这个动作惹得皮罗果夫情难自禁，他扑过去开始吻她。德国女人连声叫喊起来，而在皮罗果夫眼中她这样反而更加迷人；他不停地吻着她。突然，门开了，席勒和霍夫曼，以及木匠孔茨走了进来。这几个正派的手艺人全都喝得烂醉如泥。

不过，我还是让读者们自行想象一下席勒的恼怒和气愤吧。

"坏蛋！"他火冒三丈地喊道，"你怎么敢亲我的老婆？你这个下流东西，你不是俄国军官。你见鬼去吧！我的朋友霍夫曼，我是德国人，不是俄国猪！"

霍夫曼表示同意。

"哼，我不想戴绿帽子！抓住他，我的朋友霍夫曼，抓住他的领子，我不想戴绿帽子。"他接着说道，用力挥舞着双手，此时他的脸涨得就像他的红呢子背心一样红。他接着说道："我在彼得堡住了八年，我的妈妈在士瓦本，我的舅舅住在纽伦堡，我是德国人，不是头上长角的牛。把他的衣服都扒下来，我的朋友霍夫曼！抓住他的手和脚，我的朋友孔茨。"

于是，三个德国人一起抓住了皮罗果夫的手和脚。

皮罗果夫徒劳地奋力挣扎了一番：这几个手艺人是所有住在彼得堡的德国人里面最强壮的，对待他十分粗暴、毫不客气，说实话，我实在找不到恰当的词语来描述这一悲惨的事件。

我相信，席勒在第二天一定会惊恐不安，像片树叶一样瑟瑟发抖，分分秒秒都在等待警察的到来，如果能让昨天的事情只是一场梦，天晓得，他愿意付出什么样的代价。但是已经发生的事情是无法挽回的。皮罗果夫怒火中烧。一想到受到如此可怕的羞辱，他就气得发疯。他认为对席勒来说，流放西伯利亚或抽一顿鞭子都是最轻的惩罚了。他飞快地往家走，打算穿戴整齐直接就去禀告将军，把德国手艺人的暴行夸大其词地向他描述一番。他还要向总参谋部递交一份呈文。如果总参谋部不加以严惩，他就要直接告到内阁去，再不行就告到皇帝陛下那里。

但是这件事的结局却有点奇怪：在路上他顺便去了一家糖果点心店，吃了两个分层夹馅儿的点心，看了看《北方蜜蜂》上的内容，出来的时候火气已经减弱了。而且，这是个令人愉快的、凉爽的傍晚，他不禁在涅瓦大街上溜达了一会儿，到9点钟的时候他已经完全平静下来，他觉得在星期天去打扰将军不太好，而且，他肯定被请到哪里做客去了，所以他就去一位检察长家里参加晚会了，很多官员和军官在那里欢聚。在那里，他快活地过了一晚上，他的马祖尔卡舞跳得非常好，不仅让女士们欣喜若狂，甚至连男舞伴们也为之倾倒。

"我们的世界安排得多么奇妙！"前天，我走在涅瓦大街上，想起这两件事时不禁想到："命运是多么奇怪、多么不可思议地捉弄着我们啊！我们可曾得到过所盼望的东西？我们可曾达到过仿佛力所能及的目标？一切都恰恰相反。命运赐予一个人骏马良驹，他漫不经心地骑着它们，丝毫没有发觉它们的俊美，而另一个爱马成性的人却在步行，只能满足于当骏马从他身边经过时发出几句赞叹而已。一个人有一个很好的厨子，但是，遗憾的是嘴巴太小，只能塞进去两小块肉；另一个人的嘴巴像总参谋部的拱门一样大，但是，唉，只能吃些马铃薯做的德国菜。命运是多么诡异地捉弄着我们啊！"

但是，最古怪的莫过于涅瓦大街上发生的故事。啊，您可不要相信这条涅瓦大街！当我走在这条大街上时，我总是会把斗篷裹得再紧一些，尽量一眼也不看迎面遇见的东西。一切都是欺骗，一切都是幻象，一切都不是它的本来面目！您以为，这个穿着做工精良的常礼服散步的先生很富有吗？一点也不：这件常礼服就是他的全部财产。您以为，这两个站在正在建设中的教堂前的胖子是在谈论教堂的建筑艺术吗？完全不是，他们说的是两只面对面站着的乌鸦是多么奇怪。您以为，这个两手乱挥、情绪激动的人是在说他的老婆从窗户把小纸团扔给了一个他完全不认识的军官吗，完全不是，他谈论的是拉斐德[1]。您以为，这些淑女……淑女们是最不可信的。尽量少去往商店的窗户里看：那里面摆放的小玩意儿非常精美，但是都贵得吓人。上帝保佑您别去窥看帽檐底下淑女们的俏脸！无论美人儿的披肩在远处怎样飞舞，我也绝不跟过去一探究竟。而且，上帝保佑，要远离街灯！要尽快，尽快地从街灯旁走过去。如果街灯只是在您华丽的常礼服上滴上了几滴臭烘烘的灯油，那您还算是幸运的。但是除了街灯，一切都是骗局。这条涅瓦大街总是在撒谎，而当它笼罩在浓浓的夜色当中，一幢幢房屋白色和淡黄色的墙壁变得格外分明，全城都变得喧哗热闹、灯火辉煌，许许多多的轿式马车从各个桥上蜂拥而至，前导驭手在马背上叫喊、跳跃，而魔鬼点亮了灯盏，让一切都显得似是而非的时候，此时的涅瓦大街尤其不可信。

---

[1] 拉斐德（1757—1834）：法国政治家。

鼻　子

一

　　3月25日在彼得堡发生了一件不同寻常的怪事。住在沃兹涅辛大街上的剃头匠伊万·雅科夫列维奇（他的姓氏已经丢失，就连他的招牌上都没有任何多余的信息，只画着一个脸颊上涂满肥皂的先生，写着"兼放血"几个字），醒得非常早，他闻到了热面包的香味儿。他在床上稍微抬起身子，看见他的老婆，一位相当可敬的、非常喜欢喝咖啡的太太正在把刚刚烤好的面包从炉子里取出来。

　　"今天呢，普拉斯科维娅·奥西波夫娜，我不喝咖啡，"伊万·雅科夫列维奇说，"我想吃热面包夹葱。"

　　（其实，伊万·雅科夫列维奇既想吃热面包夹葱，也想喝咖啡，但是他知道一下子要两样东西是绝不可能的，因为普拉斯科维娅·奥西波夫娜很不喜欢这种刁钻古怪的要求。）"让傻瓜去吃面包吧，对我来说这样更好，"他的老婆心想，"还能剩下一份咖啡。"于是，她将一个面包扔到了桌子上。

伊万·雅科夫列维奇为了体面在衬衫外面套上了一件燕尾服，他坐到桌子前，撒上点盐，备好了两个葱头，拿起刀，做出一副耐人寻味的表情，开始切面包。面包被切成了两半，他看了看里面，令他惊讶的是，他看见了一个白色的东西。伊万·雅科夫列维奇小心翼翼地用刀子抠了一下，又用手指头摸了摸，"挺结实的！"他自言自语地说，"这是什么东西？"

他把手指头伸进去，拔了出来——是一个鼻子！……伊万·雅科夫列维奇松开了手；他揉了揉眼睛，又摸了摸：鼻子，就是鼻子！而且，看上去似乎还有点眼熟。伊万·雅科夫列维奇的神情有些恐惧。但是他的恐惧和他老婆的愤怒比起来简直不值一提。

"你这是从哪儿割下来的鼻子，你这禽兽？"她怒气冲冲地叫喊起来。"你这个骗子！醉鬼！我要亲自到警察局去告发你。你这强盗！我已经从三个人那里听说过，说你刮脸的时候差点把别人的鼻子揪掉了。"

但是伊万·雅科夫列维奇已经吓得魂不守舍了。他知道，这个鼻子不是别人的，而是八等文官科瓦廖夫的鼻子，每周三和周日他都去给科瓦廖夫刮脸。

"等等，普拉斯科维娅·奥西波夫娜！我用破布把它包起来，放到角落里，先在那里放一段时间，以后再把它拿出来。"

"我不想听！想让我允许在我的房间里放一个割下来的鼻子吗？……你这个冷酷无情的人！只知道在皮带上磨剃刀，自己该干的事儿却不干，你这个放荡鬼，坏蛋！想让我在警察那里替你担责任吗？……哼，你这个笨蛋，木头桩子！把它拿走！快拿走！送到哪儿去随便你！别让我闻见它的臭味儿！"

伊万·雅科夫列维奇像丢了魂似的呆呆地站在那里。他想啊，想啊，也不知道该想些什么。"鬼才知道该怎么办呢！"最后，他用手挠挠耳朵根说道，"昨天我回来的时候是喝醉了还是没喝醉呢，我也说不清了。不过一切迹象都表明发生了一件不可思议的事情：因为面包是烤过的东西，而鼻子却没被烤过。实在想不明白！……"

伊万·雅科夫列维奇不说话了。他想到，警察会在他家里找到这个鼻子，然后指控他，这个想法把他吓得魂飞魄散。他仿佛看见了绣着银线的大红色衣领、长剑……他全身都哆嗦起来。终于，他找出自己的内衣和长筒靴，把这些破烂都穿在身上，在普拉斯科维娅·奥西波夫娜严厉的训斥声中，把鼻子包在一块破布里，出门了。

他想把它随便塞到什么地方：大门的墩子底下，或者假装不小心掉下来，然后拐到一个胡同里。但不幸的是，他总是碰见熟人，他们一开口就问他："你去哪儿啊？"或者："这么早去给谁刮脸啊？"所以伊万·雅科夫列维奇总也找不到合适的时机。有一次，他已经把鼻子扔到地上了，但是岗警从老远就用斧戟指给他看，对他说，"捡起来！你掉东西了！"伊万·雅科夫列维奇只好把鼻子捡起来，藏在口袋里。他已经绝望了，而且随着商店和铺子开始开门营业，街上的人也越来越多。

他决定往伊萨基耶夫桥那边走：看是否有机会把它扔到涅瓦河里？……不过，我感到有些抱歉，说到现在，关于伊万·雅科夫列维奇，这个在很多方面都值得尊敬的人我还没做任何介绍呢。

伊万·雅科夫列维奇，像所有正派的俄国手艺人一样，是个嗜酒如命的酒鬼。尽管他天天刮别人的下巴，但是他自己的下巴却从来也不刮。伊万·雅科夫列维奇的燕尾服（伊万·雅科夫列维奇从来都不穿常礼服）是带花纹的；就是说它从前是黑色的，但是衣服上满是棕黄色和灰色的污斑；衣领油光锃亮，原来被三颗纽扣占据的地方，只剩下几根线头。伊万·雅科夫列维奇是个厚脸皮的人，八等文官科瓦廖夫在刮脸的时候经常对他说："伊万·雅科夫列维奇，你的手总是臭烘烘的！"而伊万·雅科夫列维奇回答说:"手怎么会有臭味儿呢?""我不知道,老兄,就是臭烘烘的。"八等文官说。伊万·雅科夫列维奇吸了吸鼻烟,因为这番话他随后在八等文官的脸颊上、鼻子底下、耳朵后面和胡子下面都涂上了肥皂,总之,就是他想涂哪儿就涂哪儿。

这位令人尊敬的公民已经来到了伊萨基耶夫桥上。他先四下张望了一下,随后他弯腰靠在栏杆上,似乎在看桥下游动的鱼儿多不多,然后他悄悄地把包着鼻子的破布扔了下去。他感觉仿佛一下子从身下卸下了十普特的重量,伊万·雅科夫列维奇甚至冷笑了一声。他没有去给官员们刮下巴,而是往一家招牌上写着"饭食茶水"的店走去,想要一杯潘趣酒,这时突然发现桥头上站着一位威风凛凛、满脸络腮胡子的巡长,戴着三角帽,腰佩一把长剑。他顿时愣住了,这时巡长伸出手指招呼他,说道:

"到这儿来,朋友!"

伊万·雅科夫列维奇很识趣,老远就摘下了便帽,急忙走过去,说道:

"大人,您好!"

"不,不,老兄,不是什么大人;你说说,你刚刚在桥上做什么?"

"说实话,老爷,我去给别人刮脸,只是顺便看看河水流得快不快。"

"你撒谎，撒谎！这样可糊弄不过去。老实说吧！"

"我愿意给大人您每周刮两次脸，甚至三次都行，毫无怨言。"伊万·雅科夫列维奇回答。

"不用，老兄，这无关紧要！有三个剃头匠给我刮脸，他们还把这当作极大的荣幸呢。现在说说吧，你在那儿干了什么？"

伊万·雅科夫列维奇脸色苍白起来……但是，此处发生的事情完全被浓雾遮住了，后来究竟发生了什么就无从知晓了。

二

八等文官科瓦廖夫醒得相当早，动动嘴唇，发出"波嘞、波嘞……"的声音，他通常一睡醒就这么做，虽然他自己也说不清为什么。科瓦廖夫伸了个懒腰，叫人把桌子上的一面小镜子递给他。他想看看昨天晚上鼻子上突然鼓出来的一个小脓包，但是，让他异常惊讶的是，他看见原本长着鼻子的地方现在已经完全是平的了！科瓦廖夫吓坏了，他吩咐人把水端来，用毛巾擦了擦眼睛：没错，鼻子不见了！他用手摸了摸，想知道他是不是在做梦？看来，不是做梦。八等文官科瓦廖夫一下子跳下床,全身抖了抖:没有发现鼻子!……他立刻叫人给自己穿好衣服,直接奔向警察总监的家里。

不过,现在关于科瓦廖夫有必要介绍几句,以便让读者知道,这个八等文官属于哪一类人。那些借助学业证书得到八等文官这一头衔的人是绝不能与那些在高加索得到这一头衔的人混为一谈的。这是完全不同的两种人。有文凭的八等文官……但是俄罗斯是一块神奇的土地,如果说到一个八等文官,那么从里加到堪察加所有的八等文官都会以为是在说他本人。至于其他官衔和级别的官员们也都一样。科瓦廖夫是属于高加索八等文官那一类的。他得到这一头衔刚刚两年,所以时刻对它念念不忘;为了让自己显得更加尊贵、有分量,他从来不用八等文官来称呼自己,而是总把自己称为少校。"听我说,亲爱的,"他在街上遇见卖胸衣的女人时经常说,"你到我家来吧,我的公寓在花园街,你只要问一声:科瓦廖夫少校住在这儿吗?谁都会指给你看的。"如果碰见一个长相不错的,除了那些话之外他还会小声补充一句:"宝贝儿,你就打听一下科瓦廖夫少校的住所。"因为这个原因,下文中我们将用少校来称呼这位八等文官。

科瓦廖夫少校有一个习惯,每天都要在涅瓦大街上散散步。他的胸衣领子总是非常干净，浆得硬邦邦的。他那种样式的络腮胡子至今仍然能在省里、县里的土地测量员、建筑师、军队医生和担任各种警察职务的人，以及所有脸颊丰满红润，而且是波士顿牌高手的男人的脸上见到：这种络腮胡子沿着脸颊的中间部分蔓延生长，一直长到鼻子跟前。科瓦廖夫少校带着许多光玉髓制成的小印章，有纹章，还有许多上面刻着星期三、星期四、星期一等字样的图章。科瓦廖夫少校来彼得堡是因为有事要办，就是说他要给自己谋一份与他的官衔相匹配的差事，如果运气好，还能弄个副省长当当，如果不行的话，就在某个重要部门里当个庶务官也行。科瓦廖夫少校并不反对结婚，但是必须要满足一个条件，那就是新娘要有二十万卢布的陪嫁才行。所以，读者现在可以自行判断，这位少校在看见自己原本长着一个相当不错、大小适中的鼻子的地方只留下一块令人难堪的、平整光滑的空地儿时会是怎样的心情了。

真不巧，街上一辆出租马车都没有，他只能步行了。他裹紧自己的斗篷，用手帕蒙住脸，装出在流鼻血的样子。"但这或许只是我的幻觉呢，鼻子不可能糊里糊涂地就不见了呀，"他心想，于是他走进一家糖果点心店，就为了去照照镜子。幸运的是，店里一个人都没有，小伙计们正在打扫房间，摆放座椅；有几个人仍然睡眼惺忪，用托盘端出热馅儿饼；桌椅上乱扔着洒上咖啡的昨天的报纸。"不过，谢天谢地，一个人也没有，"他说，"现在可以看一看了。"他怯生生地走到镜子跟前，看了一眼。"鬼知道这是什么东西！倒霉透了！"他吐了口唾沫，说道，"哪怕有个东西代替一下鼻子也行啊，却什么都没有！……"

他懊恼地咬着嘴唇，从糖果点心店出来后他决定一改往日的习惯，不看任何人，也不对任何人露出笑容。突然他像钉在地上似的，一动不动地站在一所房子的大门前，他看到了一件不可思议的事情：一辆马车停在台阶前，车门打开了，从里面弯腰跳出来一位穿着制服的先生，沿着台阶跑了上去。当他认出这正是他本人的鼻子时，他是多么惊恐啊！看见这个不同寻常的景象，他觉得眼前的一切都旋转起来，自己几乎要站不稳了。但是他决定，无论如何都要等鼻子回到马车这里，而他像害了寒热病一样，全身抖个不停。两分钟后鼻子果然出来了。他穿着绣了金线、领子高高竖起的制服，麂皮裤子，腰佩长剑。根据帽子上的羽饰可以看出，他是一个五等文官。一切迹象表明，他是要去拜访某人。他左右张望了一下，对车夫喊道："走吧！"接着就坐上马车，离开了。

可怜的科瓦廖夫几乎快精神失常了。他不知道，该怎样思考这件怪事。这怎么可能呢，昨天还长在他脸上、不能走、不能动的鼻子，居然穿上制服了！他跟在马车后面跑了起来，幸好，马车没走多远就在喀山大教堂前停了下来。

他急忙往教堂走去，从一排包着脸，只露出两只眼睛，过去总是被他嘲笑的要饭老太婆中间穿过去，走进了教堂。教堂里做祷告的人很少，他们都站在教堂的入口那里。科瓦廖夫感到十分沮丧，怎么也无法静下心来祷告，他的目光扫向各个角落，搜寻着那位先生。终于看见他就站在边上。鼻子把自己的脸完全藏在了竖起的大领子里面，表情十分虔诚地在祈祷。

"怎么凑过去呢？"科瓦廖夫心想，"从各个方面，制服、帽子都可以明显看出，他是个五等文官。鬼知道我该怎么办才好！"

他开始在鼻子旁边咳嗽起来，但是鼻子一直保持着虔诚的祈祷姿势，不停地鞠躬。

"阁下……"科瓦廖夫在心里强迫自己鼓起勇气，说道，"阁下……"

"您有什么事？"鼻子回头问道。

"我觉得很奇怪，阁下……我觉得，您应该知道自己该待在哪儿。我突然就找到了您，但是这是在哪儿？居然在教堂里。您得承认……"

"对不起，我不懂您在说什么……请您说清楚……"

"我该怎么跟他解释呢？"科瓦廖夫心想，他打起精神，说道：

"当然，我……其实我是个少校。您得承认，我没有鼻子是很不体面的。复活桥上卖去皮橙子的女商贩没有鼻子也可以坐在那里，但是，我得有鼻子……而且我认识很多人家的太太：五等文官夫人切赫塔列娃……您自己说说……我不知道，阁下……（这时科瓦廖夫少校耸了耸肩膀。）很抱歉……如果从责任和荣誉的角度来看待这件事……您自己也能明白……"

"我什么也不明白，"鼻子回答说，"您再解释清楚点。"

"阁下……"科瓦廖夫不卑不亢地说，"我不知道该怎么理解您的话……这件事儿好像已经非常清楚了……或者您想……可是您是我的鼻子啊！"

鼻子看了看少校，微微蹙起了眉头。

"您搞错了，先生。我就是我。而且我们之间没有任何亲密的关系。根据您制服上的纽扣来判断，您应该在另一个部门供职。"

说完，鼻子转过头，继续祈祷。

科瓦廖夫完全窘住了，他不知道该怎么做，甚至不知道该想些什么。这时传来一阵女人的衣裙悦耳的窸窣声，一位上了年纪的太太走了过来，浑身上下都装饰着花边，和她在一起的还有一位身材苗条的姑娘，白色的衣裙勾勒出她匀称优美的腰身，头戴一顶像小甜点一样轻软的淡黄色帽子。在她们身后一个留着络腮胡子、露出整整一打高领子的大个子随从停下了脚步，打开了鼻烟壶。

科瓦廖夫往前凑了凑，把自己胸衣上的细麻纱领子抻了抻，整理好挂在金链子上的徽章，微笑着环视左右，留意着那个体态轻盈的女子，那个像春花一般的姑娘微微俯下身子，把手指晶莹透亮的白净的小手举到额前。当科瓦廖夫从帽子底下看见她圆润的、白皙光洁的下巴和晕染着一层早春玫瑰花颜色的部分脸颊时，他脸上的笑意更浓了。但是，突然他像被烫了一下似的跳到了一旁。他记起来了，他原本长着鼻子的地方已经空空荡荡，眼睛里不禁流出了泪水。他转过身，想直截了当地告诉那个穿着制服的先生，他不过是个假冒的五等文官，说他是个骗子、下流胚，他只不过是他本人的鼻子而已，别的什么都不是……但是鼻子已经不见了，它已经离开了这里，也许又去拜访什么人了。

这让科瓦廖夫深感绝望。他转身往回走，在廊柱下面站了一会儿，仔细地观察四周，看看能不能再碰见鼻子。他非常清楚地记得，鼻子戴的那顶帽子上有羽饰，制服上绣着金线，但是他没留意外套、马车的颜色和马匹，甚至也没注意它身后有没有跟着仆人，穿什么样的仆人制服。何况那么多马车来来往往，疾驰而过，很难看得清楚；就算他从中认出了那辆马车，也没办法让它停下来。那一天天气晴朗，阳光明媚，涅瓦大街上黑压压的全是人；女士们组成一道五彩缤纷的瀑布散落在从警察桥通往阿尼奇金桥的人行道上。瞧，那是他认识的一个七等文官，他称呼这个人为中校，尤其是在有旁人在场的时候。那边那个是他的好友亚雷金，他在参政院里当科长，打波士顿牌时，一玩八分牌他总是输。看，那一位也是在高加索弄到官衔的少校，正招手叫他过去……

"真见鬼！"科瓦廖夫说，"哎，车夫，直接到警察总监家里去！"

科瓦廖夫坐上马车，不停地对车夫喊着："快走！快走！"

"警察总监在家吗？"他走进前厅高声问道。

"不在，"看门人回答，"刚出去。"

"真不凑巧！"

"是啊，"看门人补充说，"刚刚才出去的。哪怕早来一分钟呢，也许就碰上他了。"

科瓦廖夫没有把手帕从脸上拿下来，他回到马车上，绝望地喊道：

"走吧！"

"去哪儿？"车夫问。

"直走！"

"怎么直走啊？这就得拐弯了，向右还是向左？"

这个问题把他难住了，他又思考起来。处于他眼下的情况，他首先应该去城市警察局，不是因为这件事和警察局有直接关系，而是因为那里处理事情与其他部门相比要快得多。若是向鼻子自称在那儿供职的部门的长官告发来解决此事，那就太冒失了，因为从鼻子本人的回答就可以看出，对它而言没有任何神圣的观念，那时候它就会撒谎，就像它信誓旦旦地说从未与科瓦廖夫见过面一样。因此，科瓦廖夫打算吩咐车夫去城市警察局，但是他又冒出了一个念头，这个骗子和混蛋第一次见面就已经如此厚颜无耻，它完全有可能利用这段时间想办法溜出城去，到时候所有的寻找都将一无所获，说不定会拖上一整月，天哪！最后，似乎是上帝本人为他指点了迷津。他决定直接去报社的发行处，提前刊登启示，详细描述鼻子的所有特征，这样任何见到鼻子的人都会立刻把鼻子扭送到他面前，或者至少，能告知他鼻子的位置。就这样，他下定了决心，吩咐车夫去报社发行处，一路上他一边不停地用拳头擂着车夫的脊背，一边喊道："快点，坏蛋！再快点，骗子！""唉，老爷！"车夫晃着脑袋一边说，一边用缰绳抽打那匹毛长得像哈巴狗一样的马。轻便马车终于停了下来，科瓦廖夫上气不接下气地跑进了一间不大的接待室，一个头发灰白、穿着旧燕尾服、戴着眼镜的官员坐在桌子旁，他嘴里叼着一支鹅毛笔，正在数送过来的铜币。

"这里谁负责受理声明？"科瓦廖夫喊道，"啊，您好！"

"您好。"头发灰白的官员说道，他抬头看了一眼，接着又低头去看那堆钱币。

"我想发布一个……"

"对不起，请稍等片刻，"官员说着用一只手在纸上写下一个数字，并且用左手的手指在算盘上拨了两下。

一个衣服上镶有金银边饰，从外表就看得出是在贵族家庭当差的仆人站在桌前，手里拿着一张字条，他认为展示一下自己的社交才能是合乎礼节的：

"先生，您信不信，那条小狗不值八个银币[1]，就是说，如果是我的话连八个铜币[2]我都不给，但是伯爵夫人喜欢

---

〔1〕 旧俄货币单位，一个银币等于十戈比。
〔2〕 旧俄货币单位，一个铜币等于二戈比。

它，喜欢得不得了，所以谁要是找到它，就给一百卢布的赏钱！说句不算失礼的话，就像我和您一样，人们都各有所好：有时候猎人为一头猎犬或者鬈毛狗，花上五百卢布，甚至上千卢布都不心疼，只要是条好狗就行。"

可敬的官员听他说话的时候，脸上的表情意味深长，同时估算着，那张字条上有几个字母。左右两侧站了很多老太婆、商人家的伙计和守院人，都带着字条。一张字条上写着：一个不饮酒的车夫待雇；另一张字条上写着：一辆 1814 年从巴黎运来的、几乎全新的马车待售；一个十九岁的女仆待雇，擅长洗衣服，也会做别的活；一辆结实的轻便马车，只少一个传动轴；十七岁的成年灰斑烈马；来自伦敦的新鲜芜菁种子和小洋萝卜种子；设施齐全的别墅；两个马栏，以及可以种植出美妙的白桦树林或云杉树林的空地；还有出售旧鞋掌的，每天早晨 8 点到下午 3 点购买者可以去进行交易。大家挤在一个非常小的房间里，空气很不新鲜，但是八等文官科瓦廖夫闻不到这气味，因为他用手帕遮住了脸，何况天晓得他的鼻子在什么地方。

"先生，请允许我打听一下……我很着急。"他终于不耐烦地问道。

"马上，马上！两卢布四十三戈比！马上就好！一卢布六十四戈比！"头发灰白的先生说，同时把那些纸条扔到了老太婆和守院人的面前。"您有什么事？"他终于转过脸来，对科瓦廖夫说道。

"我请求……"科瓦廖夫说，"发生了一件诈骗或者说是舞弊的行为，直到现在我也没弄明白。我请求登载一个声明，谁能把那个卑鄙的家伙送到我面前，就会得到一笔丰厚的报酬。"

"请问，您贵姓？"

"不，问姓氏干什么？我不会说的。我有很多熟人：五等文官夫人切赫塔列娃、校官夫人帕拉戈雅·格里高利耶夫娜·波德托齐娜……要是她们知道了，就太糟糕了！您可以写得简单点：八等文官，或者，在职少校，这样更好些。"

"逃跑的是您家的仆人吗？"

"什么仆人？那样的话还算不上多了不得的欺骗！从我这逃跑的是……鼻子……"

"嗯？多么奇怪的姓氏！这位鼻先生偷了您不少钱吧？"

"就是鼻子……您搞错了！鼻子，就是我本人的鼻子不知道去哪儿了。魔鬼和我开了个玩笑。"

"那是怎么弄丢的呢？我有点不明白。"

"我无法告诉您是怎么弄丢的，但重要的是，现在它正坐着马车在城里到处走，它称自己是五等文官。所以我请您发一则声明，让抓住它的人在最短的时间内立刻把它送到我面前。您评判一下，真的，我缺少身体这么重要的一部分怎么能行呢？这可不是脚上的哪个小脚指头，就算是没有了，穿上靴子谁也看不见。我每周四要到五等文官夫人切赫塔列娃家里去；校官夫人帕拉戈雅·格里高利耶夫娜·波德托齐娜，她有一个漂亮的女儿，也和我是老熟人，您自己想想，我现在该怎么……现在我不能再去见她们了。"

官员陷入了沉思，从他抿紧的嘴唇上可以看得出来。

"不，我不能在报纸上刊登这样的声明。"他沉默了好长时间之后终于说道。

"怎么？为什么呢？"

"是这样。报纸的名声会受损。如果谁都来发声明，说他的鼻子跑了，那么……现在人们已经在说，报纸上登载了许多荒诞的言论和虚假传闻了。"

"这件事怎么荒诞了？似乎，没有任何荒诞之处。"

"这是您觉得没有。就在上个星期也有过这样的事情。也像您现在这样，来了一位官员，拿来一张字条，付费两卢布七十三戈比，声明上写着，跑丢了一条鬈毛狗。看上去，这能有什么不妥当的呢？但实际上这却是诽谤：鬈毛狗指的是一个事务长，忘记是哪个部门的了。"

"可是我发的声明并不是关于鬈毛狗的，而是关于我自己的鼻子。几乎可以说，就是关于我本人的声明。"

"不，这样的声明无论怎样都不能刊登。"

"可是我的鼻子的确没有了啊！"

"如果没有了，就去找医生。据说，有人不管什么样的鼻子都能安上。但是，我觉得，您肯定是个性格活泼的人，惯于在公共场合开开玩笑。"

"上帝为证，我向您发誓！好吧，既然话已至此，我就让您看看吧。"

"何必多此一举呢！"官员嗅了嗅鼻烟，继续说道，"不过，要是不太麻烦的话，"他摆出好奇的姿态，补充说，"我倒愿意看一看。"

八等文官把手帕从脸上拿了下来。

"这实在是太奇怪了！"官员说，"那地方平溜溜的，像刚烤好的薄饼一样。的确是，平得简直不可思议！"

"那么，您现在还要反对吗？您自己也看见了，声明是必须要登的。我对您会非常感激，而且很高兴能借此机会荣幸地与您相识……"

从这番话可以看出，少校这回决定要低声下气、曲意逢迎。

"刊登一则声明，当然啦，这是小事，"官员说，"不过我看这对您没有任何好处。如果您愿意的话可以让文笔出众的作家把这件事当作自然界少见的现象描写出来，把文章发表在《北方蜜蜂》上（这时他又嗅了嗅鼻烟），这么做对年轻人大有裨益（他擦了一下鼻子），或者说，可以满足一下公众的好奇心。"

八等文官完全绝望了。他垂下眼睛，看见了下面刊登着戏剧广告的报纸，上面写着漂亮的女演员的名字，脸上快要笑起来了，他伸手摸了摸口袋，看看带没带蓝票子[1]，因为按照科瓦廖夫的观点，校官们应该坐在池座里，但是一想到鼻子就没这个心情了！

官员本人似乎也很同情科瓦廖夫的困境。为了稍微安慰一下他的痛苦，他认为应该说点什么以示同情：

"您碰到这样的怪事，说真的，我很难过。你想闻闻鼻烟吗？它能缓解头痛和悲伤，就连对痔疮也很有效果。"

官员一边说，一边把鼻烟盒递给科瓦廖夫，同时非常灵巧地把绘有戴帽子美女肖像的盖子转到了鼻烟盒底下。

这个无意的举动彻底让科瓦廖夫失去了耐心。

"我不明白，您怎么能开这样的玩笑呢，"他生气地说，

---

〔1〕 旧俄时代的五卢布纸币。

"难道您没看见，我失去的正是用来闻鼻烟的东西呀？让您的鼻烟见鬼去吧！我现在看都不想看，别说是您劣等的桦树烟，就是拉培烟递到我面前我也不会看一眼的。"

说完，他十分沮丧地从报社的发行处走了出来，往警察分局局长家走去，那是一个非常喜欢吃糖的人。在他家兼当饭厅的前室里摆满了商人们出于友谊送来的大糖块。此时，厨娘正在给局长脱下公家发的长筒靴；长剑和所有军用装备都已经稳妥地挂在了不同的角落里，他三岁的小儿子玩起了那顶令人畏惧的三角帽；而他在过完一天战斗加漫骂的生活之后，正准备享受安宁的喜悦。

科瓦廖夫进去见他的时候，他正在伸懒腰，发出嘎嘎的响声，嘴上说着："啊，可以好好睡上两个钟头了！"所以可以想见，八品文官来得很不是时候，就算他此时带来了几磅茶叶或者呢子，他也未必会受到热情的接待。警察分局局长欣赏一切艺术品和纺织品，但是他最爱的是国家发行的钞票。"这个东西啊，"他常常说，"没有比它更好的东西了，既不需要吃东西，也不占多大地方，口袋里总是装得下，掉在地上也摔不烂。"

警察分局局长非常冷淡地接待了科瓦廖夫，他说，午饭后不是侦查时间，而且说自然界的规律就是，吃饱后要稍稍休息一下（八等文官从这番话中看出来，分局局长对古代先哲的至理名言并不是一无所知），还说一个正经人是不会被人把鼻子揪下来的，说世上有许许多多、各式各样的少校，有的甚至连一件体面的内衣都没有，经常在一些淫秽之地流连。

这话真是直击要害，毫不留情！需要指出的是，科瓦廖夫是一个气量很小的人。要是说他本人什么他都可以原谅，但是一旦涉及军衔和官阶，他就绝不原谅。他甚至认为，戏文里所有关于尉官的东西都可以忽略不计，但是绝对不可以抨击校官。分局局长的接待让他如此难堪，他摇了摇头，微微摊开两手，颇为自尊地说道："老实说，听完您这番令人不快的言论，我已经无话可说……"说完就走了出去。

他飞快地回到家里，已是黄昏时分。经过这番徒劳的奔走之后，他觉得家里特别凄冷，或者说是可憎。走进前室，他看见自己的仆人伊万正躺在污渍斑斑的皮沙发上往天花板上吐口水，并且总是准确无误地吐在同一个位置上。这样的漠视彻底激怒了他，他用帽子打了一下仆人的脑门，说道："你这头猪，总是做蠢事！"

伊万一下子从沙发上跳起来，急忙过去给他把外套脱下来。

少校走进自己的房间，精疲力竭，愁肠百结，他倒在圈椅里，叹了几口气，说道：

"我的上帝啊！我的上帝啊！为什么要这么倒霉啊？我哪怕是缺胳膊少腿，也比这样好啊；就算是没了耳朵——那虽然很糟糕，但还是可以忍受的；可是人没了鼻子，鬼知道是什么东西：鸟不像鸟，人不像人的——只让人想抓住他扔到窗户外面去！哪怕是在战场上或者决斗中被砍掉的也行啊，或者是我自己的原因也罢；但是就这样平白无故地不见了，白白地、一文钱没换来就没了！……但是，不，不可能啊，"他想了想，继续说道，"鼻子不可能就这么没了啊，无论如何都难以置信。这也许是在做梦吧，或者是幻觉；也可能是我把刮脸后擦胡子用的白酒错当成水喝了。伊万这个傻瓜没有把它拿走，我准是把它喝下去了。"

为了确认自己没有喝醉，少校使劲儿掐了自己一把，痛得他叫了起来。这种疼痛让他彻底相信，他的确是在现实中生活。他悄悄地走到镜子跟前，起初他眯起眼睛，想着也许鼻子又出现在老地方了；但是他立刻往后跳了一步，说道：

"真是太难看了！"

这的确太不可思议了。要是丢了个扣子、银勺子、钟表或者诸如此类的东西倒还好；但是丢的是什么啊，又是谁丢了这个东西啊？况且还是在自己家里！……科瓦廖夫少校左思右想，认为最靠谱的结论是，这件事的始作俑者不是别人，而是想让他娶了她女儿的校官夫人波德托齐娜。他本人也很乐于对她的女儿献献殷勤，但是一直不肯迈出最后一步。当校官夫人直截了当地告诉他，她想把女儿嫁给他时，他慢条斯理地说了一些恭维话，推脱掉了。他说，他还年轻，还应该再干五年，等到他四十二岁的时候再说这事。所以校官夫人想必是出于报复他的心理决定毁了他，雇用一个巫婆来做这件事，因为无论怎么想，鼻子都不可能是被割掉的：谁也没有进入他的房间，剃头匠伊万·雅科夫列维奇是在星期三给他刮的脸，而整个星期三，甚至连星期四都算上，他的鼻子都安然无恙——这个他完全记得，而且记得非常清楚；再说他也会感到疼的，并且伤口肯定不会好得这么快，像薄饼一样平整。他在头脑中思忖着解决的办法：正式到法院控告校官夫人，要么直接去找她本人，并当场揭穿她。他的思路被门上的窟窿里透进来的亮光打断了，看来伊万已经点燃了前室的蜡烛。不一会儿伊万进来了，他把蜡烛拿在胸前，整个房间都被照亮了。科瓦廖夫一下子抓起手帕，盖住昨天还被鼻子占据的那个地方，免得这个蠢货看见老爷这副奇怪的尊容惊呆了。

　　伊万还没走到自己简陋的住处，前室就传来了陌生人的声音：

"八等文官科瓦廖夫住在这儿吗？"

"请进。科瓦廖夫少校住这里。"科瓦廖夫说道，急忙站起来去开门。

走进来的是一位相貌堂堂的警官，络腮胡子的颜色既不太浅也不太深，脸颊相当丰满，他正是小说开篇站在伊萨基耶夫桥头的那一位。

"请问是您丢了鼻子吗？"

"是的。"

"现在已经找到它了。"

"您说什么？"科瓦廖夫少校高声喊道。他高兴得话都说不出来了。他眼睛紧紧地盯着站在他面前的巡长，颤动的烛光闪映在巡长丰满的嘴唇和脸颊上。"是怎么找到的？"

"真是怪事啊，几乎是在路上把它截获的。它已经坐上一辆公共马车，打算去里加了。护照上早就写好了一位官员的名字。奇怪的是，我自己起初也把它看成了一位先生。不过，幸好我戴了眼镜，我立刻看出，这是一个鼻子。要知道我是近视眼，就算您站在我面前，我也只能看见您有一张脸，但是鼻子啊、胡子啊，我全都看不清楚。我的岳母，就是我妻子的母亲也什么都看不清。"

科瓦廖夫简直欣喜若狂。

"它在哪儿？在哪里？我现在就去。"

"您别着急。我知道您需要它，就把它带来了。奇怪的是，这件事的主犯是住在沃兹涅辛大街上的剃头匠，这个坏蛋已经被关在看守所里了。我早就怀疑他酗酒和小偷小摸，前天他就从一家铺子里顺走了一副纽扣。您的鼻子和原来完全一样。"

这时巡长把手伸进口袋里，掏出了用纸包着的鼻子。

"正是它！"科瓦廖夫喊道，"没错，正是它！您今天和我一起喝杯茶吧？"

"这将是我莫大的荣幸，但是不行啊，我从这儿离开还得去一趟管教所……现在食品的价格飞涨……我家里住着岳母，就是我妻子的母亲，还有孩子们；尤其是大儿子，将来肯定很有出息，是个非常聪明的孩子，但是我根本没钱让他受教育……"

科瓦廖夫明白了他的意思，从桌上抓起一张红色钞票[1]，塞进巡长的手里，巡长两脚一碰，向他行了个并足礼，就离开了，科瓦廖夫几乎立刻就听到了他从街上传来的声音，一个呆头呆脑的庄稼人把自己的大车赶到了林荫

---

[1] 旧俄时代的纸币，面值十卢布。

路上，巡长给了他几巴掌以示警告。

巡长走后，八等文官有好几分钟仍然不大清醒，几分钟后他才能看得清楚，并恢复了知觉：从天而降的惊喜让他神思恍惚。他小心翼翼地双手捧起找回来的鼻子，再次仔细地端详着它。

"是它，就是它，"科瓦廖夫少校说，"瞧，鼻子左侧还有昨天晚上冒出来的小脓包呢。"

少校高兴得差点笑出来。

但是世上的任何东西都不长久，所以最初的几分钟过后，他的高兴劲儿就没那么浓烈了，再过一会儿更加寡淡，最后不留痕迹地融入到平常的心境里，就像一颗小石子在水中激起的涟漪最终会和平静的水面融为一体一样。科瓦廖夫开始思考，并且认识到，事情还没有了结：鼻子找到了，但是需要把它安上，安在它自己的位置上。

"要是粘不上，怎么办呢？"

一想到这个问题，少校的脸色一下子变得苍白起来。

怀着莫名的恐惧，少校疾步走到桌子旁，把镜子挪到跟前，无论如何也不能把鼻子安歪了。他的双手不停地哆嗦着，小心谨慎地把它安放到原来的位置上。唉，糟透了！鼻子粘不上！……他把它送到嘴边，轻轻吹着气把它暖了暖，然后再次安放到两颊之间平坦的位置上；但是鼻子无论如何都粘不住。

"哎！哎！爬过去啊，笨蛋！"他对鼻子说道。但是鼻子就像个木制品一样掉在了桌子上，发出了像木头塞子一样的奇怪的响声。少校的脸痉挛得扭曲起来。——"难道它就长不上了吗？"他惊慌地说。无论他把鼻子放回原处多少次，他的所有努力都没能成功。

他叫来伊万，打发他去找医生，医生就住在同一栋房子二楼最好的一套公寓里，长得仪表不凡，留着优美的、又黑又亮的络腮胡子，还有一位娇美而健康的太太。他每天早晨都吃新鲜的苹果，嘴里时刻保持着异常清洁的状态，每天早晨他漱口几乎就要花三刻钟，用五个不同类型的牙刷把牙齿磨亮。医生马上就到了。他先询问这件不幸的事情发生了多久，然后他抬起科瓦廖夫的下巴，用大拇指往从前鼻子占据的那个地方弹了一下，以致少校的脑袋用力向后一仰，后脑勺撞到了墙上。医生说这没什么大不了的，他建议少校离墙稍远一点儿，让他把头先歪向右边，摸了摸原来长着鼻子的地方，说了一声"嗯！"然后又让他把头歪向左边，又说了一声"嗯！"最后又用大拇指弹了一下，科瓦廖夫少校猛地仰了一下脑袋，就像一匹被人看牙口的马一样。这样检查一番之后，医生摇了摇头，说道：

"不行，不行啊。您最好还是维持现状吧，要不然会更糟。当然，可以把它安上去，现在我就可以给您安上，但是请您相信，对您来说那样更不好。"

"安上就好！我没有鼻子怎么行呢？"科瓦廖夫说，"不可能比现在更糟了。鬼知道这像什么样子！这副鬼样子我能去哪儿？我的熟人都是些很体面的人，今天我就得去两个家庭参加晚会。我有很多熟人：五等文官夫人切赫塔列娃、校官夫人波德托齐娜……尽管在她做出如此行径之后，我和她之间除了上警察局不会再有别的来往。您行行好吧，"科瓦廖夫哀求地说，"就没有什么办法吗？不管怎样安上就行，就算安不好也没关系，只要不掉下来就行；在危险的情况下我甚至可以轻轻用手托住它。而且我也不跳舞，免得哪个动作不小心碰到它。至于您出诊的酬劳，您尽管放心，我会倾尽所有……"

"请您相信，"医生用不高不低，但非常真挚感人的声音说道，"我给人治病从来都不是为了钱财。这违背了我的原则和我的医术。的确，我出诊是收费的，但是这么做只是为了不让病人因为我的拒绝而感到委屈。当然，我可以把您的鼻子安上，但是如果您不相信我的话，那么我以名誉向您保证，那将糟糕得多。还是顺其自然比较好。经常用冷水洗一洗，请您相信，您即便没有鼻子也会像有鼻子一样健康的。至于鼻子，我建议您把它放在罐子里，泡在酒精里，最好再倒两勺烈性伏特加和热醋，那时候它就能给您带来一笔可观的收入。甚至我本人都会把它买下来的，如果您要价不太高的话。"

"不，不！不管怎样我都不会卖的！"绝望的科瓦廖夫少校喊道，"那还不如丢了它呢！"

"很抱歉！"医生鞠躬告辞，说道，"我本想给您一些帮助……可能怎么办呢！至少，您看见我已经尽力了……"

说完这番话，医生气度优雅地走出了房间。科瓦廖夫甚至都没有看清他的脸，在麻木的状态中只看见了从他黑色燕尾服袖子里面露出来的雪白、干净的衬衫袖口。

他决定第二天，在呈递诉状之前给校官夫人写一封信，看她是否同意私下里把本该属于他的东西还给他。信文如下：

尊敬的亚历山德拉·格里高利耶夫娜夫人：

我无法理解阁下的怪异行为。请您相信，如此行事您将一无所获，也绝无可能强迫我娶令嫒为妻。请相信，关于我鼻子的事件始末，我已完全知晓，阁下正是这件事的主谋，与他人无关。鼻子突然离开原位，逃跑并伪装，有时伪装成一个官员，有时又恢复本来面目，这无非是您或者像您一样有高尚爱好之人施以魔法之结果。我本人认为，我有义务告知阁下：如果我提到的鼻子今天不能回归原位，我只能诉诸法律寻求保护。

顺致敬意，不胜荣幸！

您忠实的仆人

普拉东·科瓦廖夫敬启

尊敬的普拉东·科瓦廖夫先生：

您的来信让我非常惊讶。坦白地说，我无论如何也没有预料到，尤其是您那些不公正的指责。告知阁下，您提到的那位官员，无论是伪装之后，还是以本来面貌出现，我均从未在家中接待过。的确，菲利普·伊万诺维奇·波塔奇尼科夫曾来过我这里。虽然他品行优良、学识渊博，并且的确想和小女牵手结缘，但是我从未给过他任何希望。您还提及关于鼻子的事。如果您的意思是说我对您"嗤之以鼻"，即正式地拒绝您，那我将更为惊讶，诚如您本人所述，据您所知，我的看法完全相反，如果您现在以合情合理的方式向我的女儿求婚，我立刻就会答应您，因为这是我一直以来的夙愿，为达成所愿，随时准备为您效劳。

亚历山德拉·波德托齐娜敬复

"不是她，"科瓦廖夫看完信，说道，"真的不是她干的。不可能是她！一个有罪的人是写不出这样的信的。"科瓦廖夫少校在这方面可是个行家，因为在高加索的时候他曾多次被派去调查办案。"究竟是怎么回事，遭遇了什么样的命运啊？只有鬼才晓得！"最后他两手一摊，说道。

此时，关于这件怪事的各种传闻已经传遍了整个帝都，并且按照惯例，总要添枝加叶一番。那时候的人们都热衷于一些不同寻常的事情：不久前人们还沉迷于催眠术试验。而且马厩街上会跳舞的椅子的故事还没有被遗忘，所以，不久之后人们便开始谈论八等文官科瓦廖夫的鼻子3点钟在涅瓦大街上漫步，就没什么可惊讶的了。每天都有许多好奇的人聚在一起。有人说，鼻子好像在荣克商店里出现了，于是荣克商店周围便聚集了一群人，异常拥挤，甚至需要警察来出面干涉。一位外貌可敬、留着络腮胡子、原本在剧院入口处卖糕点的投机商，专门做了一些好看又结实的木头凳子，招呼那些好奇的人站在上面看，每个人收费八十戈比。一位战功赫赫的上校为此特意早早出门，费劲儿地挤过人群；但是让他大为恼火的是，在商店的橱窗里看见的不是鼻子，而是一件普普通通的羊毛背心和一幅石版画，上面画着一个正在修补长袜的姑娘，还有一个穿着翻领坎肩、留着小胡子、正从树后面窥看她的浪荡公子——这幅画已经在那个位置上挂了十几年了。离开的时候他懊恼地说："怎么能用这么愚蠢、不切实际的传闻来迷惑人们呢？"

后来又有传闻说，科瓦廖夫少校的鼻子不是在涅瓦大街，而是在塔弗利公园里游荡，好像它早就在那里了；说是霍兹列夫－米尔扎[1]住在那里的时候，就曾对大自然的奇妙现象深感惊异。几个外科学院的大学生到那里去了。一位身份显赫、令人尊敬的太太专门写了一封信给公园的管理员，请求让她的孩子们看一看这一罕见的景象，如果可能的话，再附上一些对年轻人有训诫之效、可资借鉴的讲解。

所有这些事情让那些热衷于逗女士们发笑的、晚会上必然出现的上流社会的绅士们欣喜若狂，因为那时他们肚子里的存货都已经说完了。一小部分受人尊敬且心地善良的人非常不满。一位先生曾气愤地说，他不明白为什么在当下的文明时代还能够传播如此荒谬的谣言，并对当局未对此事加以关注的态度感到诧异。显然，这位先生属于那种希望政府干预一切，甚至连自己与妻子的日常争吵都要

---

[1] 霍兹列夫－米尔扎：波斯王子，1829年曾到访彼得堡。

管一管的那类人。后来呢……所有的事情再次陷入迷雾之中，后来发生了什么就完全不知道了。

三

人世间的事情真是毫无道理可言。有时一点也不像真的：突然之间，那个伪装成五等文官到处溜达、引起满城骚乱的鼻子，就像什么事情也没发生过一样，又回到了它的老地方，就是说它又回到科瓦廖夫少校的两颊之间了。这是4月7号那天发生的事情。科瓦廖夫少校睡醒之后，无意间瞟了一眼镜子，他看见了鼻子！用手揪了揪，真的是鼻子！"嗨！"科瓦廖夫说，他高兴极了，几乎要光脚在房间里跳起特列帕克舞来了，但是伊万走了进来，打断了他的兴致。他吩咐立刻给他准备洗脸水，洗脸的时候，他又照了一下镜子：是鼻子！用毛巾擦脸的时候，他再次看了一下镜子：是鼻子！

"你看，伊万，我的鼻子上好像有个小脓包。"他说，同时心中暗想："要是伊万说：没有啊，老爷，不仅没有小脓包，就连鼻子也没有，那就糟糕了！"

但是，伊万说：

"没有啊，没有什么小脓包：鼻子上啥都没有！"

"好吧，真是见鬼了！"少校自言自语地说，手指头打了一个响指。这时剃头匠伊万·雅科夫列维奇从门口探了一下头，一副畏葸不前的模样，好像一只因为偷油吃刚挨了一顿鞭子的猫似的。

"你先说，手干净吗？"科瓦廖夫打老远向他喊道。

"干干净净的。"

"撒谎！"

"真的，非常干净，老爷。"

"行了，你当心点儿。"

科瓦廖夫坐下来。伊万·雅科夫列维奇把一块布巾围在他身上，用小毛刷瞬间就把他的全部胡须和部分脸颊刷得跟商人在命名日宴会上端出来的奶油点心似的。

"是你啊！"伊万·雅科夫列维奇看了看鼻子暗自说道，随后他把头歪到一边，又从侧面看了几眼。"原来如此！没错，和料想的完全一样。"他继续说道，久久地看着那个鼻子。最后，他轻轻地、异常小心地抬起手指，捏住了鼻子尖。这是伊万·雅科夫列维奇刮脸时的必要程序。

"喂，喂，喂，当心点儿！"科瓦廖夫喊道。

伊万·雅科夫列维奇松开两手，又惊又窘，他从未有过这么尴尬的时候。最后，他小心翼翼地用剃刀在他的胡子下面轻轻刮了起来，尽管因为没有抓着身体的嗅觉器官，他刮起来非常地不顺手，不得劲儿，但是他把自己不太光滑的大拇指勉强抵在了科瓦廖夫的脸颊和下牙床上，总算战胜了重重困难，刮完了脸。

一切都准备妥当之后，科瓦廖夫立刻匆匆忙忙地穿好衣服，叫来一辆马车，直奔糖果点心店。一进门，从老远他就喊道："伙计，来一杯可可茶！"他本人立即走到镜子跟前：鼻子还在！他愉快地转过身，微微眯起眼睛，面带嘲讽地看了看两个军人。其中一个人的鼻子绝不比坎肩上的纽扣大。随后他去了一个衙门的办事处，他曾在那里奔走斡旋，想为自己谋得一个副省长的职位，要是不成功就谋个庶务官的职位也行。经过接待室的时候，他照了一下镜子：鼻子还在！然后他去了另一个八等文官，或者说少校家里，那个人特别爱嘲笑别人，对于他的各种挖苦，科瓦廖夫总是回答他说："得了吧，你呀，我可是知道的，你就是个刻薄的家伙！"一路上他心想："如果少校看见我没有大笑起来，那就可以确信，一切都回归原位了。"而八等文官什么反应都没有。"太好了，太好了，真是见鬼了！"科瓦廖夫心中暗想。在路上他遇见了校官夫人波德托齐娜和她的女儿，他向她们鞠躬施礼，回应他的是她们快活的呼喊声，就是说，一切都好，身体没有任何缺损。他和她们闲聊了好长时间，还特意掏出鼻烟壶来，在她们面前花了好长时间往自己的两个鼻孔里塞鼻烟，一边暗自嘀咕着："瞧瞧吧，傻娘儿们，鼠目寸光的傻瓜！我反正是不会娶你女儿的。很简单，就是谈了场恋爱[1]而已！"此后科瓦廖夫少校就像什么事儿都没发生过一样，又时常在涅瓦大街上、剧院里，以及别的地方四处走动了。而鼻子也像什么事儿都没发生过一样，端坐在他的脸孔上，甚至一点也看不出它要逃跑的迹象。而且从那以后，人们发现科瓦廖夫总是心情很好，面带笑容，无一例外地追逐所有长得好看的女士，甚至有一次看见他站在商场的一家铺子前，买了一条勋章绶带，不知道是何用意，因为他从没得到过任何勋章。

　　这就是在我们辽阔国家的北方都城里发生的故事！现在，只要把这件事从头到尾好好思量一遍，我们就会发现，其中有许多荒谬之处。且不说鼻子以超自然的方式神奇地离开，并且以五等文官的模样出现在各个地方，就说科瓦廖夫怎么会不知道，报纸的发行处不可能刊登关于鼻子的声明呢？我的意思并不是说我认为刊登一则声明价钱太高：这花不了几个钱，而且我也并不是个贪财的人。但是这样做很不体面、不恰当、不合适！还有，鼻子怎么会出

---

〔1〕原文为法文。

现在烤面包里呢，伊万·雅科夫列维奇自己又是怎么……
不，这一点我怎么也想不明白，一点也搞不懂！但是最奇
怪、最令人不解的是，作者们怎么会选择这样的主题呢。
老实说，这太难以理解了，真的是……不，不，我一点也
不明白。首先，对祖国没有任何益处；其次……其次嘛，
还是毫无益处。我简直不知道这是什么玩意儿……

　　但是，当然啦，尽管我们可以说出一点、两点、三点，
甚至更多……但是哪里不发生一些荒唐的事情呢？……
不过，只要好好想一想，在这个故事里面的确有些值得
斟酌的东西。不管别人怎么说，这样的事情在世上还是有
的——不多，但还是有的。

肖　像

第一部

　　休金商场的画店前比任何地方的人都要多。这家画店里的东西当真是种类繁多、稀奇古怪：大部分是油画，表面涂了一层暗绿色的亮漆，装在深黄色的浮夸的画框里。树木被白雪覆盖的冬天，红霞似火的傍晚，叼着烟斗、一只胳膊脱臼的弗拉芒农民，说他像人，倒不如说他像只穿着衣服的印第安公鸡——这就是这些画中常见的内容。此外，还有几幅版画：戴着羊皮帽的霍兹列夫－米尔扎的画像，几幅戴着三角帽、长着歪鼻子的将军的画像。除此之外，这种店铺的门上常常挂着一张张印在大纸上的版画，它们证明了俄国人与生俱来的天赋。其中有一张画的是米莉克特里萨·基尔比季耶芙娜公主，另一张画的是耶路撒冷城，画上的房屋和教堂都胡乱地涂上了红色的油彩，还有部分土地和两个戴着手套正在祈祷的农夫也被涂成了红色。这些作品通常没有几个买主，但是看画的观众不少。一个酒鬼

187

模样的仆人站在这些画前卖呆儿，手里捧着给自家老爷从小饭馆里取来的食盒，毫无疑问，等到老爷吃饭的时候汤已经冷了。在他前边准会站着一个穿着外套的士兵，这位旧货市场上的大兵想卖掉两把小折刀，一个来自奥赫塔的女商贩拎着满满一箱鞋子。每个人都按自己的方式来欣赏作品：庄稼人喜欢用手指头指指点点；骑士们严肃认真地端详细看；小仆人和小学徒用讽刺画互相取笑逗乐；身穿粗呢外套的老仆人来看画只是为了找个地方打打哈欠、歇歇脚；而女商贩们，年轻的俄国女人只是出于本能赶到这里，为的是听听人们说些什么，看看人们都在看什么。

这时，路过此地的年轻画家恰尔特科夫不由自主地在画店前停下了脚步。一件旧外套和不修边幅的着装，表明他是那种忘我地献身于工作当中的人，无暇顾及对年轻人常常具有神秘吸引力的穿着打扮。他站在店铺门前，起初这些丑陋的画作让他暗自发笑。最后他不禁沉思起来：他开始想，谁会要这些作品？俄国人喜欢的是叶鲁斯兰·拉扎列维奇、贪吃痛饮的人物、福马和叶列马[1]，他并不觉得这有什么可惊讶的，因为绘画内容对人民来说浅显易懂；但是，谁会要这些色彩杂乱肮脏的劣质油画呢？谁会要这

---

〔1〕 这些是古代俄罗斯民间童话和版画中常见的主人公。

些弗拉芒农夫的画像，谁会买这些红红蓝蓝的风景画呢？这些画本来奢望向艺术的高峰更进一步，但是却深深地羞辱了艺术。似乎，这些作品并不是出自尚未成年的自学者之手。否则的话，虽然整体上不带感情、滑稽可笑，但总有一股强烈的激情跃然纸上。但是在这些作品中看到的只是愚钝、无力而衰朽的平庸，它们擅自闯进艺术殿堂，但也只能与低级的画匠的作品为伍，但是平庸之作忠实地履行了自己的使命，把匠气带入了艺术之中。同样的色调，同样的技巧，同样是熟练的、惯于画画的手，但却更像是一只粗劣的机器手，而不是人手！……他在这些脏乱的画作前站了很长时间，终于不再想着它们了。这时画店的主人，一个普普通通穿着粗呢外套、留着大胡子、从星期天起就没刮过脸的毫不起眼的人，跟他唠叨了好半天，还不知道他喜欢什么、需要什么，就已经跟他谈起价钱来了。

"这几幅农夫画像和这幅风景画只要一张白票子[1]。多好的风景画！简直叫人挪不开眼睛，都是刚从市场上收上来的，漆还没干呢。要么，看看这幅冬景，您就要这幅冬景吧！十五卢布！光一个画框就值不少钱。瞧，多美的冬天！"这时，商人轻轻弹了一下画布，也许是为了展示一

---

[1] 旧俄货币，面值二十五卢布的钞票。

下这幅冬景画的全部优点。"把它们一起捆好，给您送去吧？请告诉我您的住址？喂，伙计，拿根绳子来。"

"等一下，老兄，别急呀。"画家看见手脚麻利的商人当真要把它们捆起来，立刻缓过神来说。在店里逗留了这么久，什么也不买他感到有些良心不安，于是说道：

"等等，我看看，这里有没有我需要的东西。"他弯下腰，开始翻捡地板上堆在一起的、破旧的、落满灰尘的拙劣油画，显然，这些画没人看得上。这里有一些古老家族的画像，在这世上也许再也找不到他们的后世子孙，还有一些画已经看不出画的是什么，画布已经破损，画框上的金漆也已经脱落——总之，就是一堆破烂。但是画家看得很认真，心里想着："说不定能淘到好东西呢。"他不止一次听说，有时在版画商的垃圾堆里能找到大师的杰作。

主人见他钻到那堆破烂里，便不再围着他转了，于是，又恢复了常态，摆出了应有的派头，他重新站在门口，招呼过往行人，一只手指着画店说："往这边来，老兄，这里的画好着呢！进来吧，进来吧，都是从市场上收购的。"他喊了半天，也没来几个顾客，他又跟对面同样站在店门口卖布头的商贩聊了个痛快，终于想起店里还有一位顾客，于是转过身，走进了店里。"怎么样，老兄，看中什么了吗？"画家已经在一幅肖像前一动不动地站了好半天了，这幅肖像镶在一个很大的、曾经十分华丽的画框里，但是现在画框上只能隐约看出金箔的痕迹。

画上是一位老人，古铜色脸庞、高颧骨、面容消瘦，脸上的线条似乎是抓住了人物脸颊抽搐的一瞬间，没有北方人那种强有力的感觉，倒是看得出炎热的南方所留下的印记。他身披一件宽大的亚洲式外衣。尽管这幅画有些损伤，而且落满灰尘，但是一擦掉画像脸上的灰尘，他便看出来了，这幅画出自大师之手。肖像似乎没有画完，但是已经表现出惊人的笔力。那双眼睛尤为不同寻常：仿佛眼睛里倾注了画家的全部功力和心血。它们从画像上直勾勾地看着你，眼睛里那种奇怪的活力似乎破坏了肖像整体的和谐。当他把肖像拿到门口时，那双眼睛更加鲜活生动了。人们几乎都产生了同样的感觉。一个站在他身后的女人尖叫一声，"看着我呢，看着我呢"，说着往后退了几步。他自己也莫名其妙地感到有些不舒服，他把画放在了地上。

"怎么样，您要了这幅肖像吧！"店主说。

"多少钱？"画家问。

"这幅画哪能要高价呢？就给七十五戈比吧！"

"不行。"

"那您给多少？"

"二十戈比。"画家说完，就准备走了。

"您可真能砍价！二十戈比光是画框都买不来。看来，您是想明天再买吧？先生，先生，您回来！再添十个戈比吧。拿去吧，拿去吧，就给二十戈比吧。老实说，就为了开个张，您是第一个主顾。"说完，他打了个手势，仿佛是说："算了，一幅画就这样白给人了！"

就这样，恰尔特科夫完全出乎意料地买了一幅旧的肖像画，同时心里寻思着："我干吗要买它呢？我要它有什么用？"但是已经不能不买了。他从口袋里掏出二十戈比，交给老板，把肖像夹在腋下带走了。路上他才想起来，给出去的二十戈比是他仅剩的一点钱。他的心情突然变得忧郁起来，懊悔和茫然的空虚感立刻涌上他的心头。"真见鬼！这世道真是坏透了！"他带着俄国人碰到坏事时常有的那种情绪说道。他对周围的一切完全没有感觉，几乎无意识地快步往前走。晚霞映红了半边天空，面朝那个方向的一幢幢屋宇都被温暖的霞光照亮了，而与此同时，月亮淡青色的清冷的光芒也越来越明亮。房屋和行人的双腿在地上投下半透明的、淡淡的影子，好像长长的尾巴。画家渐渐开始仰望那被透明的、微弱的、隐隐约约的光芒照亮的天空。"多么清淡的色调啊！""真倒霉，真该死！"这两句话他几乎同时脱口而出。然后，他整理了一下不时地从腋下滑出来的肖像，加快了步伐。

他疲惫不堪、满身大汗，终于回到了自己位于瓦西里岛第十五道街上的寓所。他费劲儿地、气喘吁吁地沿着汚水横流、满是猫爪狗咬痕迹的楼梯爬上楼。他敲了敲门，没人回答：家里没人。他倚在窗户上，打算耐心等一会儿，身后终于传来了脚步声，一个穿蓝衬衫的小伙子，这是他的仆人、模特，兼管研磨颜料和擦地板，尽管擦完之后他自己的长筒靴立刻又把地板踩脏了。小伙子名叫尼基塔，主人不在家的时候，他就到大门外面闲逛。因为在黑暗中看不清，尼基塔花了好大一会儿才费力地把钥匙插进锁眼儿里。房门终于打开了。恰尔特科夫走进前室，像画家们的家中常见的那样，这里冷得令人难受，但是他们却感觉不到。他没有把外套交给尼基塔，穿着它走进了画室，那是一间正方形的、宽敞的房间，但是有些低矮，窗户已经冻上了，房间里摆放着各种乱七八糟的画具：石膏手臂的碎块、绷着画布的画框、没有画完就搁置一旁的草图、搭在椅子上的帷幔。他太累了，脱下外套，心不在焉地把带回来的肖像放在了两幅不大的油画中间，就在一张窄小的沙发上坐了下来，现在已经不能说它是皮沙发了，因为曾经固定皮子用的一排铜钉早就已经失去作用，而皮子还蒙在沙发上面，所以尼基塔把黑色的长裤、衬衫和所有没洗的内衣都塞在了皮子底下。他坐了一会儿，随后又在小沙发上尽量伸开四肢自在地躺了一会儿，最后他叫人点上蜡烛。

"没有蜡烛了。"尼基塔说。

"怎么没有了呢？"

"昨天就没有了。"尼基塔又说。

画家想起来了，的确是昨天就没有了，他平静下来，不再说话。他让仆人给他脱掉衣服，然后穿上自己那件十分破旧的长袍。

"还有一件事，房东来过了。"尼基塔说。

"嗯，是来要钱的吧？我知道了。"画家挥了挥手，说道。

"他不是一个人来的。"尼基塔又说。

"和谁一起来的？"

"我不知道那人是干什么的……好像是个巡长。"

"巡长来干吗？"

"不知道他来干吗，说是没付房租。"

"那又怎么样呢？"

"我不知道会怎样；他说，如果不想付房租，就从房子里搬出去；明天他们两人还来。"

"想来就来吧。"恰尔特科夫忧愁而冷淡地说道。忧郁的情绪彻底把他俘虏了。

年轻的恰尔特科夫是个很有才华的画家，前程不可限量：他的笔下常常有灵感爆发的时刻，表现出细致的观察力、想象力和更加接近自然的强烈的激情。"要小心啊，老弟，"他的教授不止一次对他说，"你是有才华的；你要是毁了它，就是罪过。但是你没有耐心。要是你被什么东西诱惑，一旦迷恋上它，你就会沉湎其中，别的东西对你来说就都变成了破烂，全都无所谓了，甚至连看都不愿看一眼。你要当心，你可别成为一个时髦画家。你现在的作品已经有用色过于浓烈的苗头了。你的素描不够严肃，有时虚弱无力，线条不够鲜明；明暗配置上你是在赶时髦，希望夺人眼球。要小心啊，你就快沦为英国画派的画家了。要小心，上流社会已经开始吸引你了，有一次我见你的脖子上围了一条相当漂亮的围巾，帽子也极为讲究……这的确很有吸引力，为了赚钱去画些时髦作品，画肖像画。但是，才华也会就此毁灭，不会再发展了。要忍耐。要仔细斟酌每一幅作品，放弃那些漂亮的穿戴吧——让别人去赚那些钱吧。是你的东西早晚都跑不了。"

教授说的话有一部分是对的。没错，我们的画家有时也想纵酒享乐，好好打扮一番——总之，展示一下自己的少年英姿。不过，尽管如此，他还是能够控制自己的。有时他一拿起画笔就会忘记一切，而一放下画笔，就像一场美梦被打断了似的。他的鉴赏力明显地提高了。虽然他还不懂得拉斐尔[1]作品的全部深刻之处，然而已经沉迷于圭多[2]作品中迅捷而奔放的笔法，时常流连在提香[3]的肖像画前，对弗拉芒画派颇为赞赏。古画中那种暗淡的色调没有完全从他视野中消失，而且他已经从中领悟到了某些东西，尽管他心里并不认同教授的看法，教授认为我们难以达到古代大师的水平，而他甚至觉得，19世纪在某些方面已经远远超越了他们，现在对自然的描摹更加鲜明、生动、逼真，总之，他此时的想法就如同那些已经有些心得并心怀傲慢的年轻人一样。有时他感到有些沮丧，他看到来自国外的画家，法国人或者德国人，甚至根本没有天分的画家，只凭借游刃有余的气派、灵活利落的笔法和鲜明的色彩就引起一阵轰动，瞬间为自己赚到了大笔财富。他产生这样的想法，不是在他埋首工作、忘记了吃喝和整个世界的时候，而是当他陷入贫困，连买画笔和颜料的钱都没有，而纠缠不休的房东一天十次来索要房租的时候。那时正在挨饿的他想象着有钱的画家的命运，就会非常羡慕；他的头脑当中甚至会出现俄国人的脑袋里经常闪过的

〔1〕 拉斐尔（1483—1520）：意大利文艺复兴时期的画家和建筑师。

〔2〕 圭多（1575—1642）：意大利画家。

〔3〕 提香（1477 或 1489—1576）：意大利文艺复兴时期画家，威尼斯画派代表人物。

念头：什么都不管了，一醉解千愁。而现在他的情绪就是这样。"是的！忍耐，忍耐！"他懊恼地说，"可是忍耐也得有个期限啊！忍耐！明天拿什么钱吃饭呢？要知道可没人借钱给我。就算把我所有的画和素描都拿去卖，全都卖了也只能卖二十戈比。当然，这些画是有价值的，这我知道：每一幅画我都倾注了心血，从每一幅画中我都有所领悟。可是有什么用呢？草图、习作，永远是草图、习作，没个出头之日。人家连我的名字都不知道，谁会买呢？谁会要这些古画的临摹素描，或者没有画完的普叙赫[1]的恋爱图，或者我自己房间的景物画，或者尼基塔的肖像画呢？尽管，它的确比任何时髦画家的肖像画都要好。这到底是怎么回事？我为什么要受煎熬，像个蹒跚学步的小学徒一样，我可以展现出丝毫不比别人差的才能，也可以像他们一样赚钱。"

说到这儿，画家忽然哆嗦起来，脸色苍白：一张有些扭曲的脸孔从放在旁边的画布里探了出来，正看着他。两只可怕的眼睛直直地盯着他，好像要把他吞了似的；嘴唇上仿佛写着不许出声的禁令。他惊恐万分，想尖叫一声，把已经在前室里鼾声如雷的尼基塔叫过来，但是他突然清

---

[1] 普叙赫：古希腊神话中的一个女神。

醒过来，并笑了起来。恐怖感瞬间消失。原来这是他买回来的那幅肖像，他已经完全把它抛在脑后了。月光照进房间，落在肖像上，赋予它一种奇异的活力。他开始仔细地观察它，并擦拭起来。他用海绵蘸上水，在画上擦了几遍，几乎把画上累积的灰尘和脏东西全都擦干净了。他把它挂到墙上，这幅不同寻常的作品让他更加惊异：整张面孔几乎像活的一样，那双眼睛那样看着他，让他不禁打了个寒战，并向后退了几步，吃惊地说："在看着呢，看着呢，就像活人的眼睛一样！"他忽然想起很久以前从教授那里听到的一个故事，是关于著名画家达·芬奇的一幅肖像画，大师花了数年时间画这幅画，但仍然认为这幅画没有画完，然而据瓦萨里[1]所说，所有人都认为这幅画是最杰出、最完美的作品。最为神奇的是画像上的那双眼睛，曾经让它的同时代人感到震惊，即使是最细微的、勉强可见的血管都不曾放过，全都在画布上呈现出来。然而，此刻在他面前的这幅肖像画上却有一种奇怪的东西。这已经不是艺术：它甚至破坏了肖像本身的和谐。就是那双活灵活现的、像活人一样的眼睛！它们仿佛是从活人脸上剜下来再安到画上的。无论画家选择的题材多么可怕，在看到他

---

〔1〕 瓦萨里（1511—1574）：意大利画家、建筑师、艺术史家。

的作品时心灵总会产生一种崇高的愉悦感，但是这幅画并不是这样，它给人一种病态的、压抑的感觉。"这是怎么回事？"画家情不自禁地问自己。"要知道，这就是自然，活生生的自然，为什么有一种奇怪的、令人不舒服的感觉呢？或者，奴隶式地、准确无误地模仿自然是一个错误，犹如一声响亮的、不和谐的呐喊？或者，如果无动于衷、冷漠无情地选择绘画对象，对它不带任何感情，那么它就一定会呈现出可怕的本来面目，而没有被那种蕴含在全部思想当中的、不可思议的光芒所照亮，呈现出来的真实就如同你想了解一个美好的人，用手术刀剖开他的内脏，却看见了一个极为难看恶心的人一样。为什么朴素的、低级的自然在一个画家的作品中显出那样一种光彩，让你一点也不觉得低俗，恰恰相反，而是感到莫大的快乐，看完之后你身边的一切都流转得更加宁静、平和？为什么同样的自然在另一个画家笔下显得低级、肮脏，而他也同样忠于自然？不，不，这里面缺少了一种光亮。总之就像大自然中的景色一样：无论景色多么壮美，如果天上没有太阳，总是有些缺憾的。"

他再次走到肖像前，想仔细看看那双奇特的眼睛，却惊恐地发现，那双眼睛正盯着他呢。这已经不是对自然的模仿，这是一种古怪的生气，是从坟墓里爬出来的死人的脸上才会有的生气。这是月光营造出的虚假梦幻，把一切都变得和白天的样子完全相反吗？还是因为什么别的缘故。他一个人待在房间里，不知为何，突然感到害怕起来。他安静地从肖像前走开，把脸转向另一边，尽量不去看他，可是眼睛仍不由自主地朝肖像瞟过去。最后他甚至连在房间里走动都感到害怕，他感觉好像有个人就跟在他身后，于是总是胆战心惊地回头去看。他从来都不是个胆小鬼，但是他的想象力和神经十分敏感，这个夜晚他自己也无法解释这种下意识的恐惧究竟是因为什么。他在一个角落里坐下来，但是即便如此，他仍然觉得马上会有人从他的肩膀上探出头来看他。即便从前室传来尼基塔的鼾声，仍不能赶走他的恐惧。最后他提心吊胆地、眼睛也不抬地站了起来，走到屏风背后，躺到床上。透过屏风上的缝隙，他看见被月光照亮的房间和挂在他正对面的墙上的肖像。那双眼睛更加令人害怕，更加耐人寻味地盯着他，而且好像不看别的地方，就只盯着他。他感到很不舒服，从床上爬起来，抓起一条床单，走到肖像前，把它全都蒙上了。

蒙好之后，他更加平静地躺到床上，开始思考起画家贫穷而不幸的命运，想到在这世上他要面临的艰苦的人生道路，而同时他的眼睛仍不由自主地透过屏风上的缝隙瞟着那幅被床单蒙住的肖像。月光让床单显得更加洁白，他觉得，那双可怕的眼睛甚至透过床单闪闪发亮。他恐惧地紧盯着那幅画，想要确认，这只是他的错觉。但是，事实上……他看见了，看得很清楚：床单不见了……肖像完全显露出来，对周围的一切全都不屑一顾，就只望着他，目光穿透了他的内心世界……他的心抽搐了一下。他看见老头儿动了动，忽然用两手扶住了画框。终于，他用手撑住身体，伸出两只脚，从画框里跳了出来……透过屏风的缝隙只看见了一个空空的画框。房间里响起了脚步声，终于离屏风越来越近。可怜的画家心跳得越来越快。他吓得快端不过气来了，惊恐地等着那老头儿随时走到屏风这边来看他。果然，他绕到了屏风这边，就在那儿看着呢，还是那样古铜色的脸孔，两只大眼睛转来转去。恰尔特科夫使劲儿叫喊，但是他感到喊不出声来，又使劲儿挪动身体，想动一动，但是四肢都动弹不了。他张着嘴，屏住呼吸，看着这个穿着宽大的亚洲式长袍、高大而恐怖的幽灵，只能束手无策地任凭他想干什么。老头儿几乎就在他脚边坐了下来，随后从那件宽大的袍子的皱褶里拿出了一样东西。那是一只口袋。老头儿解开口袋，抓住两端，抖了抖：伴着沉闷的响声，一些沉甸甸的、包裹成圆柱形的东西掉在了地板上，每个小圆柱上面都包着蓝色的纸，每个上面都写着：一千金币。老头儿从大袖子里伸出两只骨瘦如柴的手，开始拆开那些小纸包。金币闪闪发光。尽管画家非常难受，吓得失魂落魄，他还是紧盯着那些金币，目不转睛地看着它们被拆开，在那双瘦骨嶙峋的手里闪着金光，发出既清脆又有些沉闷的声响，随后又被重新包了起来。这时他发现有一包滚到了离其他金币稍远一些的地方，停在了他的床脚边，就在他的床头下面。他几乎痉挛着抓住了它，惊恐万分地看了看老头儿发现了没有。但是老头儿似乎正在忙他自己的事儿。他收集好所有的小包，把它们重新放回口袋里，看都没看他一眼，就走到屏风后面去了。恰尔特科夫听见房间里沙沙的脚步声越来越远，他的心剧烈地跳动着。他把那个小包更紧地抓在手中，浑身颤抖地抓着它，突然他听见，脚步声再次靠近了屏风，显然，老头儿想起来了，少了一个小包。瞧，他又绕到屏风这边看着他了。他绝望了，使尽全身力气攥着手里的东西，用尽力气动了动，大喊一声——他醒了。

他全身都被冷汗湿透了，心突突地跳着，胸口非常憋闷，仿佛最后一口气就要从里面飞出去似的。"难道这是一场梦？"他双手抱着头说，但是那场景真实得可怕，不像是梦境。他醒来之后，还看见老头儿走进了画框里，他的大袍子的下摆甚至还一闪而过，而他的手清楚地感觉到就在一分钟之前还握着沉甸甸的东西。月光照亮了房间，

画布、石膏手、放在椅子上的帷幔、裤子和没有擦拭的长
筒靴从各个黑暗的角落里凸显出来。这时他才发现，他没
有躺在床上，而是就站在肖像跟前。他怎么走到这儿来
的——他无论如何也想不明白。更让他惊讶的是，肖像完
全显露出来，上面的床单的确不见了。他被吓呆了，他看
着那幅肖像，看见那双活人一样的眼睛正直视着他。他的
脸上冒出了冷汗，他想走开，但是，他的双脚就像长在了
地板上一样。接着他看见，这并不是梦，老头儿的脸动了
起来，他的嘴唇朝他伸过来，仿佛想把他吸进去似的……
他绝望地哀号一声，一下子跳到了一旁——他又醒了过来。

　　"难道这也是一场梦吗？"他的心跳快得要炸裂了，他
用手在身边摸摸。没错，他仍是以入睡时的姿势躺在床上。
屏风立在他面前，月光洒满房间。透过屏风上的缝隙，看
见肖像被床单蒙得好好的，还是他自己蒙上时的样子。所
以，这也是一场梦！但是紧握的手直到此刻还能感觉到，
曾经握住过什么东西。心跳依然剧烈，几乎快得可怕，胸
口憋闷得难受。透过缝隙，他目不转睛地盯着那条床单。
他分明看见，床单被掀开了，仿佛床单下面有一双手在挣
扎，竭力把它掀开。"天哪，我的天哪，这是怎么回事！"
他绝望地画着十字，大叫一声，又醒了过来。

　　这又是一场梦！他从床上跳下来，恍恍惚惚、神志不

清，已经说不清他到底发生了什么事：是噩梦还是家鬼作怪，是热病导致的谵妄，还是栩栩如生的幻觉？他努力让自己不安的情绪和他周身血管里紧张激动的血液平复下来，他走到窗前，打开了通风小窗。一阵冷风吹来，他清醒了。月光洒在房子的屋顶和白色墙壁上，尽管不时地有几朵小小的乌云从天空中掠过。万籁俱寂，只是偶尔传来远处出租马车叮叮当当的响声，一定是车夫正在哪个看不见的胡同里睡觉，他在等待迟到的乘客，却被自己慢吞吞的驽马弄得昏昏欲睡。他把头伸出小窗，久久地望着。天空中已经出现了曙光将至的迹象，终于他觉得有些困了，砰的一声关上了小窗，离开窗前，躺到床上，很快就酣然入梦，沉沉地睡了过去。

他很晚才睡醒，觉得浑身不舒服，头疼得厉害，就像煤气中毒了一样。房间里一片昏暗，空气中弥漫着令人厌恶的湿气，它从被画和涂了底色的画布遮挡住的窗户的缝隙中渗透进来。他苦闷而忧郁，像只湿淋淋的公鸡似的，坐在自己破烂的沙发上，自己也不知道该干点什么，终于他想起了自己全部的梦境。伴随着他的回忆，那个梦在他的头脑中呈现出来，真实得令人难受，甚至他自己都开始怀疑，这真的是一场梦和普通的谵妄吗，没有别的东西到这里来过吗，这是幻觉吗？他扯下床单，在白天的光线下仔细观察那幅可怕的肖像。没错，眼睛里那种不同寻常的活力令人惊讶，但是他没看出任何特别可怕的地方，只是，他的心里似乎仍残留着一种莫名其妙的、不愉快的感觉。尽管如此，他仍然不能完全相信，那只是一场梦。他觉得，梦中某个可怕的场景是真实发生过的。就连老头儿的眼神和表情好像也在说，夜里他曾到这儿来过；画家的手还能感觉到不久前握在手里的重量，就像有人一分钟前刚刚从他手里抢走一样。他觉得，如果把那个小包攥得再紧一些，那醒来之后一定还在他的手里。

"我的天哪，哪怕给我留下一些钱也好啊！"他重重地叹了口气说，在他的脑海中又浮现出他亲眼见到的那些从口袋里倒出来、写着诱人的"一千金币"字样的所有小纸包。小纸包全被拆开了，金币闪闪发亮，又重新包了起来，他就那么坐着，一动不动，呆滞的双眼凝视着虚无的空气，不能从这样的幻想中摆脱出来——就像一个坐在甜品前，却只能咽着口水、眼睁睁地看着别人吃东西的孩子一样。终于，响起了一阵敲门声，他很不情愿地清醒过来。房东和巡长走了进来，众所周知，对小人物来说巡长的到来要比有钱人家里来了乞丐更令人不快。恰尔特科夫住的这栋小房子的主人是这样一个人物，他是瓦西里耶夫岛上第十五道街、彼得堡区或科洛姆纳的偏远地区众多房东中的一个，这样的人物在俄罗斯非常多，他们的性格就像破旧的常礼服的颜色一样难以说清。房东年轻时当过大尉，喜欢夸夸其谈，也担任过文职，很会用鞭子抽人，手脚麻利、爱打扮、有点蠢，但是到了老年，他把所有这些鲜明的特征掺合在一起，形成了一种说不清道不明的性格。他是个鳏夫，已经退职，不再喜欢打扮自己，不吹牛，也不再惹是生非了，只喜欢喝喝茶，跟人闲聊乱侃；在房间里走一走，拨一拨脂油做的蜡烛头；一到月底准时到租客那里索要房租；有时他拿着钥匙走到街上，只为了看看自己房子的屋顶；好几次把守院人从他躲进去睡觉的小屋里赶出去；总之，这个退职的人在经历过放荡不羁的人生和驿车上颠沛流离的生活之后，只保留了一些庸俗的习惯。

"您自己看吧，瓦鲁赫·库兹米奇，"房东摊开两手，对巡长说，"就是他不交房租，不肯交。"

"没有钱怎么交呢？您再等等，我会交房租的。"

"老兄，我等不了，"房东生气地说，同时用手里的钥匙比画了一下，"波托果津中校也住在我的房子里，已经住了七年了，安娜·彼得罗夫娜·布赫米斯杰洛娃租了板棚和有两间单栏的马厩，她有三个仆人，这些人都是我这里的租客。跟您老实说吧，我这里可没有不交房租的规矩。请您立刻交房钱，然后搬出去。"

"没错，既然已经讲好了价钱，就请您交钱吧。"巡长说，他微微晃了晃脑袋，把一根手指放在制服的纽扣下边。

"问题是拿什么交钱呢？我现在一个铜板也没有。"

"这样的话，您就把自己的作品抵偿给伊万·伊万诺维奇吧，"巡长说，"也许，他会同意要这些画的。"

"不行，老兄，谢谢啦，我可不要这些画。要是些优美高雅的画倒还好，还可以挂在墙上，哪怕画的是某个戴着星徽的将军或者库图佐夫公爵的肖像也行啊，而他画的是农夫、穿着衬衫的庄稼汉，磨颜料的仆人。还给他，这个蠢猪画肖像，我要把他痛打一顿：他把我这儿门闩上的钉子全都拔下来了，这个坏蛋。您瞧，都画了些什么：这个房间也画上了。画一间收拾干净、整整齐齐的房间倒还好，而他画的房间里全是垃圾和破烂，扔得乱七八糟。您看，把我的房子弄得这么脏乱，请您自己看看吧。有一些住户在我这儿住了七年了，中校、安娜·彼得罗夫娜·布赫米斯杰洛娃……没有，我跟您说，没有比画家更糟糕的租客了，日子过得像猪一样，可千万别惹上他们。"可怜的画家只能忍耐着听完这番话。此时，巡长开始认真地翻看那些画和草图，他立刻表现出，他的心灵要比房东的心灵更有活力，甚至能够欣赏艺术。

"嘿，"他伸出一根手指戳了一下一张画着裸女的油画，说道，"这幅画，那个……有点意思。可是为什么鼻子下面是黑的？她给自己闻鼻烟了吗？"

"这是阴影。"恰尔特科夫看也不看他，表情严肃地说。

"哦，可以把阴影画在别的地方，在鼻子下面太明显了，"巡长说，"这个又是谁的肖像？"他走到老头儿的肖像跟前，继续说道，"太可怕了。好像他实际上就是这么可怕。哎呀，他在看着呢！吓，真是个魔鬼！您画的是谁啊？"

"这是一个……"恰尔特科夫说，他话没说完就听见咔嚓一声。巡长用手按了按画框，显然有些用力过猛，因为当警察的人都有一双粗糙有力的手；两侧的木框向里折断了，一根木条掉在了地板上，同时听见叮当一声，一个蓝色的小纸包也随之掉了下来。恰尔特科夫看见上面写着"一千金币"的字样。他像发了疯似的冲上去，把它捡了起来，他抓着小纸包，慌乱地把它攥在手里，纸包的重量让他的手垂了下去。

"好像是钱币的声音，"巡长说，他听见有东西掉在地板上，但是恰尔特科夫冲过去捡起来的速度太快，他没有看清楚。

"我家里有什么和您有什么关系？"

"有关系啊，您应该立刻交房钱，您有钱，您还不想付——就是这样。"

"行了，我今天就付给他。"

"好吧，您为什么原来不肯付呢，让房东不得安宁，还惊动了警察局？"

"因为我不想动这笔钱，我今晚就把他的账付清，明天就搬走，因为我不想住在这种房东这里了。"

"行了，伊万·伊万诺维奇，他会付给您钱的，"巡长对房东说，"如果今晚您的要求还没有得到满足，到那时就对不起了，画家先生。"

说完，他戴上自己的三角帽，走进了前室，房东低着头紧随其后，一副若有所思的样子。

"上帝保佑，魔鬼总算把他们弄走了！"恰尔特科夫听见前室的关门声，说道。

他往前室看了看，为了能一个人待着，他把尼基塔打发出去了。紧接着，他锁上门，回到自己的房间，心突突地跳着，开始拆开那个小纸包。里面包着崭新的金币，像火一样闪着金灿灿的光。坐在一堆金币前，他几乎神志不清了，总是在问自己，这是不是在做梦？纸包里正好是一千金币，而纸包的外观和他梦里见到的完全一样。他用了好几分钟挨个查看这些金币，反反复复地看，还是不能清醒过来。在他的脑海中突然闪现出所有关于宝藏、带暗格的宝箱之类的故事，那是祖先留给自己穷困潦倒的子孙的，认为他们的后代终有一日会分文不剩。他有了这样的想法："这是不是一位祖父留给自己孙子的一份礼物，封存在了自己的画框里呢？"他满脑子都是充满浪漫主义色彩的胡思乱想，他甚至开始琢磨，这和他的命运是否有什么隐秘的联系，肖像的存在和他本人的存在是否有什么关系，他得到这幅肖像是不是命中注定呢？他满心好奇地仔细查看画框。画框的一侧有一个挖出来的凹槽，被一块小木板巧妙而隐蔽地遮挡住了，如果不是巡长那只大手弄断了它，金币永远会安然无恙地留在那里。他仔仔细细地看着那幅肖像，再次惊讶于作品高超的技艺，惊讶于双眼中那非凡的神采。他已经不觉得这双眼睛可怕了，但是心中仍残留着一种不由自主的不愉快的感觉。"不行，"他对自己说，"不管你是谁的祖父，我要给你安上玻璃，给你做个金画框。"这时，他把手放到他面前的那堆金币上，一碰到金币心跳就变得更加剧烈。"用这些钱做什么呢？"他凝望着那些金币，心想，"现在，至少三年，我的生活有了保障，可以关起门来画画了。我现在有钱买颜料、吃饭、喝茶，有钱买生活用品、付房租了；现在再也不会有人来打扰我，惹我厌烦了；我要给自己买一个顶好的人体模型，定制一个石膏躯干像，塑几条腿，摆上一尊维纳斯的雕像，再买些一流作品的临摹版画。如果我潜心画上三年，不着急，不拿去卖钱，我就会把他们所有人都打败，成为一个有名的画家了。"

他按照理智的指引就这样一个人嘀咕着；可是他的心底却传来了另一个更加清晰响亮的声音。当他又看了一眼金币时，二十二岁的年纪和烈火一般的青春在他心里说出了另一番话。在此之前他只能羡慕地、眼巴巴望着的东西，只能咽着口水远远观赏的东西，现在他都能够得到了。嚯，只要一想到这一点，他的心就热烈地跳动起来！穿上时髦的燕尾服，在长期节制饮食之后大吃一顿，租一个漂亮的公寓，立刻出发去剧院，去糖果点心店，去……他抓起一些钱，转眼就来到了街上。

他先去了裁缝店，从头到脚穿戴一新，像个孩子似的反复打量自己；买了很多香水、发蜡，毫不还价就租下了在涅瓦大街上最先看到的一套有各种镜子和整扇玻璃窗的漂亮公寓；在商店里又随手买了一副昂贵的长柄眼镜，顺便添置了许多不同款式的领带，已经完全超出了实际需要，又在理发师那里为自己烫了头发，漫无目的地乘着马车绕城逛了两圈，在糖果点心店里毫不节制地吃了很多糖果，接着去了一家法国人开的餐馆，在此之前这家餐馆对他而言就像中国一样，他只是隐隐约约地听说过而已。在餐馆里他趾高气扬地吃了一顿午餐，相当傲慢地把目光扫向其他人，不停地对着镜子整理自己的鬈发。他喝了一瓶在此之前同样只是听说过的香槟酒。他有些不胜酒力，脑袋嗡嗡响，他生气勃勃、神采飞扬地来到街上，正如俄国人俗话说的那样：连魔鬼都不怕。他趾高气扬地走在人行道上，用长柄眼镜瞄着每一个过往的行人。在桥上他看见了自己从前的一位教授，便迅速地从教授身边溜了过去，就像完全没看见似的，以至于教授目瞪口呆，在桥上一动不动地站了好半天，脸上写着一个大大的问号。

所有的物品，原有的一切东西：画架、画布、画好的画——都在当晚搬进了漂亮的公寓里。他把稍好一些的东西摆放在显眼的位置上，不太好的扔到角落里，然后就在华丽的房间里来回踱步，不时地照照镜子。他的心里产生了一种难以遏制的渴望，他要立刻获得成功，扬名立万。他仿佛已经听见了欢呼声："恰尔特科夫！恰尔特科夫！您见过恰尔特科夫的画吗？恰尔特科夫的画笔多么迅速！恰尔特科夫多么有才华啊！"他异常兴奋地在房里走来走去，异想天开。第二天，他带上十个金币，去见一家很畅销的报纸的出版人，请求他慷慨相助；记者高高兴兴地接待了他，立刻称他为"最最尊敬的先生"，握着他的双手，仔细询问了他的姓名、父称和地址。第二天的报纸上，在一则关于新发明的脂油蜡烛广告的后面，刊登了一篇题为《稀世奇才——恰尔特科夫》的文章，上面写道："兹我报发现一个堪称完美的人才，急于告知京城素有教养的居民。人所共知，我国自有许多姿容绝色之俊男美女，然而时至今日仍无法在神奇的画布上再现其风姿，传诸后世，如今这一缺憾已被弥补：一位具备一切所需才能的画家已横空出世。现在美人可以相信，其轻盈纤巧、优雅妩媚、宛若蝴蝶翩然于春花丛中的姿影将全部呈现于画中。一家之尊长会看到自己儿孙绕膝、合家团聚。商贾、军人、公民、安邦治国之士——每个人都将以新的热忱恪尽职守。请诸位散步归来之时，探亲访友过后，去往商店之余，速速前往。画家的华美画室（涅瓦大街 ×× 号）里陈列的所有肖像皆为他本人所画，堪与凡·戴克和提香[1]的作品相媲美。惟妙惟肖、生动逼真、色彩鲜明、笔法新颖，诸位定将大吃一惊，叹为观止。赞美您，画家！您抽中了幸运的彩票。万岁，安德烈·彼得罗维奇（显然，这个记者喜欢不拘小节）！您为自己、为我们增光添彩吧！我们将珍视您的才华。顾客盈门，财源广进，是对您的奖赏，虽然我辈记者同行中不乏反对金钱之人。"

　　画家满心欢喜地看完这篇广告，脸上容光焕发。他上

---

〔1〕　凡·戴克（1599—1641）：弗拉芒画派的画家。

了报纸——对他来说这可是头一回，他把那几行字又反复看了几遍。把他和凡·戴克、提香相提并论让他非常得意。他也很喜欢那句"万岁，安德烈·彼得罗维奇！"，报纸上用名字和父称称呼他——这是迄今为止他从未得到过的殊荣。他开始在房间里快速踱步，头发都走乱了，一会儿坐到圈椅里，一会儿又从圈椅上跳起来坐到沙发上，一刻不停地想着，他要如何接待来访的先生和女士们，他走到画布跟前，摆出潇洒利落的架势运笔作画，尝试着让手的动作更加优美。第二天，家里的门铃响了，他跑过去开门。一位太太走了进来，一个穿着毛皮仆役制服的仆人随行，和太太一起走进来的还有一位十八岁左右的年轻姑娘，是她的女儿。

"您是恰尔特科夫先生吗？"太太问。

画家鞠躬施礼。

"报上关于您的消息很多，您画的肖像，据说，非常完美。"说完，太太举起长柄眼镜，快步走过去看了看墙壁，墙上什么都没有。"您画的肖像在哪儿呢？"

"正送过来呢，"画家有点发窘地说，"我刚搬进这套公寓，它们还在路上，还没送到。"

"您去过意大利吗？"太太用长柄眼镜对准他说，她没发现任何其他值得瞄一眼的东西。

"没有，我没去过，但我以前想去……不过，现在我暂时推迟了……这里有圈椅，您累了吧？……"

"多谢，我在马车里坐了很长时间。啊，我总算看到您的作品了！"太太说，她已快步走到了对面的墙壁前，用长柄眼镜瞄着放在地板上的草图、命题画、景物画和肖像画。"真是太美了！丽莎，丽莎，快过来！[1]特尼埃[2]风格的房间，你看：凌乱，无序，桌子，上面摆着一尊半身像，手臂，调色板；这是灰尘，你看，连灰尘都画上了！真是太美了！[3]瞧，另一幅画的是一个正在洗脸的女人——多美的面容！[4]啊，一个农夫！丽莎，丽莎，一个穿俄罗斯衬衫的农夫！这么说，您不只画肖像画？"

"啊，这都是乱画的……就是，画着玩的……一些习作……"

"请问，您认为现在的这些肖像画家怎么样？现在再也没有像提香那样的画家了，这是真的吗？色彩中没有那种力量，没有那种……真遗憾，我没法用俄语表达出来（太太是一位业余的美术爱好者，她戴着长柄眼镜跑遍了意大

---

〔1〕 原文为法语。
〔2〕 特尼埃（1610—1690）：弗拉芒画派画家。
〔3〕 原文为法语。
〔4〕 原文为法语。

利的所有画廊）。不过，诺利先生……啊，他画得多好啊！多么神奇的画笔！我发现，他画的人物面部表情要比提香笔下的人物更丰富。您认识诺利先生吗？"

"这位诺利先生是谁啊？"画家问道。

"诺利先生，啊，他真是才华横溢！小女刚刚十二岁时，他给她画了一幅肖像。您一定要到我们家去做客。丽莎，你给他看看自己的那本画册。您知道，我们来这儿，是为了请您立刻给她画一幅肖像。"

"当然可以，我马上准备好。"

于是，他把装好画布的画架移到跟前，把调色板拿在手中，凝神细看那女孩有些苍白的小脸儿。倘若他对人的本性了如指掌，那么一瞬间便可在那张脸上看出刚刚开始萌发的对舞会孩童般的痴迷，因为饭前和饭后漫长的无聊时光而流露出的愁苦和埋怨，想要穿着新衣服跑出去游玩的渴望，以及毫无兴趣地学习母亲为了提升她的心灵和情感灌输给她的各类艺术而留下的痛苦的烙印。但是画家在那张温柔的小脸儿上只看到了对画笔具有吸引力的瓷器般透亮的肌肤，诱人的慵懒之态，纤细的、泛着光泽的脖颈和贵族小姐的轻盈身姿。他已经提前准备庆祝了，显示一下自己轻松出众的画技，在此之前他只能对着线条硬朗的粗鄙的模特、严肃的古代艺术品和古典名画的复制品画画，他已经在头脑中想象出，这张娇柔的小脸儿会画成什么样儿了。

"您知道，"太太说，脸上的表情甚至有些令人感动，"我希望……她身上穿一条连衣裙；老实说，我不想让她穿那种我们早已司空见惯的连衣裙，我希望，她的衣着淡雅朴素，坐在绿荫下，周围是田野风光，远处有牲畜群或者小树林……不要让人看出她是去参加舞会或是某个时髦的晚会。我承认，我们的舞会玷污了灵魂，摧残了仅剩的一点感情……要表现出纯朴，越纯朴越好。"

唉！母亲和女儿的脸上写得明明白白，她们在舞会上跳得太久了，两人的面孔都几近蜡黄色了。

恰尔特科夫开始画画，他让画像的人坐好，头脑中构思了一会儿；画笔在空气中挥舞，心中确定了基本的轮廓；他微微眯起眼睛，往后退了几步，从远处看了看，接着他用一个小时涂完了底色。他对底色很满意，他已经开始画了，完全被工作吸引住了。他已经忘记了一切，甚至忘记了贵族太太在这里，有时甚至表现出艺术家的做派来，大声地弄出各种声音，不时地哼唱几句，就像一个全心投入到工作中的画家常见的那样。他不顾任何礼仪，只是动动画笔提示画像人把头抬起来，终于，少女开始坐不住了，显出十分疲倦的神情。

"行了，头一次就画到这里吧。"太太说。

"再等一下。"已经入迷的画家说。

"不，该走了！丽莎，已经3点钟了！"她说，取出了用金链子挂在她宽腰带上的小表，又喊了一声："哎哟，已经这么晚了！"

"再等一小会儿！"恰尔特科夫用孩子般天真而乞求的声音说。

但是，这一次太太似乎完全不想满足他在艺术上的要求，只是答应他下次多待一会儿。

"这可真让人恼火，"恰尔特科夫心中暗想，"才刚刚放开手。"他想起在瓦西里耶夫岛上的画室里画画的时候，没有任何人打断他，让他停笔；尼基塔通常坐在一个地方，从不乱动——想画多久画多久；他甚至能保持让他摆好的那种姿势睡觉。于是，他不高兴地将画笔和调色板放在椅子上，阴郁地站在画布前。上流社会太太的赞美让他从怅惘中清醒过来。他快速奔到门口去送她们，在楼梯上他收到邀请，请他下个星期去家里吃饭，于是他喜笑颜开地回到了自己的房间。这位贵族太太完全把他迷住了。在此之前，他把这一类人看得高不可攀，她们生来只是为了带着穿制服的仆人和漂亮时髦的车夫坐在华丽的马车里疾驰而过，冷漠地瞥一眼衣着寒酸、艰难而行的路人。可是，现在突然有这样一个人物走进了他的房间，他给她画像，他还被邀请去贵族人家赴宴。他感到从未有过的满足，他已经飘飘然了，并且用一顿丰盛的午餐和晚上的戏剧演出作为对自己的奖赏，然后他漫无目的地乘坐马车在城里逛了逛。

　　这段日子，他一点也没去想平日里该做的工作。他只为一件事做准备，只等着门铃声响起。终于，贵族太太带着面色微微苍白的女儿一起来了。他招呼她们坐下，灵巧地、尽量模仿着上流社会的派头把画布移过来，开始画画。天气晴朗，阳光明媚，这对他大有帮助。他在自己轻盈的绘画对象身上发现了很多东西，他捕捉到它们并把它们呈现在画布上，这些东西会使肖像更加完美；他看见，只要完全按照模特本来的样子画出来，就能够完成一幅独特的作品。当他感觉到，他将画出别人都没有发现的特点时，他的心甚至微微颤抖起来。他沉迷于工作之中，陶醉于画笔之上，他又忘记了画像人的贵族身份。他看见，他的笔下画出了十七岁少女清秀的面庞和几近透明的身体，激动得快喘不过气来了。他捕捉到了每一个色调，浅黄色，眼睛下面隐约可见的浅蓝色暗影，甚至准备把额头上冒出来的一颗小粉刺也画上，突然从上方传来母亲的声音："哎呀，这是何必呢？不需要画这个。"太太说，"您画得……

瞧，有些地方……似乎有点发黄，这里就像是一片黑点。"
画家开始解释说，这些黑点和发黄的地方正是点睛之笔，
它们形成了面部美丽而轻柔的色调。但是太太回答他说，
它们没形成什么色调，完全算不上点睛之笔，只是他自己
这么觉得罢了。"那请允许我只在一个地方涂一点黄色吧。"
画家老实地说。但是这也不行。她解释说，丽莎今天状态
不好，她的脸色一点也不黄，小脸总是鲜艳红润得令人惊
讶。他忧郁地抹去了画笔已经在画布上表现出来的东西。
很多几乎难以觉察的特征消失了，而一些逼真之处也一起
消失了。他开始冷漠地给肖像涂上早已烂熟于心的一般色
调，甚至把模特的面孔变成了教学大纲上常见的那种冷冰
冰的、毫无瑕疵的类型。但是太太感到很满意，令人不悦
的色调完全不见了。她只是感到诧异，居然要画这么长时
间，并补充说，听说他两次就能完全画好一幅肖像。画家
对此不知如何作答。两位女士站起身，准备走了。他放下
画笔，把她们送到门口，随后他一动不动、心慌意乱地在
那幅肖像前站了好久。他木然地看着它，头脑中闪现出那
些轻柔的女性线条、色调、淡雅飘逸的韵味，他捕捉到了
它们，而他的画笔又无情地抹去了它们。他脑海中充斥着
这些想法，他从肖像前离开，在自己的房间里找到了被丢
在一旁的普叙赫的头像，那是他很早以前在画布上随手画

出的草图。脸画得很不错，然而这是一张完全理想化的、冷冰冰的面孔，它只由一些普通的线条组成，没有一丝生气。现在因为无事可做，他又开始钻研这幅画，想起了所有他在贵族少女脸上发现的特征。他捕捉到的线条、色调和韵味经过净化提炼之后在这幅画上表现出来，只有当画家长久地观察自然之后，远离自然并创作出与自然一致的作品时，才会出现这种净化后的效果。普叙赫复活了，模糊的想法逐渐变成了可见的形体。一位上流社会少女的脸庞自然而然地转移到了普叙赫的身上，这样一来普叙赫就有了一种独特的表情，这完全可以称之为真正的原创性作品了。似乎，少女给他留下的局部和整体的印象全都被他利用上了，他完全被自己的工作迷住了。在接下来的几天里他一直忙于这件事。两位已经熟悉的女士到来时正好赶上他在画这幅作品。他还没有来得及把画从画架上拿下来。两位女士拍了一下手，惊讶地欢呼起来。

　　"丽莎，丽莎！啊，多像啊！太好了，太好了！[1]您的想法好极了，让她穿上了希腊人的服装。哎呀，真是太惊喜了！"

　　画家不知道怎样让太太明白这只是个愉快的误会。他

---

〔1〕原文为法语。

难为情地低下头，轻声说：

"这是普叙赫。"

"按照普叙赫的样子画出来的？太妙了！"[1]母亲微微一笑说，女儿也露出了笑容。"丽莎，你最适合画成普叙赫的样子，不是吗？这想法真是太妙了！[2]多好的作品啊！您简直就是柯勒乔[3]啊。老实说，我读过关于您的文章，也听说过您，但是我不知道您这么有才华。不行，您一定要给我也画一张肖像。"

显然，这位太太也想画成普叙赫的样子。

"我该拿她们怎么办呢？"画家想，"既然她们自己希望如此，那就让普叙赫满足她们的心愿吧。"于是，他说：

"烦劳你们再稍坐片刻，我还要稍微改动一下。"

"啊，我怕您再……现在这样就很像了。"

画家明白，她担心的是涂上黄色，就安慰她们说，他只是要给眼睛增加一些亮度和神采。公正地说，他感到良心有些不安，想画得哪怕稍微和本人像一些也好，免得别人指责他恬不知耻。果然，面色苍白的少女的五官终于从

---

〔1〕 原文为法语。
〔2〕 原文为法语。
〔3〕 柯勒乔（1495—1543）：意大利文艺复兴时期的画家。

普叙赫的面貌中更加清晰地显现出来了。

"可以了！"母亲说，她开始担心画得过于逼真。

画家得到了一切能得到的奖赏：微笑、酬金、赞美、真诚的握手、赴宴的邀请；总之，他得到了许许多多能让虚荣心得到满足的报偿。肖像在全城轰动一时。太太向女友们展示了那幅作品，所有人都对画家的技艺惊叹不已，既与本人相像，同时又比本人更美。当然，指出后面这一点时，脸上都流露出有些嫉妒的神情。于是，画家突然有了很多工作，忙得不可开交。似乎，全城的人都想请他画肖像。门口接连不断地响起门铃声。从一方面来看，这是好事，许多各不相同的面孔为他提供了数不清的实践机会。然而，不幸的是，这都是些难相处的人，性子急、公务缠身或者身处上流社会，一个比一个忙，没有一点耐心。来自四面八方的人物都只有一个要求，就是要画得又快又好。画家发现，像以前那样画是绝对不可能的，必须要靠画笔的灵活和迅速来替代一切。只需要抓住整体，抓住一个常见的表情，完全不必用画笔深入探究那些精细之处，总之，彻底地忠于自然是绝对不可能的。而且要补充说明一下，几乎所有来画像的人都有特殊要求。女士们希望，只把精神和性格作为主要方面在肖像上表现出来，而其他方面有时完全不必墨守成规，她们要求把所有的棱角画得圆润，淡化所有的缺点，如果可能的话，甚至希望完全回避这些缺点。总之，脸庞即使不能让人一见钟情，也要画得让人神往。因此，当她们坐下来让他画像的时候，有时会做出种种令画家惊讶的表情：一位女士竭力在脸上表现出忧郁，另一位女士装作沉浸于幻想的样子，第三个竭尽全力想把嘴变小，紧闭双唇，以至于嘴巴最后变成了一个和大头针大小差不多的圆点。尽管如此，她们还要求他画得和本人相像，神情自然。先生们一点也不比女士们好打发。一位男士要求画出自己威武有力地转头的模样；另一位男士要求画出他向上看的、充满激情的眼睛；一位近卫军中尉要求一定要在眼睛里表现出马尔斯[1]的气概；文职官员竭力想在脸上表现出更多的正直和高尚，而且手要放在一本书上，书上用清晰的字迹写着"永远捍卫真理"。起初，这样的要求把画家逼得浑身是汗：这些都需要构思、需要仔细琢磨，而且给出的期限又非常短。终于，他掌握了其中的要领，一点也不觉得为难了，甚至听完两三句话他就提前知道了对方的心思。有人想扮成马尔斯，就把他的脸画成马尔斯的样子；有人想扮成拜伦，就给他画成拜伦的姿势

---

[1] 马尔斯：罗马神话中的战神。

和扭头的模样。无论女士们想要画成柯丽娜[1]、温迪娜[2]，还是阿斯帕齐娅[3]，他都愉快地答应下来，并且自作主张把每个人都画得优雅端庄，众所周知，这么做绝不会出错，因为这一点，有时就算画得不太像也会原谅画家。没过多久，连他本人都对自己不同寻常的迅捷而利落的画笔感到惊讶了。那些请他画像的人自然欣喜若狂，称他为天才。

恰尔特科夫成了一个真正的风行一时的画家。他开始乘车去赴宴，陪伴女士们去画廊，甚至陪她们散步；他衣着考究，公开宣称，画家应该属于社会，应该自重身份，而有的画家穿得像个鞋匠，很不体面，没有保持高雅的风度，缺乏教养。他自己的家和画室收拾得非常整洁干净，雇用了两个出色的仆人，招收了一些漂亮时髦的学生，一天换好几套衣服，烫了头发，热衷于改善自己接待访客时的举止风度，想尽各种办法美化自己的外表，只为了给女士们留下一个好印象；总之，不久之后，从他身上已经完全认不出那个曾经在瓦西里耶夫岛上的陋室里默默无闻地工作过的朴素的画家了。现在谈论起画家和艺术时，他的

---

〔1〕　柯丽娜：法国女作家斯达尔夫人（1766—1817）同名小说中的女主人公。

〔2〕　温迪娜：神话人物，水妖。德国作家弗里德里希·德·拉·莫特·富凯（1777—1843）同名小说中的女主人公。

〔3〕　阿斯帕齐娅：古雅典统帅伯里克利的情妇。

言辞颇为尖刻：他断言，对于过去的画家已经赞美过度了，在拉斐尔之前的所有画家画的不是人物，而是鲱鱼；那些作品中仿佛存在的某种神圣的东西也只不过是观赏者的想象而已，甚至拉斐尔本人也不是所有作品都出色，很多作品也只是徒有其名罢了；米开朗基罗[1]爱吹牛，因为他只想卖弄自己的解剖学知识，他的作品没有任何优美可言，而真正的光芒、笔力和色调只能在当下、本世纪的作品中寻找。说到这儿，自然就要说到他本人了。

"不，我不明白，"他说，"为什么别人紧张地坐在那里埋头画画。一幅画慢腾腾地画上好几个月的人，依我看是苦力，不是画家。我不相信他有什么才华。天才创作起来都大胆而迅速。就比如说我吧，"他通常转身面向来访者说，"这幅肖像我画了两天，这幅头像画了一天，这一幅画了几个小时，这一幅只用了一个多小时。不，我……老实说，我不认为那些一笔一笔慢慢描出来的东西是艺术，那是手艺，而不是艺术。"

他就这样对自己的访客们讲述他的观点，客人们则惊讶于他的笔力和速度，听到这些画画得如此迅速，不由得

---

〔1〕 米开朗基罗（1475—1564）：意大利文艺复兴时期的著名画家、雕塑家、建筑师和诗人。

惊呼起来，随后便交口称赞："这是个天才，真正的天才！瞧，他说得多好，眼睛熠熠生辉！他浑身上下都有一种非凡的气质！"[1]

画家听见人们这样谈论自己，心里很得意。当杂志上出现赞美他的文章时，他像个孩子一样兴高采烈，虽然这种赞美是他花自己的钱买来的。他走到哪儿都带着那篇文章，仿佛不经意地让熟人和朋友们看见，这让他开心极了。他的名声越来越响，工作量和求画的人也越来越多。对那些一成不变的肖像和脸孔他已经开始厌烦了，那些姿态和表情他早已经驾轻就熟。他画起来已经没什么兴致了，只是尽快勾勒出一个头像来，而剩下的部分都交给学生完成。从前他总还要想出一些新的姿势，希望以力量和效果震住别人。现在这也让他感到无趣了。头脑已经懒得去构思、去琢磨了。他已经力有不逮，而且也无暇顾及；闲适的生活和他在其中努力扮演上等人的社交圈——这一切已经让他远离了劳动和思考。他的画笔变得冷漠、迟钝了，而他毫无察觉地固守在单调的、既定的、早已过时的模式里。文官武将们千篇一律、死气沉沉、总是收拾得一丝不苟，或者说一本正经的面孔没有为画笔留下多少发挥的空间：

---

[1]　原文为法语。

画笔已经忘记了华美的服饰、有力的动作和激情。至于群像、艺术性情节和高超的开端就更是无从谈起了。他面前只有制服、紧身胸衣、燕尾服，而画家面对它们毫无热情，任何想象力都没有了。在他的作品中甚至连那些最平常的优点都看不到了，而这些画仍然享有盛名，虽然真正懂行的人和画家们在看到他最近的作品时只是耸耸肩罢了。而几个过去认识恰尔特科夫的人困惑不解，为什么他的才华消失了，那天才的特征从一开始在他身上就表现得非常鲜明，他们想破脑袋也想不明白，他正当盛年，才华怎么就熄灭了呢。

但是，志得意满的画家没有听到这些议论。他的智慧和年纪都已进入稳重老成的阶段，身体开始发胖，身形明显地变宽了。在报纸和杂志上他经常看到这样一些修饰语：我们尊敬的安德烈·彼得罗维奇，我们功勋卓著的安德列·彼得罗维奇。人们开始请他担任一些令人尊敬的职位，邀请他去主持一些考试，加入各种委员会。像所有上了年纪的人一贯的做法，他开始坚定地拥护拉斐尔和其他古代的画家——这并不是因为他深信他们具有崇高的优点，而是用他们来打击年轻画家。他已经像到了这个年纪的所有人一样，开始盲目地指责年轻人品行不端、精神堕落。他开始相信，世上的一切都很简单，并不存在天赐的灵感，一切都应该限定在严格的、整齐划一的秩序当中。总之，他的人生已到了这样的年纪：身上的所有激情都已经衰退，强有力的弦音也难以触动他的灵魂，不再有尖锐的响声缠扰他的心灵，接触到美的事物也不能把纯洁的力量转化为热情的火焰，但是所有冷却了的感情反而更加迷恋金币的声音，专注地聆听那动人的音乐，渐渐地、不知不觉地让自己完全沉湎其中。荣耀不会给不配得到它却把它窃为己有的人带来快乐，它只能给当之无愧的人带来长久的喜悦。因此，他所有的情感和激情都转向了金钱。金钱成为他梦寐以求的东西，他的理想、牵挂、乐趣和目的。一捆捆钞票在他的箱子里越攒越多，他像所有命中注定得到这可怕赏赐的人一样，变得索然无味，除了金钱他对任何东西都不感兴趣，他成了一个冥顽不灵的吝啬鬼、失去理智的守财奴，眼看就要变成在我们冷酷的人世间经常见到的那种怪物中的一员，充满活力、心灵还在跳动的活人恐惧地看着他们，在他们眼中那些怪物没有心，只是一副装着死人的会动的石头棺材而已。但是，有一件事让他大为震惊，把他彻底唤醒了。

一天，他看见桌子上有一张便笺，美术科学院邀请他作为荣誉委员去评判一幅从意大利寄来的新作，出自一位在那里进修的俄国画家之手。这位画家是他过去的一个同学，早年便热爱艺术，心里燃烧着火一样的激情，勤奋地、全身心地投身到艺术当中，远离了朋友和亲人，放弃了热衷的习惯，奔赴那庄严的艺术温床已经在美丽的天空下成熟起来的地方——神奇的罗马——一听到它的名字，画家们炽热的心灵便会剧烈地跳动起来。在那里，他像个隐士一样一心投入到工作当中，不为任何事情分心。他不去理会人们是否说他性格孤僻、不善交际、不遵守上流社会的礼仪，说他破旧过时的衣着羞辱了画家的称号。他毫不理会他的同行们是否生他的气。他对什么都不在意，把一切都献给了艺术。他不知疲倦地参观各个画廊，在大师们的作品前一待就是好几个钟头，寻找并研究他们的神来之笔。他每创作一幅画都要反复参考这些伟大导师的作品，从他们的作品中听取沉默而令人信服的忠告，没有这个过程他就完成不了自己的作品。他从不参与那些喧嚣的议论和争吵；既不赞成纯洁派[1]，也不反对纯洁派。他对一切都不偏不倚，给予公道的评价，只从中汲取有益的东西，而最终只把神圣的拉斐尔一人奉为自己的导师。正如一个伟大的诗人，在博览群书，见识了很多玄妙迷人、庄严美丽的作品之后，最终只把荷马的《伊利亚特》作为案头必备之书

---

[1] 1818 年发端于法国的一个西欧画派。

一样，因为他发现想知道的东西里面全都有，所有的一切都在其中被深刻而完美地表达出来。因此，他从自己独树一帜的画派中获得了庄严的创作理念、强有力的思想之美，以及鬼斧神工般的高超笔力。

恰尔特科夫走进大厅，看见那幅画的前面已经聚集了一大群人。四周鸦雀无声，这在鉴赏者众多的情况下是非常罕见的，这一次便是四周一片安静。他急忙摆出一副耐人寻味的行家的模样，靠近那幅画；但是，天哪，他看到了什么！

他眼前的这幅画宛如少女一般纯净、无瑕、美好。它像神一样端庄、神圣、纯洁、质朴，凌驾于万物之上。似乎，仙女们在众多凝望的目光之下感到很惊讶，羞怯地垂下了美丽的睫毛。行家们也不禁惊讶于这新奇的、从未见过的画法。这幅画似乎把一切元素都结合在了一起：对拉斐尔的钻研表现在人物优美的仪态中，对柯勒乔的研究则通过精妙完美的笔力体现出来。但是，最让人震撼的是已经融入画家本人灵魂当中的那股创造力。画家把这股力量渗透到了整幅作品当中，处处都能感受到规律和内在的力量。处处都用大自然固有的流畅圆润的线条表现出来，只有具有创造力的画家才能捕捉到这样的线条，而在临摹者笔下则会画得有棱有角。显然，画家首先把从外部世界汲取的一切融入自己的心灵中，然后再从那里，从心灵的源泉中喷薄出一支和谐而高雅的歌曲，甚至连外行人都看得清清楚楚，在创作和单纯的临摹自然之间有着怎样的天壤之别。所有人都不由自主地安静下来，眼睛紧盯着那幅画，一动不动、一声不响，那种异乎寻常的安静几乎难以描述出来；而与此同时那幅画似乎越升越高，从周围的一切中脱颖而出，更加光芒四射、妙不可言，最后转化为天赐的灵感落入画家思想当中的那一瞬间，似乎人类的全部生活都只是在为那个瞬间做准备而已。那幅画周围的观赏者不禁热泪盈眶，眼泪马上就要从脸上滚落下来。似乎，不同的审美品位，所有狂放不羁、错误的审美取向都汇成了一曲无言的赞歌献给这幅绝佳的作品。恰尔特科夫表情呆滞地、张着嘴站在画前，终于，当参观者和行家们渐渐发出声响，开始谈论作品的优点，并最终请他说说自己的观点时，他才清醒过来；他想装出一副淡漠的、泰然自若的模样，发表一下心肠冷酷的画家们常说的那些庸俗见解，诸如："是的，当然，确实，不能否认画家有才华；有些可称道的地方；显然，他想表达些什么；但是，说到主要方面呢……"随后，自然会补充几句任何画家听了都会不以为然的赞美之词。他就想这么办，但是话到嘴边却说不出口。眼泪和号啕代替了他的回答，他像发了疯似的跑出了大厅。

在自己华丽的画室中央，他木然不动地呆立了大约一分钟。他的整个身体和生命都在那一瞬间觉醒过来，仿佛又回到了青年时代，仿佛已经熄灭的天才的火花再次燃烧起来。他突然恍然大悟。天哪！他就这样残酷地断送了自己最好的青春年华；扼杀并扑灭了心中可能已经闪烁出微光的火花，那火花发展到今天也一定会熊熊燃烧起来，很可能也会让人流下惊讶而感激的眼泪啊！一切都被断送了，被毫不珍惜地断送了！似乎，在那一刻，那些他曾经非常熟悉的兴奋和冲动一下子又在他心灵中复苏了。他抓起画笔，走到画布前。他的脸上紧张得渗出了汗珠。他的全部心思都凝聚成了一个心愿，心中只燃烧着一个念头：他要画一个堕落天使。这个想法最契合他的心境。但是，唉！他画出来的人物、姿态、配图，表现出的思想，全都不自然、不连贯。他的画笔和想象力已经完全限定在一个框架内了，那股无力的激情想要跨越他自己给自己限定的界限、挣脱枷锁的束缚，却造成了偏差和失误。他忽视了艰难而漫长、循序渐进的知识阶梯和成为伟大人物的基本法则。他非常懊恼。他吩咐人把最近的所有作品，所有没有生命的时髦画，所有骠骑兵、淑女和文官的肖像画全都从画室里搬出去。他把自己一个人锁在房间里，不让任何人进去，全身心地投入到工作中。他像一个锲而不舍的年轻人，像个学生一样，坐在那里画画。但是，他画出来的东西却完全达不到要求！因为他不了解最基本的东西，每画一笔就不得不停下来，简单的、毫无意义的机械性画法让他的满腔热情冷却下来，并且成为他的想象力难以跨越的门槛儿。画笔不由自主地转向熟悉的模式，画画的手也是习以为常的姿势，脑袋也画不出与以往不同的扭头姿态，就连衣服上的褶皱也是老样子，不肯顺从、迁就这陌生的身姿。他感觉到了，他亲身感觉到并看到了这一切！

"但我当真有过才华吗？"他终于说道，"这不是我的错觉吗？"说完，他走到自己从前的作品前，那是过去他在偏远的瓦西里耶夫岛上的陋室里，远离人群、财富和各种欲望，纯净而无私地画出来的。现在他走近它们，开始仔细观察这些作品，同时过去那些贫穷的日子也从他的记忆中浮现出来。"是的，"他绝望地说，"我是有过才华的。处处都能看出才华的征兆和印记……"

他停了下来，突然浑身战栗起来：他的眼神与那双直勾勾地盯着他的眼睛相遇了。那是他在休金商场里买来的那幅不同寻常的肖像。一直以来它都被遮挡住了，上面堆了很多别的画，他已经完全忘了它。而现在，当那些堆满画室的时髦肖像画和所有其他的画都被搬走之后，它仿佛

故意似的，和他年轻时的旧作一起显露出来了。他想起了
与这幅画有关的所有古怪的事情，想起来正是它，这幅古
怪的肖像，在某种程度上促成了他的转变，以不可思议的
方式获得的一笔财富催生了他身上所有庸俗的欲念，毁掉
了他的才华——想到这儿，他几乎快疯了。他立刻叫人把
这张可恨的肖像拿走。然而，内心的躁动却并没有就此平
息下来：他的全部感情和身心都受到了强烈的震撼，他感
受到一种锥心之痛，这是才能平庸之人竭力想要完成超出
他能力的事情，却力不从心时体验到的痛苦；在青年人身
上这种痛苦会激发出雄心壮志，但是在已经不再有幻想的
人们身上则会变成空虚的贪婪，那种锥心之痛会让人犯下
可怕的罪行。强烈的嫉妒充满了他的内心，他嫉妒得几乎
要发狂了。每当他看见显露出才华的作品，脸上立刻变得
怒气冲冲。他把牙齿咬得咯咯直响，蛇蝎般的目光恨不得
把它吞了。他心里产生了一个人类曾经有过的、最邪恶的
念头，并且以疯狂的力量扑上去把它变为现实。他开始收
购一切刚刚出现的艺术精品。花大价钱买画，小心翼翼地
带回自己的房间，接着像老虎一样疯狂地扑过去，把它撕
裂，扯烂，剪成碎片，踩在脚下，同时发出扬扬得意的笑
声。他攒下了数不清的钱财，为实现这个邪恶的想法提供
了一切资金。他解开自己所有装金币的袋子，打开所有的

箱子。从来没有一个不学无术的怪物像这个暴怒的复仇者一样，摧毁过这么多的精品。在所有的拍卖会上，只要他一出现，其他人就已经提前知道没有希望得到这件艺术品了。仿佛发怒的上天故意把这个可怕的灾星打发到人间，就为了让世上不得安宁。狂热的欲念为他涂上了一层骇人的色调：他的脸上总是怒气冲冲。对人世的咒骂和仇恨自然而然地反映在他的面容上，仿佛他就是普希金完美地塑造出来的那个可怕恶魔的化身。除了恶毒的言语和无尽的指责之外，从他的嘴里再也听不到别的话了。人们在街上碰见他，就像见到吸血鬼一样，就连所有认识他的人从远处一看见他也都尽量躲开，避免和他碰面，据说，要是和他碰面，一整天都晦气。

对于世界和艺术来说幸运的是，这种紧张而暴力的生活并没有持续多久：他虚弱的生命已经承受不起这种走火入魔般的强烈欲望。疯狂和精神错乱开始频繁发作，这一切终于让他染上了最凶险的疾病。急剧发作的热病伴随着急性肺痨凶狠地折磨着他，三天之后他就瘦得皮包骨了。而且，精神失常也到了无可救药的地步。有时候好几个人也制不住他。他开始出现幻觉，那幅奇特的肖像上的那双早已被忘却的、像活人一样的眼睛常常出现在他眼前，于是，他的疯狂便发作得更加厉害了。在他眼中，他床铺周围的所有人都变成了可怕的肖像。他眼看着一幅变两幅，两幅变四幅；所有墙上仿佛挂满了肖像，一双双活生生的眼睛一动不动地紧盯着他。那些可怕的肖像从天花板上、从地板上望着他，房间变大了，而且越来越大，为了能装下更多紧盯着他的眼睛。负责给他治病的医生，已经对他的奇特经历有所耳闻，他想尽一切办法去探寻他的幻觉和他的人生经历之间的隐秘联系，但是却毫无结果。病人除了饱受折磨之外，已经没有意识，没有知觉，只是发出恐怖的哀号和一些胡言乱语。

终于，他的生命在最后一次无声的痛苦挣扎中戛然而止。他的尸体非常吓人。他的巨额财产已经分文不剩；但是，当人们看见那些价值数百万的杰出艺术品的碎片时，便明白了那些钱财的可怕用处了。

第二部

许许多多的四轮轿式马车、轻便马车和弹簧马车停在一所房子的大门前，里面正在拍卖一位富有的艺术爱好者的收藏品，这样的收藏家一生钟情于风神和爱神，甜美地酣睡了一辈子，无可争议地获得艺术资助人的美名，并为此天真地花掉了踏实肯干的父辈们积攒下的，甚至还有自己过去辛苦挣来的几百万家财。众所周知，这样的资助人现在已经没有了，我们的 19 世纪早已换上了一副银行家的乏味面孔，他们只是通过呈现在文件上的数字来享受自己的万贯家财。参观者组成的各色人群挤满了长长的大厅，就像扑向还没来得及掩埋的尸体的猛禽一样。这是一群从商场，甚至旧货市场来的商人，他们都穿着蓝色的德国式常礼服。此时他们的模样和脸上的表情更加坚毅、自在，没有他们在自己店里接待买主时表现出的那种过分甜腻的殷勤。在这里他们毫不拘束，尽管大厅里有很多贵族，若是在别的地方，他们在贵族面前就会弯下腰把自己的长筒靴带来的灰尘擦拭干净。在这里，他们却很放肆，随意地抚摸那些书籍和画，以便了解商品的质量如何，大胆地喊出比懂行的伯爵们的竞价更高的价格。这里有很多人都是拍卖会上的常客，每天不吃早饭就来了；懂行的贵族们把不放过任何增加自己藏品的机会看成自己的分内之事，而且 12 点到 1 点之间又没有别的事情；最后，还有那些衣服和口袋都很寒酸的高贵的先生，他们每天到这儿来并不是为了谋取私利，只是为了看看结果如何，谁出的价钱高，谁出的价钱低，谁压了谁的价，东西被谁买去了。许多画随意地堆在那里，和那些画混在一起的还有家具和书籍，那些书上还有原主人的花体字签名，可能这些主人完全没

有值得褒奖的好奇心去翻阅它们。中国花瓶，大理石桌面，
线条呈弧形、雕有狮身鹰首的怪兽、狮身人面怪物和狮爪
的镀金和不镀金的新旧家具，枝形吊灯，烛台——所有物
品全都胡乱堆在一起，完全不像商店里那样摆放有序。这
是艺术品的大杂烩。总之一看到这样的拍卖会，我们就会
感到有些可怕：里面的一切都好像是出殡的感觉。拍卖会
的大厅总是阴森森的，窗户那里堆满了家具和画，只透出
一点微光，每个人的脸上都不动声色，拍卖师敲着小锤，
用送葬似的声音为那些可怜的、离奇地在这里相遇的艺术
品进行安魂祷告。这一切似乎更加强化了那种奇怪的、不
愉快的印象。

　　看来，拍卖正进行到高潮。一群品行端正的人聚集
在一起，争先恐后地竞争一样东西。到处都传来这样的喊
声："加一卢布，加一卢布，加一卢布"，拍卖师根本来不
及重复新的竞价，价格已经比开价高出三倍了。围在这里
的人群正在争相购买一幅肖像，凡是对绘画略知一二的人
都会不由自主地为它停下脚步。这幅画可以明显地看出画
家技艺超群。显然，这幅肖像被多次修复、翻新，上面画
的是一个穿着宽大的袍子、面容黝黑的亚洲人，脸上的表
情奇特而古怪；然而，最让周围的人感到惊讶的是那双异
常有活力的眼睛。越是仔细看它们，就越是觉得它们似乎

看穿了你的内心。这种奇怪的现象，画家玩弄的这个罕见的戏法，几乎吸引了所有的人。许多竞价人已经放弃了，因为价格已经高得离谱。只剩下两个热爱绘画的有名望的贵族，无论如何都不愿放弃这件难得的精品。他们竞争得异常激烈，而且准会把价格抬高到不可思议的程度。这时，看画的人群中突然有人说道：

"请允许我暂且打断一下你们的竞争。我也许比任何人都更有权买下这幅肖像。"

他的话立刻吸引了所有人的注意。这是一个身材挺拔的人，大约三十五岁，留着长长的黑色鬈发，长着一张讨人喜欢的脸，看上去乐观豁达、无忧无虑，说明他的内心完全没有被折磨人的世俗的烦恼所打扰；他的穿着打扮没有任何追求时髦的迹象：他身上的一切都表明他是个艺术家。没错，他就是画家 Б，在场的很多人都认识他。

"无论你们觉得我的话多奇怪，"他看见所有人都把目光聚焦到自己身上，接着说道，"但是，只要你们能听我讲完一段不太长的故事，或许你们就会知道，我是有权利说这个话的。各个方面都让我确信，这幅肖像就是我一直在寻找的那一幅。"

几乎所有人的脸上都流露出十分自然的、好奇的神情，就连拍卖师本人也张着嘴，举起的小锤停在了空中，打算听他说下去。一开始，许多人仍情不自禁地看向那幅画，但是后来，随着他的故事越来越吸引人，大家就只盯着讲述者本人了。

　　"你们知道有个叫作科洛姆纳的地区吧，"他这样开始说道，"那里的一切都和彼得堡的其他地方不太一样；那里既不是京城，也不是外省。也许你们也听说过，只要一踏上科洛姆纳地区的街道，就会觉得年轻人的所有希望和激情都离你而去了。这里没有未来，只有寂静和隐退，一切从流动的京城生活中沉淀下来的东西。迁居到这里来的有退职官员，寡妇，因为和参议院的人有交情得以在此终老的不太富裕的人们，整天在市场上晃悠、在小铺里与乡下人闲扯、每天买五戈比咖啡和四戈比砂糖的老厨娘，最后，还有所有可以用'灰色的'这个词来称呼的那些人，这些人以及他们的衣服、脸孔、头发、眼睛，看起来都模模糊糊、灰蒙蒙的，就好像既没有太阳也不下雨的天气一样，说不清究竟像什么：雾气让所有东西都看不大清楚。来到此地的还有退职的剧院检票员，退职的九等文官，已经退役的、独眼凸嘴的马尔斯的弟子[1]们。这些人已经失去了热情：走路的时候目不斜视、一言不发、心无旁骛。他们的房间

---

〔1〕　马尔斯的弟子：指的是军人。

里东西不多；有时候只有一瓶纯正的俄国伏特加酒，他们一整天都小口抿着那瓶酒，但绝不会把自己灌醉；而一个年轻的德国手艺人，小市民街上的好汉，每逢星期天就大醉一场，过了夜里 12 点就在人行道上横晃，一个人霸占了整条人行道。

"科洛姆纳的生活与世隔绝：除了偶尔有一辆演员乘坐的马车发出的隆隆声、叮当声和吱吱呀呀的响声打破了周遭的宁静之外，这里很难见到一辆轿式马车。这里的人全都步行：出租马车上常常没有乘客，只拉着给自己的鬃毛很长的驽马准备的草料在路上缓缓而行。在这里一个月只要五卢布就能租到一间公寓，而且早晨还提供一杯咖啡。在这里领取赡养费的寡妇们是最显赫的人家，她们举止得体，经常打扫自己的屋子，跟女友们谈论牛肉和白菜上涨的价格；她们膝下常常有个年轻的女儿——一个沉默寡言、有时还很好看的小东西，还有一条惹人厌的小狗和一个钟摆不时地发出几声悲鸣的挂钟。其次是一些演员，他们的薪资不足以让他们迁出科洛姆纳地区，他们像所有活着只为享乐的演员一样，是一些逍遥自在的人。他们穿着长袍坐在那里，修理手枪，用硬纸板糊各种各样家里用得上的小玩意儿，跟来访的朋友下下棋、打打牌，就这样打发了一上午的时间，晚上几乎还是做同样的事情，只不过有时候再喝点潘趣酒。科洛姆纳除了这些名流和显贵之外，还有一些寂寂无名的小人物。很难说清他们是些什么人，就像数不清的陈年老醋中滋生的小昆虫一样。这里有一些老妇人：做祷告的老妇人，酗酒的老妇人，又祷告又酗酒的老妇人；一些用难以置信的方式勉强度日的老妇人，她们像蚂蚁一样把破烂和旧衣裳从卡林金桥运到旧货市场上，为的是以十五戈比的价钱卖出去；总之，全是一些最可悲的人类的渣滓，任何一个乐于助人的政治经济学家也找不出改善她们处境的办法。我说起这些人，是为了让你们知道，他们经常处于迫切需要一些临时帮助来救急的状态之中，要靠借贷过活；于是，在他们中间出现了一种特殊的高利贷者，他们收取抵押品并提供小额贷款，而且利息非常高。这些小高利贷者要比那些大高利贷者更加冷酷无情，因为他们是从穷困潦倒、衣衫褴褛的穷人中间产生的，而只和坐马车来的人打交道的大高利贷者是看不见这些穷人的。因此，在他们的灵魂中所有人类的情感都已过早地枯萎了。在这类放高利贷者中间有一个人……不妨告诉你们，我讲的故事发生在上个世纪，就是在已经去世的叶卡捷琳娜二世统治时期。你们自己也知道，柯洛姆纳地区的面貌和它内在的生活都已经发生了很大的改变。就是说，有这样一个高利贷者，从各个方面来看都很不寻常，他很早以前就住在这个地区了。他穿一件宽大的亚洲式的衣服；黝黑的脸孔说明他出生在南方，可是他究竟是哪个国家的人——印度人、希腊人，还是波斯人，大概谁都说不清楚。他的个子出奇的高，黝黑、清瘦、疲惫不堪的面容以及莫名令人害怕的脸色，一双熠熠生辉的大眼睛，低垂下来的浓密的眉毛，让他迥然有别于京城里所有那些灰色的居民。他的住处也和那些小木屋不一样。那是一幢石头建筑，类似于热那亚商人过去曾大肆修建的那种房子，窗户不对称，尺寸大小不等，有铁制的护窗板和铁门闩。这个高利贷者跟别的高利贷者不同的是，从行乞的老太婆到挥霍无度的宫廷显贵，都能从他那里想借多少就借多少。他家的房前常常停着最豪华的轻便马车，打扮奢华的上流社会的淑女有时从车窗里探出头来。坊间谣传，说他的铁箱子里装满了数不清的钱、珠宝、钻石和各种各样的抵押品，但是，他却一点也不像其他高利贷者那样爱财如命。他心甘情愿地借钱给别人，而且，规定的还款期限似乎非常宽容；但是他用一种奇怪的计算方法使本钱产生的利息非常高。至少，谣传是这样。然而，最令人感到奇怪、让许多人都为之惊讶的是，所有从他那里借钱的人命运都很离奇：他们全都死于非命。这是人们的个人看法、荒谬的迷信，还是有意散布的谣言——这就不得而知了。然而，在不长的时间里大家有目共睹的几件事却是真真切切、触目惊心的。

"在当时的贵族阶层中，有一位出身名门望族的年轻人早早就引起了人们的注意，年纪轻轻就已经在政坛上崭露头角，他热情地崇拜一切真理和高尚的事物，热心支持一切能产生艺术和促进人类智慧的事物，一个未来的艺术资助人。很快他就理所当然地得到了女皇陛下的赏识，被委以重任，这个职位完全与他本人的意愿相符，在这个职位上他可以为科学以及一切有益之事做很多事情。这位年轻的权贵身边围绕着许多画家、诗人、学者。他想让所有人都有活儿干，并加以鼓励。他自己出资出版了许多有益的刊物，订购了很多作品，宣布进行鼓励性的奖励，在这些事情上花掉了大笔钱财，终于破了产。然而，他心胸豁达，不想放弃自己的事业，所以到处去借钱，终于找到了那个人尽皆知的高利贷者。从他那里借来一大笔钱之后，这个人在很短的时间内就变得判若两人了：他变成了才华和智慧的压制者、迫害者。在一切作品中他只看到不好的一面，歪曲每个词的意义。不巧的是，当时正赶上法国大革命爆发了。这立刻成为他从事种种恶行的借口。他开始在所有事情中发现革命的倾向，觉得一切事物中都蕴含着某种暗示。他对什么都怀疑，甚至最后对自己也怀疑起来，他开始编造一些可怕的、子虚乌有的告密信，让很多不幸的人蒙冤受难。当然，最终，这种种恶行不可能不被女皇陛下知晓。宽容的女皇陛下大吃一惊，怀着君主用来美化自己的仁爱之心说了下面这番话，尽管流传下来的内容并非一字不差，但其中的深刻含义却铭记在许多人的心里。女皇指出，在君主统治下，崇高的、高雅的精神活动不会受到压制，智慧、诗歌和艺术的创作不会受到轻视和摧残；相反，唯有君主才是它们的庇护者；那些莎士比亚们、莫里哀们正是在君主仁慈的庇护下才能大显其才，而但丁在他实行共和制的祖国却找不到安身之所；真正的天才产生于君主和国家都强大辉煌的时代，而不是产生于政局动荡、实行共和制的恐怖主义时代，迄今为止它没有为世界贡献过一个诗人；应该对诗人和画家另眼相看，因为他们给心灵带来的只有和平和美好的安宁，而不是躁动和怨愤；学者、诗人和一切艺术的创造者都是皇冠上的珍珠和钻石：他们让伟大君主统治的时代更加光彩夺目，更加光辉灿烂。总之，女皇陛下在说这番话的那一刻，神圣而美丽。我记得，老人们一说起这件事就不禁热泪盈眶。所有人都和此事有关。在我们的民族感情中值得骄傲的是，俄国人的心中总是有一种乐于帮助受迫害者的美好情愫。这位有负陛下信任的达官贵人受到了应有的惩罚，被罢免了官职。但是，他在自己同胞们的脸上看到了更严厉的惩罚。那是一种坚决的、公然的蔑视。难以说清那颗爱慕虚荣的灵魂遭受了怎样的痛苦；傲慢、幻灭的野心、破碎的希望——所有的一切交织在一起，在可怕的疯狂和精神错乱的发作中，他的生命戛然而止。

"还有一个骇人听闻的例子大家也是亲眼所见：当时我们北方的京城中有很多美女，其中有一个美女艳冠群芳。她把北方之美和南方之美奇妙地结合在了一起，是一颗落入凡间的罕见的明珠。我的父亲曾经说过，他一辈子从未见过这样的绝代佳人。她似乎拥有一切：财富、智慧和心灵之美。她的追求者人数众多，其中最出众的是 P 公爵，他是所有年轻人中最高尚、最出色的一个，不仅有一张最英俊的脸，而且具有骑士般慷慨豁达的心胸，是爱情小说和女人心目中的理想主人公，各个方面都堪与葛兰底森[1]相媲美。P 公爵热烈而疯狂地爱上了她，美女也狂热地爱上了他。可是，亲戚们却认为这两个人不般配。公爵家的世袭领地早就不属于他了，家族已经衰落，所有人都知道他境况窘迫。公爵突然离开了京城，好像是去处理一些自

---

[1] 葛兰底森：英国作家塞缪尔·理查逊（1689—1761）的小说《查尔斯·葛兰底森爵士》中的男主人公。

己的事情，没过多久他回来了，奢华气派得令人不可思议。他举办的那些豪华舞会和节日宴会让他在宫廷里都出了名。美人的父亲开始对他有好感，于是在京城里举行了最盛大的婚礼。这种变化是怎么发生的，新郎这从天而降的财富是从哪儿来的，大概谁也说不明白；可是私下里有人说，他跟一个鬼鬼祟祟的高利贷者谈好了条件，从他那里借到的钱。无论如何，那场婚礼受到了全城的瞩目，新郎和新娘成了人人称羡的对象。大家都知道他们热烈而坚贞的爱情、双方经历的长久煎熬，以及两个人的高尚品格。热心的女士们提前就想象出了这对新婚夫妇即将过上的天堂般的幸福生活。然而，事实却恰恰相反。在一年里，丈夫发生了可怕的变化。嫉妒多疑、偏执和无止境的任性湮灭了他原本高尚而善良的性格。他变成了一个暴君，折磨自己的妻子，任谁都难以料到，他干出很多毫无人性的事情来，甚至动手打她。不到一年，已经没有人能认出那个不久前还光彩照人、吸引了众多忠实崇拜者的女人了。终于，她再也无力承受如此痛苦的命运，首先提出了离婚。丈夫一听到她说离婚，就气得发疯。暴怒之下，他拿着刀闯进了她的房间，毫无疑问，若不是有人抓着他、拦着他，他肯定立刻就把她刺死了。在暴怒和绝望中他把刀刺向了自己——在可怕的痛苦中结束了生命。

　　"除了大家有目共睹的这两个例证之外，还流传着许多在下层人民中间发生的事情，几乎所有的事件结局都很悲惨。一个诚实的、滴酒不沾的人变成了酒鬼；一个商人雇的店员把东家偷了个精光；一个几年来一直老实本分的马车夫为了一点小钱就杀死了乘客。有时候，人们说起这些故事难免会添油加醋，免不了会在柯洛姆纳的普通居民中间引起不由自主的恐慌情绪。大家都确信，在高利贷者身上有一种邪恶的力量。据说，他提出的条件让人听了头发都会竖起来，而且那些不幸的人过后也不敢告诉别人；还说他的钱能发热，能自行燃烧，并且带有奇怪的标记……总之，各种荒谬的传闻非常多。值得注意的是，柯洛姆纳地区的所有居民，所有那些穷苦的老妇人、小官吏、小演员，总之，所有刚才我们提到的那些小人物，他们宁愿在极端贫困中煎熬忍耐，也不愿去找那个可怕的高利贷者，甚至还有快要饿死的老太婆，她们宁愿让肉体死去也不愿毁灭自己的灵魂。人们在街上遇见他就会不由自主地感到害怕。路上的行人总是小心翼翼地躲避他，随后又久久地向后看，望着他渐渐消失在远处的高得出奇的身影。光看外表就已经很不寻常了，令人不禁把他当成了一个奇特的怪物。好像深深刻出来的似的、坚毅的五官，在一般人脸上从没见过。烧热的青铜一样的脸色、异常浓密的眉毛、一双令人不敢看的可怕的眼睛，甚至包括那件亚洲式袍子上的宽宽的皱褶——这一切似乎都在说明，其他人的激情与这副躯体中涌动着的激情相比全都苍白无力。我的父亲每次见到他都会站在原地，一动不动，每一次都忍不住说：'魔鬼，真正的魔鬼！'不过，该尽快向你们介绍一下我的父亲了，他才是这个故事中真正的主人公。

"我的父亲从很多方面来说都是一个很杰出的人。他是一位很罕见的画家，是只有俄罗斯才能从自身丰饶的土地上培育出来的令人称奇的人物中的一员。他是一位自学成才的画家，没有老师和学派，独自在心灵中摸索规律和法则，执着地追求完美，自己也不清楚是为了什么，一心遵循心灵所指引的道路前进；他是自然生长起来的奇才之一，同时代人经常用侮辱性的词语骂他们为'大老粗'，而他们并不因为辱骂和自身的失败而心灰意冷，反而从中得到了新的热忱和力量，在他们的内心世界里，已经远远超越了那些使他们得到'大老粗'这一骂名的作品。他凭借敏锐的内心的本能来感受每件物品中蕴含的思想；自然而然地领悟到'历史画'一词的真正含义；他明白了，为什么拉斐尔、达·芬奇、提香和柯勒乔所画的普通的头像、普通的肖像可以被称为历史画，为什么有的描绘历史内容的宏大作品，尽管画家想把它画成历史画，但终究仍是一幅风俗画[1]。内心的情感和个人的信念让他把画笔转向了基督教题材，踏上了通往崇高的最高处的，也是最后的台阶。他并不贪图功名，也不像很多画家那样冲动易怒。他性格坚毅、诚实、直爽，甚至有点粗鲁，外表包裹着一层坚硬的外壳，内心还有几分傲慢，对别人的评价既宽容又暗含刻薄。'何必理他们呢，'他常说，'要知道我并不是为他们工作的。我的画不是要挂到客厅里，而是要放在教堂里的。懂我的人会感激我，不懂我的人呢，终究还是会向上帝祈祷的。不必去指责上流社会的人，说他不懂绘画；但是，他懂得打牌，懂得甄别好酒，懂得看马——一个贵族老爷何须知道得更多呢？如果他这个、那个都要尝试一下，卖弄聪明，恐怕别人的日子就没法过了！每个人都有自己的长处，就让每个人都安守本分吧！我认为，一个直接说不懂的人要比不懂装懂的伪君子好得多，那种人只会坏事儿。'他画画只收很少的报酬，这钱只够他养家糊口和继续作画。而且，他无论如何都不会拒绝帮助别人，向贫穷的画家施以援手；他信奉祖先们朴素而虔诚的信仰，也许正因为这样，在他画出来的人物的脸上都会自然而然地有一种崇高的气质，那是许多才华出众的画家也难以做到的。

_____

〔1〕原文为法文。

最后，因为持之以恒的劳动和坚贞不渝地沿着为自己选定的道路前进，他甚至赢得了那些骂他是'大老粗''粗鄙的自学者'的人们的尊敬。他不断地收到教堂的订单，工作多得做不完。其中有一幅作品他画得最为用心。我已经忘记了那幅画的题材，只记得一件事——画上需要画一个魔鬼。要把魔鬼画成什么样子，为此他思考了很长时间；他想在魔鬼的脸上表现出一个忧郁的、苦恼的形象。当他思考的时候，脑海里有时会出现那个神秘的高利贷者的形象，他不禁想到：'我就按照他的样子来画魔鬼吧。'有一次，他正在自己的画室里工作，听到有人敲门，随后那个可怕的高利贷者直接朝他走了过去，难以说出他当时是多么的惊讶！他不禁感到内心一阵战栗，全身都哆嗦起来了。

"'你是画家？'他毫不客气地问我父亲。

"'是的。'我父亲疑惑地说，等待着他的回答。

"'好。给我画一张肖像吧。我可能快要死了，我没有孩子；但是，我不想彻底死掉，我想活着。你能不能画一幅完全像活人一样的肖像呢？'

"我父亲心想：'真是太好了——他自己来求我把他画成魔鬼。'他答应下来。他们谈好了时间和价钱。第二天，我父亲就带着调色板和画笔到他家去了。高高的院落、几只狗、几道铁门和铁门闩、弧形的窗户、盖着旧毯子的箱子，最后还有一动不动地坐在那里的不同寻常的主人——这一切让他产生了一种奇怪的印象。窗户好像故意被下面堆放的东西挡住了，仅仅从上面透进来一点光亮。'见鬼了，现在他脸上的光线多好啊！'他自言自语地小声说道，他连忙开始动笔，仿佛担心那绝佳的光线随时都会消失似的。'多么有力的面容啊！'他又暗自说道，'只要我能把他现在的样子画出来一半，就能超过我画的所有圣徒和天使了；和他相比，那些形象太苍白了。这是魔鬼的力量啊！只要画得稍微忠实于原型一些，他就要从画布上跳出来了。多么不可思议的面孔！'他不断地重复着，同时画得更加投入。他看见，一些特点已经开始在画布上凸显出来。然而，他越是画得真实，就越是有一种沉重、不安、他自己也说不清的感觉。但是，尽管如此，他仍然坚持把每个不易察觉的特点和表情都原原本本地画出来。他首先加工那双眼睛。那双眼睛是那么有力，似乎，想要准确地、逼真地把它们画出来是完全不可能的。但是，他决定无论如何都要探明其中最细微的特点和色调，了解其中的奥秘……但是，他的画笔一开始深入地加工这双眼睛，他的心中便产生一种奇怪的厌恶感，莫名地感到沉重，以至于他不得不暂时扔下画笔，过了一会儿才接着画下去。终于，他再也无法忍受了，他觉得这双眼睛刺进了他的心里，令他感到无法解释的惊恐不安。第二天，第三天，这种感觉越来越强烈。他害怕了。他扔下画笔，断然表示，他不能再给他画像了。真该见识一下，那个古怪的高利贷者在听到这些话之后怎样突然变了脸色。他扑倒在我父亲的脚下，恳求他把肖像画完，他说，这关系到他的命运以及他在世界上是否存在，说我父亲已经用画笔生动逼真地画出了他的面容，只要忠实地把他的脸画下来，他的生命就能以一种超自然的力量保留在这幅肖像中，这样他就不会彻底死去，而他需要在这世上生存下去。这些话让我的父亲感到非常恐惧：他觉得这些话很诡异，又很吓人，吓得他扔下画笔和调色板，慌忙地从房间里跑了出去。

"他整整一天一夜都为这件事心神不宁，第二天早晨，他收到了高利贷者派人送来的肖像，是一个女人给他送来的，她是唯一在高利贷者家里干活儿的人，她立刻说明，主人不想要这张肖像了，也不会为它付钱，让她把画还回来。当天晚上，他就听说高利贷者去世了，人们正在准备按照他信仰的宗教仪式来安葬他。这一切都让他感到非常古怪。而且从那以后他的性格发生了明显的改变，他常常感到惊慌不安，自己也说不清是为什么。不久之后，他竟然做了一件出乎许多人意料的事情。从某个时候起，他的一个学生的作品开始引起为数不多的行家和绘画爱好者的关注。我父亲也一直因为他有才华而对他另眼相看。没想到他嫉妒起自己的学生来了。他难以忍受大家对那个学生的关注和议论。最后，让他更加恼火的是，他得知有人请他的学生为一座重新翻建的金碧辉煌的教堂画一幅画。这让他暴跳如雷。'不行，不能让这个乳臭未干的小子太得意！'他说，'小兄弟，想把老头子们都按在泥里还为时尚早呢！幸好我还有力气。我们走着瞧吧：看谁先把谁按在泥里。'于是，这个坦荡、正直的人耍起了他从前一直厌恶的阴谋诡计；他终于达到了目的，教堂宣布进行竞赛，别的画家也可以带着自己的作品来参赛。接着，他把自己锁在房间里，热情高涨地拿起了画笔。看来，他是要把所有的精力、全部身心都投入到这幅画中。果然，这幅画成为他最杰出的作品之一。所有人都相信，他一定会一举夺魁。所有的画都被展示出来，其他的画与他的作品相比，就如同黑夜和白昼的差别一样。突然，在场的一位评审，如果我没弄错的话，还是一位宗教界的重要人物，说出了语惊四座的观点。'画家的这幅画的确显示出他很有才华，'他说，'可是，人物的面孔缺乏神圣感，甚至恰恰相反，眼睛里有种魔鬼的气息，仿佛有一种不洁的感情操纵着画家的手。'大家凝神细看，不得不相信他说的是对的。我父亲扑到自己的作品跟前，仿佛想要亲自确认一下这个令人气愤的点评，他恐惧地发现，他几乎给所有的人物都安上了一双高利贷者的眼睛。那些眼睛全都像恶魔一般凶狠地看着别人，他自己也不禁哆嗦了一下。这幅画被否决了，更让他无比恼火的是，他听说他的学生荣膺榜首。这里简直难以形容他回到家时气得发疯的样子。他差点把我的母亲狠揍一顿，还把孩子们全都赶了出去，折断了画笔，拆了画架，把高利贷者的肖像从墙上扯了下来，叫人送来一把刀，让人生起壁炉里的火，准备把那幅画切碎并付之一炬。就在这时一个朋友走进了他的房间，阻止了他，这个朋友和他一样也是一个画家，他是个乐观的人，总是对自己心满意足，没有任何长远的打算，开开心心地有什么活儿就做什么活儿，要是能去赴个宴喝杯酒就更高兴了。

"'你在干什么？要烧什么东西？'他说着走到了肖像跟前。'快停下吧，这可是你的杰作之一啊。这是那个不久前死掉的高利贷者，真是一幅完美的作品啊。你不仅画出了他的外貌，而且画出了他的精气神。生活中我也从未见过像你画出来的那样神采奕奕的眼睛。'

"'我就是要看看，那双眼睛在火里会怎样。'我父亲说，手马上就要把它扔到壁炉里了。

"'住手，看在上帝的分儿上！'朋友拦住他说。'如果你看它这么碍眼，不如把它送给我吧。'

"起初我父亲坚决不答应，最后他同意了，那位乐天的朋友对自己的收获非常满意，带着肖像走了。

"他一离开，我父亲立刻觉得平静了许多。仿佛随着肖像被带走，他心灵上的重担也被卸下了。他本人也对自己的仇恨、嫉妒和性情的巨变感到十分惊讶。

"他仔细分析了自己的行为，感到非常伤心，痛苦地说道：

"'不，这是上帝对我的惩罚；我的画活该被羞辱。那是为了暗害同行才画的。操纵他画笔的是邪恶的嫉妒心，这种邪恶的感情必然会在画上反映出来。'

"他当即去找到自己过去的那位学生，紧紧地拥抱他，请求他的原谅，并且竭尽所能地对自己的过错进行补偿。他工作起来心情又和从前一样平静了，但是，他的脸上常常出现若有所思的表情。他祷告的时间更多了，常常沉默不语，对别人的评价也不再那么刻薄；他那看似粗暴的性格也变得柔和了一些。过了不久，有一件事更加强烈地震撼了他。他已经很久没有见到向他索要那幅肖像的朋友了。他正打算去拜访他，那个朋友却突然出人意料地自己走进了他的房间。简单寒暄几句过后，他说：

"'哎，老兄，难怪你要烧掉那幅肖像。真是见鬼了，那画的确有点古怪……我是不信鬼神的，可是，不管你信

不信：那画里真的有鬼……'

"'怎么了？'我父亲问。

"'是这样的，自从我把它挂在我的房间之后，就总是感到烦闷……仿佛想要杀人似的。我一辈子都不知道失眠是什么，而现在我不仅失眠，还老是做噩梦……我自己也说不清，究竟是做梦还是别的什么：好像被鬼掐住了脖子，眼前总是出现那个该死的老头儿。总之，我无法跟你说清我的处境。我从来没有过这样的情况。这段日子我神志不清地到处晃悠：心里有些害怕，有种不好的预感。我感到，无法对任何人说出一句高兴的、由衷的话，就好像我身边有个密探一样。我的侄子死乞白赖地讨要那幅画，自从我把肖像给他之后，我才觉得好像忽然把石头从肩膀上卸下来似的：正如你所见，我一下子又快活起来了。哎呀，老兄，你画出了一个魔鬼！'

"在他说这些话的时候，我父亲一直聚精会神地听着，最后他问：

"'现在肖像在你侄子那里吗？'

"'怎么可能在他那儿！他也忍受不了啦，'这个乐观的人说，'也许高利贷者的灵魂转移到了那幅画里：他时常从画框里跳出来，在房间里走来走去；我侄儿说的那些事简直神乎其神。要不是我自己也经历了一些，我就把他当成

疯子了。他把它卖给了一个绘画收藏家，那个收藏者也受不了啦，又转手卖给了别人。'

　　"他说的话给我的父亲留下了非常深刻的印象。他认真地思考起来，忧心忡忡，最后他完全确信，他的画笔被魔鬼利用了，高利贷者的一部分生命当真以某种方式转移到了肖像当中，而现在它搅得人们不得安宁，激起人们魔鬼般的欲念，将画家引入歧途，让人饱受嫉妒的折磨，等等。此后发生了三件不幸的事情，三个人接二连三地突然死去——妻子、女儿和幼子，他把这看成上天对他的惩罚，他决定远离世俗。我刚过九岁，他就把我送进了美术学院，与债主们清算了债务，躲到了一座偏远的修道院里，不久便剃度出家了。在那里，他克己自律，严守清规，令所有的僧侣大为惊讶。修道院院长得知他画艺出众，便让他为教堂画一幅重要的圣像。可是，这位谦逊的修士却坚决地说，他不配再拿起画笔，他的画笔已经被玷污了，他首先应该通过劳动和巨大的牺牲来净化自己的灵魂，到那时他才有资格画圣像。人们不想强迫他画画。他本人竭尽所能地让自己在修道院的生活更加艰苦。最后，这样的生活他仍然觉得不够严苛。在征得修道院院长的同意后，他远遁到荒无人烟的地方，完全与世隔绝。在那里，他用树枝给自己搭建了一个小屋，只以草根果腹，来回搬运石头，从日出到日落，双手举向天空一动不动地站在同一个地方，不停地祈祷。总之，他似乎在寻找一切磨炼自己的方法，并且忍受着不可思议的自我牺牲，恐怕只有在圣徒行传里才能找到这样的事例。就这样，在长达几年的时间里每当他身体疲惫不堪的时候，他就凭借祈祷的力量来恢复体力。终于有一天，他回到了修道院，坚定地对院长说：'现在我准备好了。只要合乎天意，我会完成我的工作的。'他画的是耶稣诞生。整整一年他都潜心作画，从未走出过自己的小屋，只吃一些粗茶淡饭，同时不停地祈祷。一年之后，他完成了那幅画。它果真是神来之作。要知道无论是修士们，还是修道院院长都不是很懂绘画，可是所有人都被画中人物非凡的圣洁气息所震惊了。圣母俯身看着圣子，脸上的表情温柔而慈爱，圣子的双眼中闪现出深远的智慧，仿佛洞悉了远方的东西；惊讶于这上天的奇迹，跪倒在圣子脚下的三贤人保持着庄严的沉默，整幅画笼罩着一种难以形容的静穆——一切都显示出一种和谐的力量和强势的美，对人具有魔法般的吸引力。所有的修士都跪在新的圣像面前，深受感动的院长说：'不，仅凭借人类的技艺是不可能画出这样的作品的：是神圣的、至高无上的力量支配着你的画笔，你的作品承载着上天的祝福。'

"这时候，我从美术学院毕业了，得到了金质奖章，正满心欢喜地盼望着到意大利游历一番——这是一个二十岁画家的最大梦想。我只剩下一件事，就是和我的父亲告别，我们已经分别十二年了。老实说，就连他的模样我都记不清了。关于他艰苦而圣洁的生活，我早就已经听说过了，我预先猜想我见到的会是一个外表冷漠生硬的隐修士，除了自己修行的小屋和祈祷词之外，对世上的一切一无所知，因为常年斋戒、缺少睡眠而变得虚弱而干瘪。但是，当一位相貌不凡、神采飞扬的老者出现在我面前时，我是多么惊讶啊！他的脸上没有任何虚弱的迹象，神采奕奕，十分快活。雪白的胡须和同样颜色的轻柔的细发披散在他胸前和黑色教袍的褶皱上，好像图画一般一直垂落到他简朴的修士长袍上束着的腰带上；而最让我吃惊的是他说出来的那些关于艺术的言论和思想，老实说，我将长久地铭记于心，并且真诚地希望我的同行们也能做到。

　　"'我正等着你呢，我的儿子，'当我走过去接受他的祝福时，他说，'在你面前的是你即将沿着它走下去的人生道路。你的道路是干净的，不要偏离了它。你有才华；才华是上帝最珍贵的赏赐——不要毁了它。去研究、去学习你所见到的一切吧，让一切都屈从于你的画笔，但是，要善于在一切事物中发现其内在的思想，最要紧的是努力去领悟创作的最高秘密。被上帝选中、掌握了这个秘密的人是幸福的。对他来说，大自然中没有低俗的东西。一个有创造力的画家，无论是画渺小的东西还是画重要的东西，都一样伟大；鄙俗的东西在他的笔下不再鄙俗，因为其中无形地渗入了创造者美好的心灵，鄙俗的东西被高尚地表现出来，因为它经过了作者心灵的净化。对于人来说，艺术中存在着关于美好天堂的暗示，只凭借这一点，艺术就已经高于一切。正如庄严的静穆要远远高于世俗的躁动一样，创造也远远高于破坏；天使只凭借其明澈的灵魂的纯洁性就远远超过了撒旦无穷的力量和高傲的欲望——崇高的艺术创作远高于世上的一切。为艺术牺牲一切，用全部的激情热爱它吧。——不是充满尘世欲念的激情，而是一种平静而崇高的激情；没有这种激情，人就不能超脱于尘世，发出能给人以安慰的美妙的声音。因为崇高的艺术创作降临人间就是为了给大家带来安慰与和解。它不会在心中引起怨愤，而是像祈祷的声音一样永远期盼着上帝。但是有一些时刻，黑暗的时刻……'

"他停住了，我发现，他明亮的脸孔突然阴沉下来，仿佛瞬间飘来了一朵乌云……

"'我的生活发生过一件事，'他说，'直到今天我也没弄清楚，我曾为他画像的那个古怪的家伙究竟是什么东西。他一定是魔鬼的化身。我知道，世人不相信魔鬼的存在，那么我就不说它了。但我只想说一点，我是带着厌恶的心情给他画像的，当时我一点也不喜欢这项工作。我努力地强迫自己，压制所有的情绪，冷漠地忠实于自然。这不是艺术的创造，所以人们一看见它就会产生那种躁动的、惊慌不安的感情——这不是艺术家的感情，因为艺术家即便是在惊慌不安中，也能表现出宁静。有人告诉我，那幅肖像仍然在人们手中流传，散播着令人痛苦的感受，激起画家对同行的嫉妒心、阴暗的憎恨，产生想要迫害和压制别人的邪恶念头。愿上帝保佑你远离这样的欲望！没有比它们更可怕的东西了。宁愿去承受所有被迫害的痛苦，也不要给别人带来一丁点儿痛苦。保持自己心灵的纯洁吧。一个有才华的人，他的心灵应该比别人更纯洁。许多事情，别人可以被原谅，但是他不可以。一个穿着耀眼的节日盛装出门的人，只要被车轮溅上了一个泥点子，所有人就都会围着他，指着他说他邋里邋遢，而同样的一群人却完全没有注意到那些穿着平常衣服的路人身上有许多的泥点子，因为在平常的衣服上那些污渍并不显眼。

　　"他祝福了我，并拥抱了我。我这辈子从未如此感奋。我恭敬地、怀着超越父子之情的感情，靠在他的胸前，吻了吻他披散下来的银发。他的眼里闪烁着泪光。

　　"'我的儿子，我要拜托你一件事，'临别时他对我说，

'也许你会碰巧见到我对你说的那幅肖像。那双不同寻常的眼睛和奇特的表情让你一下子就会认出它来——无论如何你都要销毁它……'

"你们自己想想,我能不发誓答应他一定完成此事吗?在过去的整整十五年里,我从未见到过和我父亲的描述有任何相似之处的作品,而现在,突然在拍卖会上……"

这时,画家还没有把话说完就把目光转向了墙壁,想再看一眼那幅肖像。所有的听众也瞬间做出了相同的动作,眼睛寻找着那幅离奇的肖像。但是,令人无比惊讶的是,肖像已经不在墙上了。人群中响起一阵乱糟糟的喧哗声,接着有人清楚地说道:"它被偷走了。"有人趁着大家聚精会神地听故事的时候,把画偷走了。在场的所有人都迷惑不解地呆立了好久,搞不清楚他们是当真看见了那双奇异的眼睛,还是因为长时间地看这些古画看花了眼,只是一瞬间在眼前出现了一个幻影。

外　套

在司里……不过，还是不说出是哪一个司比较好。没有比各种司、团、办事处，总之，再没有比各种公职人员脾气更坏的了。现在，每个人都认为，诋毁他就是诋毁全社会。据说，就在不久以前，一位县警察局长，我不记得是哪个县的了，递上来一纸呈文，他在呈文中明确指出，国家法纪正在被肆意践踏，他神圣的官职被随意冒犯。为了证明此事，他在呈文后面附上了一本厚厚的浪漫派作品，作品中每隔十页就出现一次县警察局长，有几处竟然写警察局长烂醉如泥。所以，为了避免引起不快，我们还是把这里涉及的那个司称为某司吧。那么，就是在某司里有一位官员，这位官员毫无出色之处，个子矮小，脸上有几个麻子，浅红色的头发，看上去眼神不太好，脑门上秃了一小块，脸颊上满是皱纹，脸色灰黄，好像患了痔疮……有什么办法呢！要怪就怪彼得堡的气候吧。说到官职（因为我们这里无论什么事都必须首先说出官职），那么，他就是那种一辈子升不了职的九等文官。众所周知，他们被各路作家大肆嘲讽奚落，那些作家都具有专门欺负不会反咬一口的老实人的好习惯。这个官员的姓氏是巴施马奇金。从字面上就可以看出，这姓氏跟"鞋"有关系[1]；然而，是什么时候，什么年月，怎么从"鞋"这个词儿演变而来的，那就不得而知了。他的父亲、祖父，甚至内兄，整个巴施马奇金一家都穿长筒靴，每年只换三次鞋掌。他的名字叫阿卡基·阿卡基耶维奇。可能，读者会觉得这名字有些奇怪，不同寻常，但是，请您相信，这决不是臆造出来的，而是情势所迫，无论如何也想不出别的名字了，所以就叫了这个名字。阿卡基·阿卡基耶维奇是在夜里出生的，如果我没记错的话，是在3月23日。他已过世的母亲，一个官员的妻子，一位很贤惠的妇人，准备按规矩给孩子受洗。他母亲当时还躺在门对面的一张床上，右手边站着教父和教母，教父伊万·伊万诺维奇·叶罗什金是一个极好的人，他在参议院里当股长，而教母则是巡长的老婆，一位具有罕见美德的妇人阿林娜·谢苗诺芙娜·别洛勃留什柯娃。他们给产妇提供了三个名字供她选择：莫基亚、索西亚或者就用受难者霍兹达扎特来给孩子命名。"不好，"已经过世的母亲当时心想，"这些名字都不怎么样。"

---

[1] 俄语中的"鞋"读作"巴什马克"，可见该姓是由"鞋"字演化而成的。

为了让她满意，他们把日历翻到了另一页；又出现了三个名字：特里菲利、杜拉和瓦拉哈西。"真是晦气，"老太婆说，"都是些什么名字啊，说实话，我从没见过这样的名字。哪怕叫瓦拉哈特或者瓦鲁赫也好，偏偏是什么特里菲利和瓦拉哈西。"又翻了一页，出现的是：巴甫西卡希和瓦赫基西。"算了，我是看明白了，"老太婆说道，"看来他就是这个命。如果是这样，还不如和他父亲叫一样的名字呢。父亲叫阿卡基，就让儿子也叫阿卡基吧。"阿卡基·阿卡基耶维奇这个名字就是这么来的。[1] 给孩子受洗，这时他哭了起来，表情很难看，仿佛他预感到将来会当个九等文官似的。总之，就是这么一回事儿。我们说起这件事，为的是让读者明白，这完全是形势所迫，根本不可能再取别的名字了。他哪年哪月、什么时候到司里来的，谁决定让他入职的，这些已经没人能够想得起来了。无论换了多少任科长和各级长官，他都一直坐在同一个位置上，保持着同样的姿势，担任同样的职务，一直都是个抄抄写写的官儿，因此，后来人们深信，显然，他一生下来就是现在这副模样、穿着制服、头上有块秃顶。在司里他得不到一点尊重。他进门的时候，门卫不仅不从座位上站起来，甚至

---

[1] "阿卡基耶维奇"是父称，即"阿卡基之子"的意思。

瞧都不瞧他一眼，就好像一只平常的苍蝇从接待室飞过去一样。长官们对待他冷酷又蛮横。一个副股长常常直接把公文扔到他的鼻子底下，甚至连"请抄写一遍""这件案子挺有趣的"，或者其他一些有教养的机关里常说的客气话都不说一句。而他看一眼公文就接过来，根本不看是谁递给他的，那个人是否有这个权力。他拿到公文就立刻开始抄写。年轻的官员们经常嘲笑他，奚落他，卖弄他们在官场上练就的聪明才智，当着他的面编排关于他、关于他的房东——一个七十岁的老太婆的各种故事，他们说，她揍他，还问他，他们什么时候举行婚礼，把碎纸屑撒在他的头上，说是下雪了。但是阿卡基·阿卡基耶维奇对此没有任何反应，就像他面前一个人也没有一样，甚至都影响不到他手里的工作：尽管不停地被打扰，他在公文上却一个字也没有写错。除非玩笑开得太过火，有时候碰到他的胳膊，妨碍他工作了，他才说一句："别再烦我了，你们为什么欺负我呢？"他说的话和他的声音当中有一种奇怪的东西。里面有一种东西令人于心不忍，一个不久前刚入职，也学着别人的样子嘲笑他的年轻人，像被刺痛了一样突然停了下来，从那时起他眼前的一切似乎都变了，都变成了另外一种样子。一种神奇的力量让他和自己刚刚结识，并被他看成体面的上等人的同事们疏远了。此后很长的时间里，在最开心快活的时刻，他就会想起那个矮小的、秃顶的小官吏和他说出的刺痛人心的话语："别再烦我了，你们为什么欺负我呢？"而在这令人刺痛的话语中还可以听到另一个声音："我是你的兄弟啊。"这个可怜的年轻人用手捂住了脸。此后，在他的一生当中，当他看到人的身上有那么多惨无人道的东西，在上流社会教养有素的优雅表象之下，天哪，甚至在社会公认的高尚而正直的人身上隐藏着那么多的残暴和粗野的时候，他有很多次都不寒而栗。

在任何地方恐怕都很难找到像他这样忠于职守的人。说他工作勤勤恳恳，这远远不够；不，他是热爱自己的工作。在抄抄写写中，他看到了一个丰富多彩、令人愉快的世界。他的脸上浮现出怡然自得的神情，有几个字母他尤为喜爱，一写到它们便高兴得忘乎所以：一边笑，一边眨着眼睛，嘴唇也蠕动着，似乎，从他的脸上就能看出他的笔下写出的是哪个字母。如果按照勤奋来论功行赏的话，那他自己都会感到惊讶，说不准他能当上个五等文官呢，但是正像那些言辞尖刻的同事所说的那样，他供职多年，只挣到了纽襻儿上的一枚奖章和屁股上的痔疮。不过，也不能说大家都忽视了他。有一位司长为人善良，打算对他供职多年予以奖励，下令让他做些比普通的抄抄写写更重要的工作，就是让他给已经办好的公事拟写一封送往另一个部门的公函，这只需要改写一下卷头的称呼，再把几个动词从第一人称改成第三人称就行了。这可把他难住了，他汗流浃背，不停地擦着额头，最后说："我做不了，还是让我抄抄写写吧。"从那以后，他就永远都只能做抄写工作了。似乎，除了抄抄写写，对他来说一切都不存在。他一点不讲究穿戴：他的制服已经不是绿色的，而是有点发白的棕红色。他的衣领又窄又低，所以尽管他的脖子并不长，还是露在了领子外面，显得特别长，就像是住在俄国的外国商贩顶在脑袋上的一大堆摇头晃脑的石膏小猫的脖子一样。何况总是有东西粘在他的制服上：或是一根干草，或是一段线头；而且，他还有一种特殊的本领，走在街上，每次有人从窗口扔垃圾的时候，他都恰好从窗户底下经过，所以他的帽子上总有些西瓜皮和香瓜皮，以及诸如此类的乱七八糟的东西。他这辈子一次都没有留意过街上每天发生了什么事情，众所周知，他的同僚，一个年轻的官员总是处处留心，他灵活的目光极具洞察力，甚至能发现在人行道的另一边某个人裤腿下面的套带开了，这总会让他的脸上露出一个幸灾乐祸的笑容。

但是，阿卡基·阿卡基耶维奇即使去看，也只看得见自己用均匀的笔迹写成的一行行干净整齐的文字，除非是不知道从哪里冒出来的一张马脸挨到了他的肩膀上，从鼻孔里往他的脸颊上吹了口气的时候，他才发现，他并没有处在一行行的文字中间，而是在马路上。回到家之后，他立刻坐到桌子前，大口喝着菜汤，吃了一块葱炖牛肉，完全没有留意它们的味道，连同苍蝇和老天爷此时送来的所有东西一起吞了下去。觉得肚子鼓起来了，他就从桌边站起来，拿出一小瓶墨水，开始抄写带回家的公文。如果没有公文要抄写，他为了让自己高兴就专门为自己抄写一份，尤其是当公文十分特别的时候，不是说它的文笔特别优美，而是公文的收信人是个新来的或是某个重要人物。

甚至当彼得堡灰色的天空完全黑了下来，所有的官员都按照各自的薪资和喜好大吃大喝了一顿的时候；当办公室里鹅毛笔的沙沙声已经停止，闲不住的人奔波忙碌了一整天，把自己的和别人的重要事情，甚至自愿承担的、职责范围之外的事情都已经做完了的时候，当官员们都忙着去享受余下的时光：有的迅速奔向剧院，有的去逛街——为了欣赏那一顶顶可爱的女帽，有的去参加晚会——对一个长相俊俏、被小官吏群体奉若星辰的姑娘说些恭维话来消磨时光，而最常见的是，有人直接去自己住在四层或者三层楼上的同事家里，同事通常住在带前室和厨房的两个小房间里，有一些时髦的摆设、一盏灯或者别的付出很大代价、省吃俭用才买来的东西——总之，当所有的官吏都分别在自己朋友的小房间里坐下来打惠斯特牌，就着廉价的面包干不时地喝一口茶，长烟袋里喷着烟，一边发牌一边谈论着从每个俄国人都非常向往的上流社会流传出来的各种谣言，甚至当无话可说时又讲起了那个老掉牙的关于司令官的趣闻，说是有人向他报告，法尔康内纪念像[1]的马尾巴被人砍掉了的时候——总之，就是当所有人都去寻欢作乐的时候，阿卡基·阿卡基耶维奇没有任何消遣。谁也说不出曾在哪个晚会上见过他。他抄写尽兴了，就躺下睡觉，一想到明天他就笑容满面：明天老天爷会让他抄写什么呢？这个每年仅四百卢布薪俸、对自己的命运毫无怨言的人就这样平静地过着日子，也许，如果没有散落在人生道路上的各种不幸的话他能活到垂暮之年，但是不仅九等文官，就连三等、四等、七等文官，甚至那些既不给任何人建议也不听任何人建议的官员们的人生道路上也躲不开这些灾祸。

所有年俸四百卢布或差不多这个数目的人在彼得堡都有一个强大的敌人。这个敌人不是别的，而是我们北方的严寒，尽管，据说，它于健康有益。早晨8点多钟，在这个钟点，街上走的都是去司里上班的人，这时严寒开始凶

---

〔1〕 法尔康（1716—1791）：法国雕塑家，曾为彼得大帝铸造青铜塑像。

狠地、不加选择地刺痛所有人的鼻子，可怜的官员们都不知道把鼻子往哪儿藏才好。此时，就连位高权重的人也因为严寒而冻得脑门生疼、快掉眼泪了，而贫穷的九等文官有时却没有任何防寒措施。唯一自救的办法就是穿着单薄的制服尽快跑过五六条街道，然后在门房里好好地跺跺脚，直到在路上已经冻僵了的履行职务的才干和能力全都暖和过来为止。阿卡基·阿卡基耶维奇这段日子开始觉得后背和肩膀冻得厉害，尽管他总是竭力尽快地跑完那段路。他终于想到，莫非是他的外套有什么问题。他在家里把它仔细地看了看，他发现，正是后背和肩膀上有两三个地方只剩下一层稀薄的棉布了，呢子已经磨透亮了，衬里也崩开了。需要说明一下，阿卡基·阿卡基耶维奇的外套也是官员们的笑料，他们甚至不把它称为"外套"这个高雅的名字，而称之为外衣。事实上，它的确有点古怪：领子一年比一年小，因为用它来补了别的地方。补丁打得又不像是裁缝的手艺，当真是又粗糙又难看。看出问题之后，阿卡基·阿卡基耶维奇决定把外套送到裁缝彼得罗维奇那里去。彼得罗维奇住在某栋房子走后楼梯上去的四层楼上，尽管他瞎了一只眼睛，满脸都是麻坑，但是修补官员和其他各类人士的裤腿和燕尾服的手艺却相当好，当然，这是在他没有喝醉，并且脑子里没有想着别的事情的时候。关于这个裁缝，当然不该说太多，但是现在有这么个规矩，故事中每个人物的性格都要交代清楚，所以我们只好在这里简单介绍一下彼得罗维奇了。起初他的名字叫作格里高利，是某个地主老爷的农奴，他在获得自由证书[1]之后就叫作彼得罗维奇了，从那以后，一到节日他就痛饮一番，一开始他只在重大节日的时候喝酒，后来就不加选择了，只要到了日历上画了十字的宗教节日他都要喝酒。从这方面来看，他完全忠于祖辈的传统习俗，他同老婆吵架，管她叫世俗女人、德国娘儿们。既然我们说到了他的老婆，那就需要再说上几句：但是，很遗憾，关于她，我们一无所知，只知道彼得罗维奇有个老婆，还知道她头上戴的是包发帽，而不是头巾，但是她的容貌，似乎，难以恭维，至少在遇见她的时候，只有近卫军士兵才会往她的包发帽底下看两眼，翘了翘胡子，发出一个怪声。

通往彼得罗维奇家的楼梯，实话实说，洒满了水和泔水，散发着一股辣眼睛的酒精味儿，众所周知，彼得堡所有房子的后楼梯都是这个味儿——阿卡基·阿卡基耶维奇一边费劲儿地爬着楼梯，一边思忖着彼得罗维奇要多少钱，打定主意，超过两个卢布他绝对不给。门敞开着，因

---

〔1〕旧俄时代解除农奴身份的证书。

为女主人正在做鱼，厨房里都是烟，连蟑螂都看不见了。阿卡基·阿卡基耶维奇穿过厨房时，女主人甚至都没有看见他，他终于走进了房间里，只见彼得罗维奇端坐在一张宽大的、没有刷过漆的木桌上，两腿盘在身子底下，像个土耳其总督似的。遵照着坐着干活儿的裁缝们的习惯，光着两只脚。阿卡基·阿卡基耶维奇最先看见的是那个非常熟悉的大拇指，上面长着畸形的、又厚又硬的指甲，就像乌龟壳一样。彼得罗维奇的脖子上挂着一桄丝线和棉线，膝盖上放着一件破旧的衣服。他纫针纫了差不多三分钟了，还是没纫上，所以对黑暗非常生气，甚至对线也生起气来了，他嘟嘟囔囔地低声说："还不进去，臭婆娘，你可把我折磨够了，你这个坏蛋！"阿卡基·阿卡基耶维奇觉得有点为难，因为正赶上彼得罗维奇在发脾气：他喜欢在彼得罗维奇有点醉意的时候，或者用他老婆的话说"独眼鬼喝饱了烧酒"的时候来找他做活儿。那时的彼得罗维奇总会自动让价，很好说话，每次甚至又鞠躬又道谢的。过后，的确，他的老婆会找过来，哭着说她的丈夫喝醉了，所以价钱要得太便宜了，但是，只要再添上一枚十戈比的银币，也就没事儿了。眼下彼得罗维奇似乎很清醒，所以他很蛮横，不好商量，鬼知道他会要什么样的价钱。阿卡基·阿卡基耶维奇想到这一点，已经准备像俗话说的那样，打退堂鼓了，可是已经来不及了。彼得罗维奇眯着自己仅有的一只眼睛正目不转睛地看着他，阿卡基·阿卡基耶维奇只好开口说道：

"你好，彼得罗维奇！"

"您好，先生！"彼得罗维奇说着，斜眼看了看阿卡基·阿卡基耶维奇，想看清楚他带来的是什么东西。

"我来找你，彼得罗维奇，是因为……"

需要说一下，阿卡基·阿卡基耶维奇在说一件事情的时候总是用很多前置词、副词，以及没有任何意义的语气词。如果事情不太好办，他甚至经常连一句话都说不全，所以，他的开场白往往是："这个，没错，就是那什么……"然后就什么都没有了，他自己已经忘了要说什么，还以为自己都说完了呢。

"到底什么事呀？"彼得罗维奇问道，同时用独眼上下打量着他身上的制服，从领子一直打量到袖子、后背、后襟和纽襻儿，他全都了如指掌，因为都是他自己的手艺。裁缝都有这样的习惯，见面时先要看看你的衣服。

"我到这儿是因为，彼得罗维奇，外套，呢子的……你看，别的地方还很结实，就是落了些灰尘，看着似乎有些旧了，可它还很新呢，只是有一个地方有点……在后背上，肩膀上还有一个地方有些磨破了，就是这个肩膀上，你看，就这些。没多少活儿……"

彼得罗维奇拿起衣服，先把它摊在桌子上，仔仔细细地瞧了半天，随后摇了摇头，伸手去拿窗台上一个圆形的、盖儿上画着一个将军肖像的鼻烟，具体是哪个将军就不知道了，因为脸的位置被手指戳破了，然后又粘上了一块方方正正的小纸片。彼得罗维奇闻了闻鼻烟，两手抻着外套，对着亮光又仔细看了看，又摇了摇头。接着，他把衬里翻了过来，再次摇了摇头，他又打开了粘着小纸片、画有将军肖像的鼻烟壶，往鼻子里塞了点烟丝，盖上盖子，藏好鼻烟壶，终于说道：

"不行啊，补不了啦，衣服太破了！"一听这话，阿卡基·阿卡基耶维奇的心不禁哆嗦了一下。

"怎么补不了呢，彼得罗维奇？"他几乎是用孩子般哀求的声音说，"就只有肩膀那里磨破了一点，你这儿肯定有一些布头……"

"布头倒是有的，布头能找着，"彼得罗维奇说，"但是缝不上了，东西已经完全糟了，针一碰，就破了。"

"破就破吧，你再补上一块补丁不就行了。"

"哪有地方打补丁，没法固定，磨损得太厉害了。说是呢子，可风一吹，就破了。"

"行了，你就给补几针吧。怎么会这样呢，老实说，那什么……"

"补不了，"彼得罗维奇斩钉截铁地说，"没办法了。东西太破了。您还是在冬天最冷的时候到来前，把它改成包脚布吧，因为袜子不暖和。那是德国人想出来的东西，就为了多赚钱（彼得罗维奇喜欢一有机会就讽刺一下德国人）。外套嘛，看来，您得做一件新的了。"

阿卡基·阿卡基耶维奇一听到"新的"这个词儿立刻两眼发黑，房间里的所有东西在他眼前模糊成一片，只有彼得罗维奇鼻烟壶盖儿上的那个脸上糊着纸片的将军还看得清楚。

"拿什么做新的呢？"他像做梦似的说道，"我可没钱啊。"

"是的，得做新的。"彼得罗维奇生硬而平静地说。

"那么，要是不得不做新的，那得……"

"就是说，得花多少钱吧？"

"是的。"

"需要一百五十多卢布。"彼得罗维奇说，说完他意味深长地闭紧了嘴。他非常喜欢戏剧性的效果，喜欢突然让人不知所措，然后斜眼观看那个不知所措的人听完这话之后脸上变成了什么模样。

"一件外套一百五十卢布！"可怜的阿卡基·阿卡基耶

维奇喊道，可能，这是他出生以来第一次喊了出来，因为他说话一向都是低声下气。

"是的，"彼得罗维奇说，"这还要看做啥样的外套。如果上个貂皮领子，再用丝绸做风帽衬里的话，那就要两百卢布了。"

"彼得罗维奇，行行好吧，"阿卡基·阿卡基耶维奇哀求地说，他没听见并且尽量不去听彼得罗维奇说的话，也不理会那些话的效果，"就随便补补吧，只要能穿一阵子就行。"

"不行，补不了啦，白费工夫，白花钱。"彼得罗维奇说。阿卡基·阿卡基耶维奇听完这话，失魂落魄地走了出去。

彼得罗维奇在他离开之后，又站了好半天，耐人寻味地紧抿着嘴唇，没有立刻去干活儿，他感到很得意，没有自贬身价，也没有白白糟蹋裁缝的手艺。

阿卡基·阿卡基耶维奇好像做梦似的来到街上。"事情居然是这样，"他自言自语地说，"我当真没想到会是这样……"他沉默片刻，接着说道："居然是这样！这结果，我真是万万没想到。"他又沉默了好半天，然后说道："居然会这样！我真是没想到，无论如何也想不到……会是这样！"说完，他没有回家，而是往完全相反的方向走去，而他自己一点也没有发觉。路上，一个浑身脏兮兮的扫烟囱的工人从旁边撞了他一下，把他的整个肩膀都撞黑了，一些石灰粉从一幢正在施工的楼房的顶上掉了下来，恰好撒在他身上。他对这些都毫无知觉，直到后来撞上了一位把斧戟放在一旁、正从角形烟盒里往长满老茧的手上倒烟丝的岗警时，才稍微清醒过来，因为岗警对他说："快撞到脸上了，你不能走人行道吗？"他这才四下看了看，然后转身往家走。回家之后，他才静下心来，认清自己眼下的处境，他不再断断续续地自言自语，而是开始像对待一个明事理的、可以推心置腹地说些心里话的朋友一样理智而坦诚地和自己交谈起来。"不行，"阿卡基·阿卡基耶维奇说，"现在不能去和彼得罗维奇商量，他现在……看来刚被他老婆揍了一顿。我还是星期天早晨去找他比较好，过了星期六晚上，他的眼睛就又斜了，还会睡过头，他需要再喝点解醉酒，而他老婆是不会给他钱的，到时候我就把十戈比银币放在他手里，那他就好说话了，外套到时候也就……"阿卡基·阿卡基耶维奇自己琢磨着，总算打起了精神，等到下一个星期天，打老远看见彼得罗维奇的老婆出门之后，就直接找上门去。彼得罗维奇过完星期六，眼睛的确斜得厉害，他低垂着头，完全没有睡醒，但他一听说是这件事情，立刻就像被鬼撞了一下似的。"不行，"

他说，"您就定做一件新的吧。"阿卡基·阿卡基耶维奇马上塞给他一枚十戈比的银币。"多谢，先生，那我就为了您的健康喝几杯吧，"彼得罗维奇说，"但是，那件外套你就别再劳神了，它已经彻底不能穿了。我给您好好做一件新外套，就这么说定了。"

阿卡基·阿卡基耶维奇还坚持要补一补，但是彼得罗维奇没听他说完，就说道："我保准给您做一件新的，您就放心吧。我甚至可以给您做成时髦的款式，衣领用银领钩。"

这时，阿卡基·阿卡基耶维奇总算明白了，新外套是不做不行了，他的心情低落下来。怎么办，说实话，哪有钱做新外套呢？当然了，一部分可以指望过节时会发下来的奖金，但是这钱也早就有了安排，提前就计划好了。需要做一条新裤子，付清靴匠给旧靴筒钉上新靴头的欠账，还要跟女裁缝定做三件衬衫和两件不方便说出来的内衣，总之，所有的钱都得花光，就算司长大发善心，奖金不发四十卢布，而是发四十五或五十卢布，那也剩不了多少，对做一件外套来说实在是微不足道。当然，尽管他知道彼得罗维奇喜欢乱开价，鬼知道他会要出怎样高的价钱，甚至有时候他老婆都忍不住喊起来："你疯了吗，傻瓜！有时候一分钱不要给人做活，现在又鬼上身，狮子大开口，你自己都不值这个价钱。"当然了，虽然他知道花八十卢布彼得罗维奇就会接这个活儿，但是从哪儿弄来这八十卢布呢？要是一半还能凑到，一半能凑出来，甚至能多凑一点，但是上哪去找另一半呢？……不过，读者首先应该知道，这一半是从哪里来的。阿卡基·阿卡基耶维奇有个习惯，每花一个卢布，就往一个上了锁的小盒子里扔一枚半戈比的铜币，盒盖儿上弄出了一个小窟窿，专门用来往里面塞钱。每过半年，他就查看一下攒下了多少铜币，然后把它们换成小银币。他从很早以前就开始坚持这样做，就这样，几年下来积攒了四十多卢布。所以，手里有一半，但是到哪儿去找另一半呢？另外四十卢布从哪儿来呢？阿卡基·阿卡基耶维奇左思右想，决定缩减日常开支，尽管，至少要坚持一年才行：晚上不喝茶了，也不点蜡烛了；如果有事情要做，就去房东太太的房间，用她的蜡烛工作；在街上，在石子路和石板路上走路时，尽量放轻脚步，小心翼翼，差不多踮着脚尖走，这样鞋掌就不会磨损得太快；减少让洗衣女工洗内衣的次数，为了不穿得太脏，一回到家就脱下来，只穿一件虽然穿了很久但承蒙岁月眷顾依然保存完好的半锦缎长衫。实话实说，这样节省最开始让他有点难以适应，但是，后来就习惯了，无所谓了。他甚至适应了晚上饿肚子，但是在精神上得到了满足，心思

总在那件将来要做的外套上。从那时候起，他的生活变得
比过去充实了，好像娶了老婆，有人陪着他似的，他不再
孤身一人，而是有了一个亲密的伴侣，愿意和他一起走过
人生的道路，这个伴侣不是别人，正是那件絮着厚厚的棉
花、衬里结实耐穿的外套。他比过去有精神了，甚至性格
也比过去坚强了，就像一个下定了决心，有了目标的人一
样。怀疑、犹豫，总之，一切摇摆不定的特点都从他的脸
上和行动中自行消失了。他的眼睛有时熠熠生辉，脑海中
闪过最放肆、最大胆的想法：真的不安一个貂皮领子吗？
这个念头让他有些魂不守舍。有一次抄写公文的时候，他
甚至差一点抄错，他几乎"啊呀"一声叫了出来，连忙画
了个十字。每个月他至少要去彼得罗维奇家一次，说说外
套的事，在哪儿买呢料最好，买什么颜色，什么价格，尽
管有些心事重重，但是想到有朝一日所有的东西都会置办
好，新外套也会做好，回家的路上他总是感到心满意足。
事情的进展甚至比他预想的要快。出乎意料的是，司长发
给阿卡基·阿卡基耶维奇的不是四十或四十五卢布，而是
整整六十卢布，难道他预先知道阿卡基·阿卡基耶维奇需
要一件外套，还是纯属巧合，不过，他因此又多了二十卢
布。这样一来事情的进展大大加快了。又半饥半饱地过了
两三个月，阿卡基·阿卡基耶维奇真的凑够了大约八十个

卢布。他那一向非常平静的心开始热烈地跳动起来。他当天就和彼得罗维奇一起去了布料店，买了上好的呢料，这没什么可费解的，关于这件事他们半年前就考虑好了，而且几乎每个月都到布料店询问一下价格，彼得罗维奇自己也说，没有比这更好的呢料了。衬里挑了一块细棉布，但是质量很好、很结实，用彼得罗维奇的话说，比丝绸的要好，甚至看上去也更美观、更光亮。貂皮没有买，因为的确太贵了，买了一块猫皮来代替，一块最好的猫皮，店里仅此一块，从远处看就跟貂皮差不多。彼得罗维奇忙活了两个星期终于把外套做好了，很多地方都需要绗线，否则还能早点做好。彼得罗维奇要了十二卢布的工钱，再少他就不干了：全部都是用丝线缝制的，缝了两行细小的针脚，每一行针脚彼得罗维奇后来又用牙咬了一遍，咬出不同的花纹来。这是在……很难准确说出到底是在哪一天，不过，那大概是阿卡基·阿卡基耶维奇一生中最隆重的日子了，彼得罗维奇终于送来了外套。他一大早就送来了，赶在去司里上班的时辰之前。外套送来得正是时候，因为严冬已经到来，似乎，一天比一天冷了。彼得罗维奇像个好裁缝该做的那样，带着外套出现了。他脸上的表情意味深长，阿卡基·阿卡基耶维奇从未见过他这样的神情。他似乎充分认识到自己做了一件了不起的事情，心里突然出现了一道鸿沟，把只会打打补丁、修修补补的裁缝和做新衣服的裁缝隔离开了。他用刚从洗衣女工那里取回来的手帕包着外套，他把外套从手帕里取出来，随后把手帕叠起来，塞进口袋里。他拿出外套，相当自豪地欣赏了一会儿，并且用两手抻着它，十分灵巧地把它披在了阿卡基·阿卡基耶维奇的肩上，又在身后把它往下抻了抻、拽了拽，他让阿卡基·阿卡基耶维奇披上外套，稍稍敞开衣襟。阿卡基·阿卡基耶维奇作为一个已经有把年纪的人想穿上袖子试试，彼得罗维奇帮他伸进袖子里，结果，也很合适。总之，这外套做得非常合身。彼得罗维奇趁此机会说，他住在小马路上，没挂招牌，而且早就认识阿卡基·阿卡基耶维奇，所以价格要得便宜，要是在涅瓦大街，光是手工费就得要七十五个卢布。阿卡基·阿卡基耶维奇不想和彼得罗维奇讨论这个，而且他害怕听到彼得罗维奇吹嘘出来的吓人的价钱。他给彼得罗维奇付了账，向他道了谢，就立刻穿着新外套到司里去了。彼得罗维奇紧跟着他走了出来，站在街上，久久地从远处看着外套，然后特意拐了个弯，穿过一条弯弯曲曲的小胡同，抄近路再次跑到大街上，为的是从另一方向，从正面再看一看自己做的外套。此时阿卡基·阿卡基耶维奇正兴高采烈地走在路上。他时时刻刻都能感觉到身上的新外套，有几次甚至开心得笑了起来。事实上，新外套有两个好处：一是暖和，二是美观。他不知不觉地走完了那段路，很快就到司里了，在门房里他脱下外套，把它前后打量了一番，然后交给门卫让他小心照管。不知道怎么回事，司里所有人立刻知道了阿卡基·阿卡基耶维奇有了一件新外套，那件旧外衣已经不见了。大家立刻跑到门房来看阿卡基·阿卡基耶维奇的新外套。他们开始向他道贺，恭喜他，起初他只是面带微笑，后来甚至有些难为情了。当大家都聚在他身边，说起他应该为做了新外套庆祝一下，至少应该举办一次晚会邀请大家时，阿卡基·阿卡基耶维奇完全不知所措了，他不知道他该怎么办，该怎么回答、怎么推脱掉。几分钟过后，他已经面红耳赤了，他开始天真地想让他们相信，这根本不是新外套，而是一件旧外套。最后，有一个官员，还是一个副股长之类的官，为了表明自己一点也不高傲，甚至愿意和比自己级别低的人有来往，就说道："这样吧，我来替阿卡基·阿卡基耶维奇举办一场晚会，请大家今晚到我那里喝茶吧，真是太巧了，今天正是我的命名日。"官员们顺势向副股长表示祝贺，并且欣然接受了这个提议。阿卡基·阿卡基耶维奇开始推辞，但是大家都说这样不礼貌，太可耻了，他就不好再拒绝了。其实，过后他想到，趁此机会他可以穿着新外套在外面逛一逛，甚至去参加晚会，他还是挺开心的。对阿卡基·阿卡基耶维奇来说，这一整天就像一个最隆重的节日似的。他心情舒畅地回到家里，脱下外套，小心翼翼地把它挂在墙上，再次欣赏了一遍呢子和衬里，然后特地把自己原来的那件已经彻底破烂不堪的外衣拿出来比较一番。他看了一眼旧外套，就连自己也笑了起来，可真是天壤之别啊！后来吃饭的时候，他脑海中想起那件旧外衣破破烂烂的样子，又笑了好半天。他愉快地吃完饭，饭后什么也没有写，没抄写任何公文，天黑之前，他还躺在床上稍稍享受了一下。然后他没再耽搁，穿戴整齐，披上外套，走了出去。请客的官员具体住在什么地方，很遗憾，我们也说不清，记性开始变得越来越差了，而且彼得堡的一切，所有的街道和房屋在脑子里混成了一团，很难从中辨识出某个地方。不管怎样，至少有一点是确定的，这个官员住在城里最好的地段，所以离阿卡基·阿卡基耶维奇的住所一点也不近。阿卡基·阿卡基耶维奇先要穿过几条人迹罕至、灯光昏暗的街道，但是随着离那个官员的住所越走越近，街道也变得热闹起来，居民更多、灯光更亮了。路上的行人渐渐多起来，还能看到一些服饰华丽的女士们，男士们的衣服上安着海狸皮领子，很少能碰见装有木围栏、钉着镀金钉子的雪橇，相反，碰见的都是戴着深红色天鹅绒帽子的车夫驾着刷了亮漆、铺了熊皮毯子的

雪橇，连赶车人的座位都十分讲究的轿式马车在街上飞驰
而过，车轮在雪地上轧轧作响。阿卡基·阿卡基耶维奇看
着这一切，就像看新鲜事儿一样。他已经有很多年晚上不
出门了。他好奇地站在一家商店明亮的橱窗前看一幅画，
上面画着一个美女，她脱下一只鞋，露出一只美丽的纤足，
在她身后一个留着络腮胡子、下巴上蓄着漂亮的又短又尖
的小胡子的男人正从另一个房间的门里探出头来。阿卡
基·阿卡基耶维奇摇了摇头，笑了笑，就接着赶路了。他
为什么笑呢，是不是因为看见了他非常陌生的东西？但是
毕竟每个人的心中对这些东西都是有感觉的，或者他也像
很多其他官员一样，有了这样的想法："哼，这些法国佬！
显然，他们想怎样，就怎样……"也许，他并没有这么
想，毕竟不能钻到人的心里面去看看他在想什么。他终于
到了副股长住的那幢房子。副股长的生活很阔气：楼梯上
点着一盏灯，他住在二楼。走进前室，阿卡基·阿卡基耶
维奇看见地板上摆着好几排套鞋。在套鞋之间，房间的中
央放着一个吱吱作响的茶炊，冒出一股股的水蒸气。墙上
挂满了外套和披风，有的外套甚至有海狸皮领子或丝绒领
子。墙后面传来喧闹声和说话声，当门一打开，仆人端着
摆满了空玻璃杯、奶油壶和装面包干的小篮子的托盘走出
来时，喧哗声立刻变得清晰而响亮。显然，这些官员们早

就到了，已经喝完了第一杯茶。阿卡基·阿卡基耶维奇自己挂好外套，走进房间，蜡烛、官员、烟斗、牌桌一下子出现在他眼前，从四周传来的语速很快的谈话声和拖动椅子的嘈杂声震得他的耳朵嗡嗡作响。他不知所措地站在房间中央，努力地思考着他该怎么办。但是人们已经发现了他，并且叫喊着欢迎他，所有人立刻走到前室再次欣赏他的外套。阿卡基·阿卡基耶维奇尽管感到有些难为情，但是，作为一个老实人，看见大家都称赞他的外套，心里不禁美滋滋的。后来，大家自然不再理会他和他的外套，依照惯例又回到了惠斯特牌桌前。喧哗声、说话声、一大群人——这一切在阿卡基·阿卡基耶维奇看来都有些奇怪。他简直不知道如何自处，手脚和整个身子都不知道往哪儿放才好，最后，他坐在了打牌的人身边，看着他们打牌，一会儿看看这个人的脸，一会儿再看看那个人的脸，不一会儿就打起了哈欠，感到有些无聊，而且早就到了他平时上床睡觉的时辰了。他想跟主人告辞，但是他们不放他走，并且说为庆祝他购置了新外套一定要喝一杯香槟酒。一小时后晚饭端上来了，有凉拌菜、凉拌小牛肉、夹层馅儿饼、糕点和香槟酒。阿卡基·阿卡基耶维奇被迫喝了两杯香槟酒，喝完之后他觉得房间里更欢乐了，但是他仍然记得已经 12 点钟了，早该回家了。为了避免主人挽留，他悄悄地溜出了房间，在前室寻找自己的外套，看见外套掉在了地板上不禁有些心疼，他抖了抖外套，摘掉粘在上面的碎屑，穿到身上，下楼来到了街上。街上还有灯光。几家小商店没有锁门，那是家仆和各色人物永远的俱乐部，别的店铺已经上锁了，但是从门缝里透出长长的一排亮光，说明里面还有人，也许是女仆或男仆们正在聊着各种闲话，害得他们各自的主人完全不知道他们到哪儿去了。阿卡基·阿卡基耶维奇心情愉快地走着，不知何故，他竟然突然跟在一位女士的后面跑了起来，那位女士像一道闪电似的从他身旁一闪而过，浑身上下都充满了不同寻常的活力。不过，他立刻停住了脚步，仍旧像原来那样静悄悄地赶路，连他自己都对刚才那股不知从哪里冒出来的活泼劲儿感到诧异。不一会儿，几条空寂的街道出现在他面前，它们就算是白天也不太热闹，更何况是在晚上了。现在它们看上去更加僻静、荒凉了：亮着的路灯越来越少，显然，发给这一带的灯油太少了；只看见了几座木头房子和栅栏，一个人也没有，只有路上的积雪在闪闪发亮，还有几栋黑糊糊的、低矮而冷清小房子，护窗板紧闭，已经沉沉睡去。他走到一个地方，道路被一片非常开阔的广场截断了，只勉强看得见广场对面的房屋，看上去空旷得令人害怕。

　　远处，天知道是什么地方，有一座岗亭闪烁着一点灯光，看上去仿佛远在天边。阿卡基·阿卡基耶维奇那股高兴劲儿此时不知为何突然少了许多。他踏上广场，不由得感到有些恐惧，好像他的心里已经预感到了不幸似的。他回头看了看，又左右环顾一番：仿佛置身于一片汪洋大海之中。"不行，最好还是别看。"他心想，并且闭上眼睛往前走，当他睁开眼睛想看看是否快走到广场的尽头时，忽然看见在他面前，几乎就在他鼻子跟前站着几个留着小胡子的人，他们是些什么样的人，他完全分辨不出。他两眼模糊，心脏在胸膛里怦怦直跳。"这可是我的外套！"——其中一个人抓住他的衣领，用雷鸣般的声音说道。阿卡基·阿卡基耶维奇刚想喊"救命"，另一个人就用拳头堵上了他的嘴，那拳头足有小官吏脑袋那么大，说道："你敢喊！"阿卡基·阿卡基耶维奇只觉得有人从他身上扒下了外套，他还被人用膝盖顶了一下，他仰面朝天地摔倒在雪地上，失去了知觉。过了几分钟，他醒了过来，从地上爬了起来，但是已经一个人都没有了。在旷野中他觉得非常冷，外套不见了，他叫喊起来，但是，声音似乎传不到广场的尽头。他绝望了，不停地叫喊着，穿过广场直奔岗亭跑去，岗亭旁边站着一个岗警，他正靠在自己的斧戟上四下张望，似乎很好奇，想知道是什么人叫喊着从远处向他跑过来。阿卡基·阿卡基耶维奇跑到他跟前，气喘吁吁地叫嚷着，说他就知道睡觉，什么事儿也不管，有人抢劫也看不见。岗警回答说，他什么也没看见，只看见两个人在广场中间拦住了他，还以为是他的朋友呢，叫他不要再白费力气在这里叫骂，明天去一趟巡长那里，巡长会查出是谁抢走了外套。阿卡基·阿卡基耶维奇十分狼狈地跑回家：两鬓和后脑勺上所剩无几的头发全都乱蓬蓬的，身体的侧面、前胸和两条裤腿上都是雪。房东老太太听见了可怕的敲门声，急忙跳下床，只穿上一只鞋，一只手谨慎地掩着胸口的衬衫就跑去开门了，可是，一打开门，看见阿卡基·阿卡基耶维奇那副模样，不禁后退了几步。等他说完是怎么一回事儿之后，她两手轻轻一拍，告诉他应该直接去找警察局长，巡长就爱骗人，答应之后也不办事，最好直接去找警察局长，说她甚至还认识警察局长呢，因为有个芬兰女人安娜，曾经在她这里当厨娘，现在在局长家里当保姆，说她经常看见局长本人从她家房前经过，他每个星期天都去教堂，祷告的时候还笑呵呵地看着大家，所以，种种迹象表明，他应该是个善良的人。听完这番见解之后，阿卡基·阿卡基耶维奇忧郁地回到自己的房间，他是怎样度过这个夜晚的，凡是多少能够设身处地地为别人着想的人都应该想象得到。第二天一大早他就去见警察局长，但是他被告知，局长在睡觉；他10点钟又去了，还

是说，局长在睡觉；他11点钟再去，被告知：局长出门
了；午饭时间他又去了，但是门厅里的录事们说什么也不
放他进去，一定要知道他来办什么事儿，有什么需要，发
生了什么事情。所以，最后阿卡基·阿卡基耶维奇生平第
一次想显示一下自己的性格，他坚决地说，他一定要亲自
见到局长本人，他们不敢不让他进去，他从司里为了公务
而来，他要是告他们的状，他们就等着瞧吧。录事们不敢
再加以反驳，其中一个去请警察局长。局长听他说完外套
被抢这件事之后态度非常奇怪。他不去关注这一事件的关
键问题，而是开始盘问阿卡基·阿卡基耶维奇：他为什么
那么晚才回家？是否去过不正派的地方？这让阿卡基·阿
卡基耶维奇非常难堪，他从局长那里走了出来，自己也不
知道外套一事是否能得到恰当的处理。他一整天都没去办
公（一生中仅此一次）。第二天他面色苍白地出现了，穿着
自己那件旧外衣，看起来更加寒酸了。阿卡基·阿卡基耶
维奇讲述了外套被抢的事情，尽管一些官员即便这个时候
仍然没有放过机会嘲笑阿卡基·阿卡基耶维奇，但是很多
人都被感动了。有人立刻决定为他捐款，但是收到的捐款
却微不足道，因为除掉这件事儿官员们已经有了很多开销
了，例如订购司长的肖像，根据科长的建议买了一本书，
书的作者是科长的朋友，所以筹到的钱非常少。有个人动

了恻隐之心，决定至少要给他提出一些善良的忠告，帮帮阿卡基·阿卡基耶维奇，就跟他说，别去找巡长，因为即便巡长为了得到上司的称赞，用什么方法找到了外套，但是如果他不能提供合法的证据证明外套是他的，那外套终究还是会留在警察局里，他最好去找一个大人物，只要大人物给有关人员写张条子，交涉一下，事情解决起来就顺利多了。没有别的办法，阿卡基·阿卡基耶维奇决定到大人物那里走一趟。这位大人物究竟身居何职，直到今天仍然没人知道。需要说明的是，这个大人物是最近才成为大人物的，而在此之前也只是一个无足轻重的小人物而已。而且，就算是现在，他的职位与那些更为显赫的职位相比，也没有多了不起。但是，总是有这样一些人，对别人来说微不足道的职位在他们眼中已经非常显赫了。而且，他总是通过各种各样的方式来强调自己的重要性，比如，他规定，当他去办公的时候，下属官员们要在楼梯上迎接他；不让任何人能够直接找到他，一切都按照最严格的程序来进行：十四等文官报告给十二等文官，十二等文官报告给九等文官或是其他相关人员，通过这样的方式将事情呈报给他。在神圣的俄罗斯所有人都被传染上了一种"模仿病"，每个人都在装腔作势，模仿自己的上司。据说，甚至有一位九等文官，被派去领导一个独立的小办事处，他立刻给

自己隔出一间专门的房间，称为"办公室"，并且让制服上
有红领子和金银边饰的服务人员站在门口，握着门把手，
给每一个来访人员开门，尽管"办公室"里只勉强放得下
一张很普通的书桌。大人物的态度和举止风度都稳重而威
严，但是并不复杂。他这套体系的主要基础就是严厉。"严
厉，严厉，再严厉"——他平时经常这样说，而且在说完
最后一个词儿时总是会意味深长地看着对方的脸。尽管没
有任何原因要这么做，因为整个办事处的管理部门只有十
来个官员，即使不这样做他们也已经胆战心惊了，从远处
看见他，就立刻把公事放到一旁，站得笔直地恭候他，直
到上司穿过房间为止。他平时和下属说话总是很严厉，几
乎只有三句话："您怎么敢这么做？您知道您在和谁讲话
吗？您知道，在您面前站着的是谁吗？"不过，他的内心
是个善良的人，对同事友好，乐于助人，只是将军的官衔
让他彻底昏头了。得到将军头衔之后，他有点犯迷糊，走
入了歧途，完全不知道他该怎么做了。如果他和地位与自
己相当的人在一起，他还是个蛮不错的人、十分正派的人，
甚至从很多方面来看他都不是个蠢人。但是，他只要和官
衔哪怕只比他低一级的人在一起，就变得非常令人难以忍
受：他一言不发，处境也真是可怜，而且就连他本人也感
觉到了，他原本可以十分快活地打发时间。他的眼睛里有

时流露出他想要参与到某个有趣的话题和人们当中的强烈渴望，但是一个念头阻止了他：他这样做是不是有些过头了呢，是不是太随便了，不会自贬身份吗？经过这番思量之后他就一直沉默下去了，只是偶尔极为简短地回应一声，因此他获得了"最无趣的人"的称号。我们的阿卡基·阿卡基耶维奇去求见的就是这样一个大人物，而且他来得很不是时候，这个时间对他本人来说很不利，尽管对大人物来说正合适。这位大人物正在办公室里和一个多年未见的不久前才来到此地的老熟人、一个儿时伙伴兴致勃勃地交谈着。这时有人通报，说一个叫巴施马奇金的人来求见。他生硬地问道："是什么人？"回复说："是个官员。""啊！让他等一等，现在没时间。"大人物说。这里需要说明一下，大人物完全是在撒谎：他是有时间的，他跟朋友已经把所有的话题都说遍了，在他们的谈话中，已经有好几次两个人长时间的默不作声，只是轻轻地拍一拍对方的大腿，说一句："是这样，伊万·阿勃拉莫维奇！""就是这样，斯捷潘·瓦尔拉莫维奇！"但是，尽管如此，他还是吩咐那个官员等一等，为的是让早已离职的、久居乡下的朋友看一看，官员们要在他的前厅里等上多长时间。最后，他聊够了，也沉默够了，坐在椅背可以折叠的、十分舒适的圈椅里抽完了一支雪茄烟之后，他仿佛终于突然想起来了似的，对拿着文件站在门口准备报告的秘书说："对了，好像还有个官员在外面等着呢，告诉他可以进来了。"他一看见阿卡基·阿卡基耶维奇那副恭顺的模样和身上的旧制服，突然面向他说道："您有什么事？"语气生硬而严厉，这种语气是他在获得现在的职位和将军头衔的前一个星期待在自己的房间里、独自面对镜子专门提前练会的。阿卡基·阿卡基耶维奇早已心生畏惧、惊恐不安了，他尽量让舌头灵活起来，但是说明事情原委的时候却比平时说了更多的语气词"那个"，他说他有一件全新的外套，现在被人用毫不人道的方式抢走了，他来求见他，是希望大人能够亲自给警察总监或是其他有关人员写一张条子，把外套找回来。不知为何，将军觉得这样的请求太无礼了。

"您怎么回事，先生，"他继续生硬地问道，"您不知道程序吗？您这是到什么地方来了？不知道事情该怎么办吗？这种事情，您应该先递交一份申请到办事处，股长看完送给科长，然后再上报给秘书，而秘书再呈报到我这儿……"

"但是，大人，"阿卡基·阿卡基耶维奇努力鼓起身上仅有的一点勇气说道，与此同时他感到自己已经汗如雨下了，"我斗胆来麻烦大人，是因为秘书们那个，不可靠……

"什么，什么，什么？"大人物说道，"您哪来这么大的胆子？您这种想法是从哪儿来的？反对上司和长官的猖狂之举竟然在年轻人当中盛行！"

大人物似乎没有发现，阿卡基·阿卡基耶维奇已经五十多岁了。所以，如果他还可以被称作年轻人的话，那也只能是相对而言，即相对于那些七十多岁的人而言的。

"您知道，您在跟谁说话吗？您知道，您面前站着的人是谁吗？您明白这一点吗，您明白吗？我问您。"

说到这儿他跺了一下脚，提高了嗓门，就算这个人不是阿卡基·阿卡基耶维奇，而是别人，也一定会吓得魂不附体。阿卡基·阿卡基耶维奇完全吓呆了，他摇晃了一下，浑身发抖，再也站不住了：要不是门卫立刻跑过来扶住了他，他就要扑通一声倒在地上了。他几乎浑身僵硬地被拖了出去。效果甚至超出了预期，这让大人物感到非常满意，一想到他的话竟能让人失去知觉，就完全陶醉了，他斜眼看了看他的朋友，想知道他怎么看待这件事，于是他不无得意地发现，他的朋友也有些手足无措，甚至连他也觉得害怕了。

怎样走下楼梯，怎样来到街上，阿卡基·阿卡基耶维奇已经完全想不起来了。他的手脚都不听使唤。有生以来他还从来没有被一个将军，而且还是别的部门的将军如此严厉地斥责过。他张着嘴，在呼啸的暴风雪中踉跄而行，不时地偏离人行道。风按照彼得堡的习惯，从四面八方、从各个胡同里向他吹过来。不一会儿他的嗓子就疼了起来，他勉强走回家，已经一句话也说不出来了。他全身肿胀，倒在了床上。斥责的后果有时竟如此可怕！第二天，他发起了高烧。再加上彼得堡的气候从一旁慷慨相助，他的病情出人意料地的迅速恶化了。医生赶过来之后，摸了摸他的脉搏，此时已经无计可施，只给他开了一贴热敷的药剂，这只是为了让病人得到一点医疗方面的救助罢了。但是，他立刻又宣布，再过一天半，他准得一命呜呼。随后，他对女房东说："您呢，老大娘，别再浪费时间了，现在就给他订一口松木棺材吧，因为橡木的对他来说太贵了。"阿卡基·阿卡基耶维奇是否听见了这些令人绝望的话，如果听见了，这些话是否让他感到惊讶，他是否为自己不幸的人生感到遗憾——这些已经无从知晓了，因为他一直都在发烧、说胡话。一个比一个奇怪的景象接连不断地出现在他眼前：一会儿，他看见了彼得罗维奇，并且向他订购了一件装有小偷捕捉器的外套，他总是觉得小偷就躲在床底下，于是不停地召唤房东太太，甚至让她把小偷从他的被子里面拖出来；一会儿又问，为什么把他的旧外衣挂在他面前，他已经有新外套了；一会儿他又觉得他正站在将军面前，听着将军对他的责骂，连声说："我错了，大人！"最后，他甚至骂起人来了，说出一些最不堪入耳的话，以至于老太太都画起十字来了，她过去从没听他说过这样的话，何况这些话还是紧跟在"大人"一词后面说出来的。他后来说的都是些胡言乱语，根本听不明白，唯一能猜到的是，这些颠三倒四的话和他的心思翻来覆去都是关于那件外套的。终于，可怜的阿卡基·阿卡基耶维奇咽气了。他的房间和他的东西都没有被查封，因为一来他没有继承人，二来嘛，留下来的遗产实在是太少了：一捆儿鹅毛笔、一刀公家的白纸、三双袜子、两三个从裤子上掉下来的纽扣，再就是读者已经熟悉的那件旧外衣了。这些东西到了谁的手里，就只有天晓得了：说老实话，就连讲故事的人对此也毫无兴趣。人们把阿卡基·阿卡基耶维奇拉走，埋了。于是彼得堡就再也没有阿卡基·阿卡基耶维奇这个人了，就好像他从未出现过一样。一个不被任何人爱护、不被任何人珍惜、引不起任何人兴趣的，甚至于那些连普通的苍蝇都不放过，都要用大头针别住放在显微镜下观察一番的博物学家都毫不在意的生命就这样消失了，不见了；这个生命曾经温顺地忍受着办公室里的嘲笑，没有做出任何引人注目的事情就走进了坟墓，但是对他而言，毕竟在生命即将结束之前，有一个光明的访客以外套的形式倏然闪过，在一瞬间让他可怜的生命充满了活力，紧接着厄运便猛烈地、突如其来地降临到他的头上，就像降临到沙皇和世界的统治者们的头上一样……他死了几天之后，司里派了一个看门人到他家里来，命令他立刻去上班：说是上司的命令。但是看门人无功而返，向上司回复说，他再也来不了啦，对于"为什么"这个问题，他的回答是："因为他已经死了，大前天就下葬了。"司里因此知道了阿卡基·阿卡基耶维奇的死讯，第二天他的位置上就坐上了一位新的官员，个子高出许多，写出来的字母也不再那么笔直，而是歪斜多了。

可谁能想到，关于阿卡基·阿卡基耶维奇的一切并没有到此结束，他注定要在死后才能过几天轰轰烈烈的日子，就像是对他默默无闻的一生做一个补偿似的。但事情就这样发生了，我们这个悲凉的故事突然有了一个荒诞的结局。

在彼得堡突然流传起这样的传闻，说是在卡林金桥附近和稍远一点的地方，一到夜里就会出现一个官员模样的死人，寻找被人抢走的外套，借着外套被抢的由头，也不问官职和头衔就扒掉所有人身上的外套：猫皮的、海狸皮的、棉花的、浣熊皮的、狐皮的、熊皮的——总之，把人们想出来的用来遮盖身体的各种毛皮外套全都扒下来。一个司里的官员亲眼看见了那个死人，并且立刻认出那正是阿卡基·阿卡基耶维奇，可是，这一发现却把他吓得魂不附体，他撒腿就跑，甚至都没能看个仔细，只瞧见那个死人从远处伸出一根手指威胁他。诉状从四面八方呈递上来，说是不仅仅九等文官，就连七等文官的后背和肩膀也因为夜里外套被扒的缘故而受了风寒。警察局里发布了命令，要不惜一切代价抓捕这个死人，无论是死是活，都要严加惩处，以儆效尤，而且差一点就成功了。有个某片区的岗警在基柳什金胡同里正好在死人做坏事时抓住了他的衣领，当时他正企图从一个已经退休的、过去吹长笛的乐师身上扒下一件粗呢外套。岗警抓住他的衣领后，又叫喊着唤来了两个同事，让他们抓住他，而他自己则立刻把手伸到了靴筒里，想把鼻烟盒取出来，让自己一生中冻坏了六次的鼻子清爽一下，但是，这烟草想必是连死人都受不了的那一种。岗警用一根手指掩住右鼻孔，左鼻孔还没有来得及把那一小撮鼻烟吸进去，死人就打了一个响亮的喷嚏，都喷到他们三个人的眼睛里了。趁他们伸出拳头擦眼睛的时候，死人消失不见了，他们甚至都不能确定他们到底有没有抓住过他。从那以后岗警们很害怕死人，甚至连活人都不敢抓了，只敢从远处喊上几声："哎，说你呢，走你的路吧！"后来那个死去的官员甚至在卡林金桥以外的地方也出现了，这让所有胆小的人胆战心惊。可是，我们完全忘了那位大人物了，事实上，正是因为他，这个完全真实的故事才发展得如此荒诞不经。首先，还是要说句公道话，可怜的被痛骂一顿的阿卡基·阿卡基耶维奇离开不久，这个大人物就感到有些后悔了。他并非没有同情心，心中也有许多善良的感情，尽管他的官衔常常妨碍他把它们表现出来。到访的朋友刚一离开他的办公室，他甚至为了那个可怜的阿卡基·阿卡基耶维奇而沉思起来。从那以后，承受不住职务上的申斥、脸色苍白的阿卡基·阿卡基耶维奇几乎每天都出现在他眼前。一想起那个人，他便心神不宁，以至于一星期过后他甚至决定派一名官员去阿卡基·阿卡基耶维奇那里打听打听，他是不是真的能帮上什么忙。当别人向他禀报，阿卡基·阿卡基耶维奇得了热病，已经暴卒时，他大吃一惊，良心上倍感不安，一整天都悒悒不乐。为了排解忧愁，忘记这种令人不快的感觉，他去了一个朋友家参加晚会，那里都是一些体面的人，而且最令人高兴的是，大家几乎都是同样的官衔，所以他非常自在，没有任何拘束。这对于调整他的精神状态起到了惊人的效果。他不再拘谨，愉快地和人交谈，殷勤而热情，总之，度过了一个美好的夜晚。晚餐时他喝了两杯香槟酒，众所周知，这是很不错的助兴之物。香槟酒让他冲动地想做点什么，就是说：他决定先不回家，而是到一位熟悉的太太卡罗琳娜·伊万诺夫娜家里去，那位太太好像是德国血统，他对她情谊匪浅。需要说明的是，这位大人物已经不再年轻，是个好丈夫，受人尊敬的一家之主。他有两个儿子，其中一个在厅里供职，还有一个十六岁的、容貌可人的女儿，她长着一个微微有点弯曲，但十分好看的鼻子，儿女们每天都吻他的手，对他说："日安，爸爸。"[1]他的太太风韵犹存，甚至一点都不蠢，总是先让他吻一下自己的手，然后把手翻过来，再吻一下他的手。可是，这位大人物虽然对温馨的家庭生活感到满意，但他认为，在城里的另一个地方有一个关系要好的女友算不上有失体统。这个女友一点也不比他的太太年轻貌美，但是，世上就是有这样的事情，至于如何去评判它们就与我们无关了。就这样，这位大人物走下楼梯，坐上雪橇，对车夫说："去卡罗琳娜·伊万诺夫娜那里。"他把自己裹在奢华而暖和的外套里，心情非常好，对于俄国人来说这种状态再好不过了，就是说自己什么都不去想，但一个比一个更令人愉快的念头却直往脑袋里钻，甚至都不用费力去追逐和寻找它们。他心情舒畅，顺便回想了一下晚会上所有开心的事情，所有让周围的一小伙人放声大笑的那些话，他甚至把一些话又低

---

[1] 原文为法语。

声重复了一遍，仍然觉得像刚才一样可笑，所以就不难理解，为什么他自己不时地发自内心地笑出来。但是，突然不知从哪儿，也不知什么缘故吹起了一阵阵的风，不时地打扰着他，风吹在脸上像刀割一样疼，把一片片雪花抛到他的脸上，外套的领子被吹得像船帆一样，或是忽然有一股神奇的力量把领子掀起来蒙住了他的头，因此他只好不停地从领子里挣脱出来。大人物突然感觉到有人紧紧地抓住了他的衣领。他转过头去，看见了一个身材不高、穿着又破又旧的文官制服的人，他恐惧地认出了那个人正是阿卡基·阿卡基耶维奇。那个官员的脸像雪一样白，看上去完全是个死人。他看见死人咧开嘴，朝他喷出一股可怕的坟墓里的气息，对他说："啊！我终于逮着你了！我终于把你那个，把你的领子抓住了！我要你的外套！你不帮忙找我的外套，还责骂我——现在把你的给我！"此时他已经吓得魂飞魄散了。可怜的大人物差一点吓死。无论他在办公室里、在下属面前性格多么蛮横，尽管无论谁看见他英武的相貌和身躯都会说一句："嗬，真威风！"但是此刻，他像许多外表强壮的人一样，害怕极了，以至于并非毫无理由地担心自己会吓得突发疾病。他甚至自己动手迅速地从身上脱下外套，用走调的声音对车夫喊道："快回家！"车夫听见这平时只在关键时刻才出现，而且常常伴随着一些实际动作的噪音，为了以防万一，他立刻把头缩进了肩膀，一挥鞭子，马车像箭一样飞驰而去。六七分钟过后，大人物已经到家门口了。他面色苍白，失魂落魄，外套没了，卡罗琳娜·伊万诺夫娜家也没有去，就回到了自己家。他勉强走到自己的房间，心神不宁地度过了那个夜晚。第二天早晨喝茶时，女儿直截了当地对他说："爸爸，你今天的脸色太苍白了。"但是爸爸一言不发，有关他的遭遇，他到了哪里和想要去哪儿，他一个字也没有说。这件事对他产生了强烈的影响。他甚至很少对下属说"您怎么敢这么做？您知道，在您面前站着的是谁吗？"，如果要说，也是在听完事情的原委之后再说。不过，更加引人注意的是，从那以后，死去的官员再也没有出现，看来，将军的外套他穿在身上非常合适，至少，在任何地方都没再听说从别人身上扒掉外套的事情了。不过，有许多爱操心的好事者就是不肯安静下来，他们说在城里偏远的地方，死去的官员有时还会出现。确实，科洛姆纳区的一个岗警亲眼看见一个幽灵从一幢房子后面钻了出来，但是他天生体弱，有一次一只普通的半大猪仔从一户私宅里跑了出来，就把他撞倒了，引得站在周围的车夫们一阵大笑，因为受到这样的嘲笑，他跟他们要了一个铜币的烟钱——就这样，因为体弱，他不敢拦住那个幽灵，而是在黑暗中一直跟在身后，直到幽灵突然回过头来，停住脚步，问道："你想干什么？"并且伸出了一只活人当中绝对找不到的大拳头。岗警回答说："没什么。"就立刻掉头往回走了。不过，那个幽灵要高出许多，留着很长的胡须，似乎去了奥布霍夫桥的方向，在黑夜中彻底消失了。

译后记

侯　丹

果戈理在19世纪30年代正式登上俄国文学的舞台，在短短几年的时间里迅速成名，成为19世纪上半叶继普希金之后最有影响力的俄国作家。一百多年以来，果戈理的作品不仅在俄语国家广为流传，而且被翻译成多种文字，成为世界各国人民共同的文学遗产。2006年，一部由多位文学批评家共同编译的文学阅读指南在英国出版，书名叫作《平生必读的1001本书》，其中就有两篇果戈理的作品：《死魂灵》和《鼻子》。古往今来的文学作品浩如烟海，果戈理的作品能够在其中占据两席，再次佐证了他在俄国文学史乃至世界文学史上的重要意义。

说到这两部作品，对中国读者来说，《死魂灵》更为熟悉，而《鼻子》却鲜为人知，这与我国文学界与出版界对果戈理短篇小说的推介不足有一定的关系。其实，从果戈理在中国的接受史来看，对果戈理短篇小说的译介要比《死魂灵》的译介开始得更早。在上世纪20年代，果戈理的《马

309

车》《外套》就被译成了中文。1934年出版的《俄罗斯名著二集》中收录了李秉之所译的《鼻子》《维伊》和《二田主争吵的故事》三个短篇，在同年出版的萧华清翻译的《郭果尔短篇小说集》中收录了《死魂灵》的节选(译名为《死灵》)以及《狂人日记》《莱甫斯基大街》《画像》《马车》四个短篇，直到1935年文化生活出版社才出版了鲁迅所译的《死魂灵》单行本。

近百年来，国内出现了很多《死魂灵》译本，其中一些杰出译本几乎每年都会有新的版本出现。与《死魂灵》繁花似锦的出版局面相比，果戈理短篇作品的重译与出版情况显得有些冷清，大多数读者对果戈理的短篇作品仍然停留在一无所知或略有耳闻的阶段，他的短篇创作在中国读者间的普及程度远远落后于契诃夫、莫泊桑、马克·吐温等人的作品，这与果戈理本人在文学史上的地位以及其作品的艺术价值都是不相符的。

有机会来翻译果戈理的短篇作品结集出版，我感到非常高兴，一来能够翻译这样一位文学大师的作品是我的荣幸，二来作为果戈理作品的忠实粉丝和研究者我也希望能够有更多的中国读者爱上他的创作。

果戈理的语言风格复杂多变，兼具讽刺幽默与感伤激情的双重特点，且具有惊人的表现力，译笔拙劣，难以传达其语言之精妙神韵，还望读者见谅，感谢！

2018 年 5 月 5 日于北京五道口

底本说明：小说原文均选自由莫斯科"俄罗斯书屋"（Русская книга）出版社于 1994 年出版的《果戈理选集》（9 卷本）。